文春文庫

TOKYOデシベル

辻 仁成

目次

TOKYOデシベル

音の地図

1

耳の中で音が暴れている。

ヘッドフォンステレオを両耳に張りつけたまま、ぼくは地下鉄を降りた。人々の背中を見つめながらホームを歩く。電気ドリルのように激しくビートを刻むスラッシュメタルの新譜が、外界の音を完全に遮断し、駅構内の案内放送も、発車のベルも、扉が閉じる音も、車両が軌道上を動きだす時のきしむ金属音さえも、聞こえてこなかった。

音楽に身を浸しながら、地下鉄の改札を出た。自分の目がカメラになったように視界が狭まって見える。曲が変わり、バスドラムが連打し続ける縦乗りの早い曲がはじまると、体が自然に上下に刻みはじめる。叩《たた》き続けるドラムのリズムに合わせて、階段を一気に駆け上がった。

計測地点を記した地図を見ながら、地上を探査している宇宙ロボットになった気分で、商店街のアーケードの中を歩いた。すれ違っていく人々の顔が間抜けに見える。八百屋の前で男がぼくに向かって口を動かした。瞬間立ち止まり彼の口許《くちもと》を追うが、解読不能。無視して先へ進んだ。

アーケードが終わると、急に日差しが視界いっぱいに膨らんだ。瞼《まぶた》が勝手に閉じかかる。眉間《みけん》に力を込め、交差点を渡った。車が突然飛び出してきて、ぶつかりそうになった。急停車するまで、ぼくには分からなかったのだ。運転手の顔をカメラが追う。フロントガラスの向こう側で、眉毛《まゆげ》をつり上げ怒っているのが分かる。ハンドルの中心部を叩いているが、クラクションの音は音楽に吸収されて届かない。じっとにらみ返していたが、ドライバーが下りてくる気配はないので、そこを離れることにした。

計測地点の陸橋の上に立つと、ハンディタイプの騒音測定器を鞄《かばん》から取り出した。眼下を環状線が縦断している。ひっきりなしに車が通過しているのが見えた。

距離を計り、測定するポイントを決めてから、ぼくは騒音測定器だけを持ってそこに立った。スイッチを入れると、インジケーターライトがオレンジ色に光る。針が瞬間動き、デジタル表示が点滅した。測定距離をプログラムし、環状線の中心目掛けてマイク部を向けた。測定ボタンを押そうとして、ぼくはヘッドフォンステレオを被《かぶ》ったままだったことに気がついた。コードの途中についているスイッチを切り、脳への点滴を中止する。

鼓膜が急に軽くなった。頭の中が無重力のような状態になって、血がゆっくり、下がったり上がったりを繰り返している。少しずつ目の前の光景が色合いを取り戻していき、同時に周りの音の方も層をなして脳の中に降り積っていく。耳鳴りが邪魔してすぐには聞き分けられなかったものの、まもなく車のエンジン音が頭の中を縦断しはじめた。

大型トラックが通るたびに、騒音計のデジタル表示が七五デシベルを越えた。一一トントラックが、資材を満載にして陸橋の真下を通過すると、振動がぼくの立っている陸橋全体を揺さぶってくる。その揺れがトラックのせいだとは分かっていても、横揺れの地震のようで不気味な感じが付きまとう。排気ガスを含んだ生暖かい風がやや遅れて吹き上がり、汗ばんだ頬《ほお》の表面に絡《から》みついてくる。タイヤがアスファルトと擦《こす》れあう音や、エンジンの唸《うな》る音、オートバイのエグゾーストノイズ、それにクラクション、様々な騒音が混ざり合い陸橋の側壁に反射して、ぼくの耳に達していた。

計測の場所を少し変えて、もう一度計り直すことにする。トランシーバーを一回り大きくしたようなアメリカ製の騒音測定器には、デジタルとアナログの二つのメーターがついている。

覗《のぞ》き込むと、電光掲示も針も七六から七八デシベルの辺りを彷徨《さまよ》っている。下腹に響く音だが、しかし規制値を越える数値ではない。都道府県の騒音規制条例によると、一〇メートル以上離れた場所で測定して、八五デシベル以上の音を暴騒音と定義している。数字の上からだけなら、ここの騒音は規制の枠内ということになる。ぼくは騒音計を肩から下げると、バッグの中から記録用紙を取り出し、鉛筆で数値を記入していった。

交差点の周辺は、このすぐ真下に地下鉄が開通してから、バブルの時期と前後したこともあって、随分とビル建設が進んだ。昔からある商店や住宅は、新興のビルに挟まれ、まるで大樹から栄養分をとることのできない脆弱《ぜいじゃく》な茸《きのこ》のよう。瀟洒《しょうしゃ》な一〇階建てのマンションが立ち並び、副都心へ出やすいという地の利のせいで、まもなく新しい住人が流入してきて賑《にぎ》やかになった。それらのマンションやオフィスビルが交差点を囲むような恰好《かっこう》で林立したために、障壁のような役割をし、騒音が一層激しく交差点の周辺に轟《とどろ》くようになった。S区の環境保全課に勤めるぼくがこうやって頻繁《ひんぱん》に騒音測定をするのは、周辺住民の苦情が多く寄せられるようになったからである。

個人的には、商店主や住民の側に立って、なんらかの規制措置がとれるよう行政のトップに働きかけたいところだが、騒音計の針が暴騒音の数値に達しない以上、嘘《うそ》の報告をするわけにもいかない。

騒音の苦情調査の仕事についてから、三年近い歳月が経《た》っている。

今は短く髪を刈りそろえているが、大学時代は肩まである長髪だった。聞いてきた音楽のジャンルはスラッシュメタルやハードコアパンクが中心で、アルバイトをして買ったオーディオシステムを、できるかぎりフルにして、朝から晩までロックを聞き続けた。聞くだけじゃ満足できずエレキギターを、暇さえあれば何時間でも、たとえ夜中だろうと構わず弾いた。近隣の人に怒鳴り込まれたことも一度や二度ではない。高校を卒業するまでは両親と暮らしていたので、二人には随分と恥ずかしい思いをさせた。謝りに行くのはぼくではなく、いつも母親だった。さすがに今はそれほど無謀なことはしなくなったが、それでも測定に出掛ける時はヘッドフォンステレオを被って現場へ出向く。仕事をしている時以外は、ヘッドフォンがぼくの耳から離れたことはない。フルボリュームにして聞いていると、視界はまるでＭＴＶでも見ているような感じだ。汚い街角も、勝手にペイントしてしまう魔法の音楽。耳に埋められたチューブの静脈注射で、ぼくは毎日栄養分を体内に吸収する。嫌なことも、辛《つら》いことも、大音響のロックが消し去ってくれる。

それが、環境保全課の職員で、騒音の規制や取締りをしているのだから、かつてのバンド仲間たちに揶揄《やゆ》されても仕方がない。今でも時々、月に一度ほどの割合で、昔の仲間が集まってセッションをする。ぼくがスタジオで大きな音を出すと連中は、いいのかそんなに出しても、とからかってくる。昔から大きな音を出すほうだったから、彼らがそう言いたくなるのも無理はない。

確かに騒音の調査をしながら、オートバイのエグゾーストノイズや改造車のエンジン音に耳の方が勝手に興奮することがある。工事現場の杭《くい》打ち機が、爆発するような音を発するたびに、心地よい刺激を下腹辺りに覚えるのだ。住民が不快だと指摘した音を、そうは思えないときがある。隣のピアノ教室を取り締まってほしい、などと言われて現場に駆けつけてみるのだが、どこがうるさいのか分からなかったりする。うるさいどころか、ぼくにとっては耳奥をくすぐられた程度の弱音にしか感じられないのだ。怒る人たちの顔色を窺《うかが》いながら、どちらともつかない曖昧《あいまい》な返事をして、いつも誤魔化した。こんなことで騒音苦情の仕事がちゃんとできるのかと自分に呆《あき》れるが、とりあえず都が決めた暴騒音規制基準の数値に忠実に仕事をこなすしかなかった。

実際に周辺の音を騒音計で計り、例えばピアノ教室の騒音が六五デシベルだとすれば、その数値を告発した側の住民に見せて、これは暴騒音規制基準の数値上から言えば騒音とは言えない、と説明し納得してもらうやり方で、毎回事態を収拾してきた。

しかし、この数値、一〇メートル離れて八五デシベル以上の音を暴騒音と決めた都道府県の規制条例にしても、現場で調査をしてきたぼくが言うのはおかしなことだが、妥当性を欠いている気もしないではない。同じ東京都でも地域によって環境は様々で、騒音そのものの意味合いも違って当然だと思える。

一度直接の上司に、騒音を数値だけで取り締まるのは意味がないのでは、と提言したが、言ったのがエレベーターの中だったせいか、それともぼくの声が小さすぎたためか、そうだな、と曖昧な返事をされて終わりとなった。

陸橋の下から吹き上げてくる生暖かい風に乗って、自動車の排気音やタイヤが路面を擦る音が途切れることなく一帯に響いていた。それ以外にもいろいろな音が聞こえてくる。商店街の放送、ビル建設のドリル音、子供たちの騒ぎ声、街路樹を揺らす風の音。ぼくは騒音計の針がそれらにいちいち反応して小刻みに揺れるのを眺《なが》めた後、記録用紙に数値のみを記した。

測定が終わると、次の計測地へ向かうために、機材を鞄の中に仕舞い込んだ。

次の現場は農家と畑が隣接した公営団地だった。環状線の調査地点からバス通りを暫《しばら》く歩いたところにその畑や農家はあった。住宅地の真ん中に、青野菜が植わった空間が突然顔を出した。勿論《もちろん》、畑と言っても駐車場の数倍程度の土地しかなく、簡単な野菜を栽培しているようなごく小さなものである。農業だけではとても生活はできないだろうと心配してしまうほどの広さだ。税金対策なのだろうか。

その農家で飼っている鶏の鳴き声がうるさくて眠れないから取り締まってくれ、という苦情が公営団地の住民から環境保全課に寄せられていた。鶏は昼夜を問わず鳴き、住民にとっては安眠を妨げられるほどの鳴き声だったようだ。

目的の場所に近づくに従って、誰かがサキソフォンを練習しているような乾いた破裂音が聞こえてきた。まさか、と思いながら進んでいくと、それが鶏の鳴き声だった。そばに近寄ると音はもっと生々しく迫ってきた。

今まで人工的な騒音に浸って生きてきたからかもしれない。或《あ》いはヘッドフォンステレオを被りすぎたのだろう。住宅地の真ん中で、鶏の鳴き声を聞いているということがとにかく新鮮だった。団地住民の代表たちから事情を聞いている時も、ずっと鶏は鳴き続けていた。

「ほらね、こんな感じでしょっちゅう鳴くんですよ。こっちはたまったもんじゃない」

顔を曇らせながら住民たちはそのひどさについて滔々《とうとう》と語る。不気味で仕方ないという声もあった。自動車の騒音よりも耳につくと訴える者もいた。

少し落ちついてから騒音計を取り出し、計ってみたが、騒音の基準には当然及ばなかった。住民たちに測定数値を見せるが、納得しては貰《もら》えない。農家の人を説得して鶏小屋と団地との間に防音壁を作るよう行政指導してほしい、と彼らは逆に言うのだ。とにかくぼくは農家を訪ねてみることにした。

現れた農家の主人はそれを一笑に付した。彼が言うには、鶏が鳴くのは当たり前とのことだった。団地がここに建つ何十年も前から、この土地で朝を告げ続けてきた。後からやってきた者に追い出される筋合いはない。それに、何より、鶏が鳴く環境がこんな都会の中にあるというのは素晴らしいことではないのか、と。

ぼくは、傍らで力強く鳴いている鶏の存在に、激しく興奮していた。生まれてはじめて出掛けていったロックコンサートの会場で、大音響の虜《とりこ》になった感じに似ていた。有名なギタリストのソロを目前で聞かされているような迫力を確かに覚えた。

2

音の地図を作りはじめたのは、鶏の鳴き声を聞いてすぐのことだった。

あの一件がきっかけとなったのは間違いない。ぼくは急に自分の生活の周辺に転がっているような何げない音たちが気になりだし、ノートを持って外を歩くようになった。騒音調査の合間や休日などに区内の様々な場所に出掛けていき、耳を澄ませ、どんな音が聞こえるのかを丹念に調べ、区役所に持ち帰ってはコンピューターを使って地図化するのである。地図は、聞こえる音を色分けした点にして分布させたものと、音の範囲を線で結んだものとがあった。コンピューターを駆使して、カラーグラフにしていく。音の地図作りによってぼくは、鶏の鳴き声のような特殊な自然音がもっと沢山、自分の日常生活のすぐ間近に転がっているのを知ることになった。仕事で騒音の規制をしてきた反動のようなものもあっただろうが、地図という目に見える形にすることで、普段は見えない音の実態が浮き上がってくるような気がしたのだ。

ヘッドフォンステレオで聞く閉塞的《へいそく》なロックミュージックと付き合いを続ける一方、音を果実のようにもぎ取る行為にある種の快楽を覚えるようになっていた。

陸橋の下から数羽の鳩《はと》がばたばたと羽音をたてて、飛び出してきた。それに気をとられて暫く交差点の真上を眺めていた。太陽光線とスモッグに目が眩《くら》む。手で陽《ひ》を除《よ》けながら、ぼくは灰色に霞《かす》んだ空を見上げた。鳩たちが競うように高く交差点の上空で円を描き始める。長く見ていると次第に目の芯《しん》が痺《しび》れてきて、目眩《めまい》に襲われた。ゆっくりと視線を手元の騒音計まで下ろし、膨張した瞳孔《どうこう》が光になれるまで待つことにした。

騒音計を鞄に戻すと、代わって音の地図作りのためのノートを取り出した。この地域のページを開いて、聞こえてくる音をそこに書き記した。自動車の外にも、いろいろな音が聞こえてきた。街路修復作業の音、光化学スモッグ警報発令音、子供たちの叫び声。さらに耳をじっと澄ませ、倍率を上げてみる。目を瞑《つむ》り、神経を集中する。そうすると、大きな音の向こう側から、隠された音たちが浮き上がってくる。鳥の声、布団《ふとん》を叩く音、遥《はる》か彼方《かなた》を走る電車の音、踏切の音、空高く飛行するジェット機の音、足元から響いてくるモーター音。ぼくはそれらを一つずつ丹念にノートに書き込みながら、暫くの間、この辺りがどういう音の環境によって構成されているのかを想像してみるのだった。

作業を終えると、交差点脇《わき》の電話ボックスへ向かった。中は空気が淀《よど》んでいたが、後ろめたさが扉を閉めさせた。それから汗を拭《ぬぐ》い、財布の中からテレフォンカードを取り出す。ビルとビルの隙間《すきま》から注ぎ込む太陽光線が電話ボックスの中を満たし、埃《ほこり》が光を反射しながら浮遊していた。

フミの家の電話番号を押す指先が僅《わず》かに震えている。呼び出し音が数回鳴って、留守番電話のテープが回りだした。

——せっかくお電話をいただいたのですが、外出しています。ご用件はこの留守電が、お聞きいたします。発信音の後にメッセージをお話し下さい。いなくてごめんなさい。

フミの声になんら怪しいところはない。内容も普通だった。なのに普通であればあるほど、言葉と言葉の微妙な間や、語尾の柔らかい息づかいが気になった。この留守番メッセージ自体が、特定の誰かに向けられているような感じがして仕方なかった。いつものように発信音が鳴ったところで外出していることを確認すると、電話を一旦《いったん》切った。今頃《いまごろ》フミは副都心のオフィスビルで仕事をしている筈《はず》なのだ。そしてぼくはそのことを知りながら電話を掛けている。もう一度フミの家の電話番号をなぞる。留守番電話のテープが再生され始めると、急いで、シャープを二回、それから続けて暗証番号を押した。フミがぼくの部屋から自分の電話を操作した時に、こっそり覗き込んで覚えたものだ。

留守電に録音されたメッセージが再生され始めた。無言で切れたのが数件あった。声が吹き込まれていたのは一本だけだった。

——……フミさん、昨日夢の中にあなたが現れて、泣いていました。何かありましたか？　心配しています。特に用があったわけではないけれど、気になったので連絡してみました。……それでは、また近いうちに連絡をいれます。

またこの男だ、とぼくは受話器を握りしめたまま唾《つば》を呑み込んだ。フミの留守番電話をこっそりと聞きはじめてから何度となく耳にしている声。フミとどういう関係なのか分からない焦《あせ》りがぼくをいつも苛立《いらだ》たせる。いつだってこの男は自分の名を名乗らない。声だけで分かりあえる仲なのだ。その声はとても低く、しかも優しい響きを帯びている。ぼくよりもずっと年上に違いない。

フミとは大学で知り合った。一目《ひとめ》惚《ぼ》れだった。フミはぼくの理想の恋人像に何もかもがぴったりだった。美人だとか、優しい人だとか、そういうレベルの話ではない。自分の恋人になる人とはこういう人だと思い描いていたそのものだった。

しかし、理想通りの恋人というのは、厄介だった。不満なところがないということは、その存在には絶対的に逆らうことができないということだった。これこそ運命だと猛然とアタックし、交際することにはなったものの、付き合いだした瞬間から、ぼくはその関係が壊れないことを祈るばかりで、いつも防御愛でしかなかった。交際をはじめて六、七年になる。半同棲《どうせい》のような生活を送りながらも、まだ結婚の話は出て来ない。区役所に就職が決まった年にプロポーズらしきことをした。両方の部屋を解約して一つにしないか、と提案したのだ。ぼくにしてみれば結婚を申し込んだつもりだった。曖昧過ぎたのだろう、自分の部屋は当分必要なの、と冷たくあしらわれた。

最近は交際そのものにも翳《かげ》りが出始めた。日曜日になっても部屋でごろごろしているだけで、どこかへ積極的に出掛けていくことも少なくなった。彼女は難しそうな本ばかり読んでいる。自然と会話も無くなった。何より一番気にかかるのはセックスの回数が減ったことだ。ある時から急に彼女は発情するぼくを拒むようになった。性交自体を嫌がっているというよりは、ぼくのことを拒んでいるのだが、理由を聞くわけにもいかず、なんとなくこちらも手を出せなくなった。様子を窺いつつ、何故拒絶されたのかと詮索《せんさく》する日々が続いている。付き合いだした頃は普通に抱き合っていた。いや、そうぼくが思っていただけで彼女はぼくの抱き方に不満があったのかもしれない。いずれにしても、フミはぼくの求めに応じなくなった。ふざけながらじゃれあい、導こうとするのだが、ぼくが本気になりかけると、彼女の顔からすっと笑みが消えるのだった。最近ではキスもできなくなった。挨拶《あいさつ》のようなキスなら、時々受け入れて貰えるが、愛情を傾けるような濃厚なキスは駄目だった。舌を絡めるなどもってのほかで、ぼくが気持ちの入ったキスをしようとすると、彼女は唇《くちびる》を真一文字に塞《ふさ》いでしまう。石鹸《せっけん》でしょっちゅう手を洗っている。電車の吊《つ》り革とか階段の手すりなんかを触った後は過敏になっている。ある種の潔癖症のようなものではないかと考えるが、彼女の頭の中でぼくの存在は汚いものと映ってきたのだろうか。

しかしぼくは彼女を苦しめたくなかった。再び彼女がぼくを自然に受け入れてくれるようになるまで待つつもりだった。こちら側から無理やり、その閉じた貝を押し広げたくはなかった。男らしくない、と思われても構わない。ぼくはフミが、フミの思うままに生きていてくれればそれで良かった。彼女だって本当にぼくのことを拒絶しているのなら、ぼくのところへは戻って来ないはずだから。

3

午後、昼休みの時間を利用して、マリコのアパートを訪ねた。ドアに鍵《かぎ》が掛かっていたので、合鍵を使って部屋の中へ忍び込んだ。マリコはテレクラ嬢の自宅アルバイトをしている。いつ客と電話をしているか分からないから勝手に上がってきて、とぼくに合鍵を渡していた。

室内を覗くと、彼女はちょうど寝室のソファに凭《もた》れて電話で客と話をしている最中だった。

目があったが、マリコは会話に熱中していて、ウインクをすると、また電話の方へ神経を集中させた。騒音調査の道具が入った鞄を床に置いてベッドに寝ころぶと、暫く煙草《たばこ》を吹かしながら、天井を見ていた。

「ううん、一人暮らしに決まっているじゃない。猫がいるのよ。大きな猫で、いつも私が電話をすると近づいてきて、がたがたうるさくするの。テーブルの上にわざと上がったりして気を引こうとするし。私が長電話をするのが嫌いなのね。人間と同じで、嫉妬《しっと》深いのよ。飼ってから随分と長くなるせいで、私のことを自分の恋人だとでも思い込んでいるみたい」

マリコはぼくの方を一瞥《いちべつ》して舌を出した。大きな猫か。心の中で呟《つぶや》くと、少しおかしくなって口許が緩んでしまった。時々、ぼくはこうやって仕事の合間にマリコのところを訪ねては油を売っているのだから、確かに、町内の至る所に餌《えさ》をくれる秘密の飼い主を持った猫のようでもある。

カーテンの隙間から差し込む光が、彼女の顔を片側だけ明瞭《めいりょう》に浮かび上がらせている。フミとは対照的な大人びた輪郭だ。大きな目は、縦に長い外国人の女性のような骨格の中で光を吸い込んでは静かに呼吸を繰り返している。口許は笑みをつねに含んでいて、笑うと歯並びのよい真っ白な歯が行儀よく顔を覗かせた。美人とは言えないが、個性的であか抜けた顔だちをしていて、何より笑顔が可愛《かわい》かった。

マリコは、甘ったるい声を出して、言った。

「あなたも私の猫になりたいの？　いいけどぉ。でも、猫は猫で大変なんだから。ご主人様の言うことをちゃんと聞かないと、お仕置きされるのよ」

一分間で二五円のアルバイト料なのだと言う。一時間で一五〇〇円になる。だから彼女は出来るだけ長く話を引き延ばしたいのだ。

毎日電話の前にいて、ずっと見知らぬ人と話している。話すことが大好きだから苦ではないらしい。人によってはほとんど一方的に喋《しゃべ》っていることがあるそうで、内容なんてなんでもいいと言う。誰かと繋《つな》がっていると思うだけで落ちつくらしい。事務とか、経理とかの仕事は長続きしなかった。孤独を感じるのが何よりも怖い。テレクラ嬢の自宅アルバイトは、外出はしなくていいし、時給はいいし、好きなときに好きなだけ働けるシステムになっているとかで、彼女にはこれほどピッタリな仕事はないのだそうだ。

フミとの仲が冷めだした頃、なんとなく気晴らしで入った区役所のそばのテレクラで、マリコと知り合った。テレフォンセックスやナンパが目的の他の客とは、ぼくは違っていた。マリコと同じようにあの時のぼくはとにかく誰かに自分のことを聞いてもらいたかったのだ。恋人に拒絶される男の話は、いつもセックスを要求してくる他の客の電話とは違ってマリコの興味を引いた。二人の会話はそれこそ何時間にも及んで、結局それでも話し足らず、外で会うことになった。

デートの約束をしても、待ち合わせの場所へ行かないのがテレクラ嬢の掟《おきて》なのだそうで、それを破ったのは後にも先にもぼくだけだとマリコは豪語していた。嘘か本当かは知らないが、フミという恋人の存在を知っていながらぼくに部屋の合鍵を渡すこの女は、時々新種の詐欺《さぎ》師なのではないかと思うことがある。

「何しているの？　へんなことしてるんじゃない。駄目よ、そんなことしたら、切っちゃうからね。もっとお話をしましょうよ。君の学校のことを教えてよ。私が通っている大学のことも話すからさ」

マリコは赤茶色に染めた長い髪の毛をかきあげながら言った。どう見ても大学生とは思えない大人びた佇《たたず》まいがおかしかった。うなじに黒子《ほくろ》が三つ並んでいた。大熊《おおぐま》座か、小熊座といった感じで、どこか演歌的なその配列が前から少し気になっていた。彼女が笑うたびに、肩が揺れ、黒子も波うった。

「駄目よ、そんな声を出したら。もっと話しましょう。まだ嫌よ。今はそんな気分じゃないのよ。そういう一方的な興奮は嫌われるわよ。お願いだから、もう少し君のことを聞かせて頂戴《ちょうだい》」

ぼくは起き上がると、彼女の背後へ回った。うなじをかきあげたまま、マリコは電話の相手の注意を逸《そ》らそうと懸命になっていた。そっと彼女の脇の間へ手を入れて抱きしめると、そのまま黒子を吸った。不意をつかれたマリコの体が瞬間たじろぎ、あっ、と声を漏《も》らした。手は勝手に彼女の腹部を這《は》いだした。汗ばんだ皮膚は少しべとついていて、彼女の汗の匂《にお》いが混じった体臭が鼻孔をくすぐった。

マリコは口を噤《つぐ》んで声を押し殺し、必死になって抵抗をはじめた。彼女とは騒音調査の合間にこうして時間を見つけては時々抱き合っていたが、テレクラの客と応対中の交接ははじめてだった。強張《こわば》りながらも、怒っているのが伝わってきたが、受話器を握ったままの彼女はどうすることもできない。変に声を上擦《うわず》らせてしまっては相手をその気にさせるだけだ。

電話の相手はマリコが、あっ、と声を漏らしたことですっかりその気になってしまったようだった。駄目だってば、と言いながら、彼女は客に注意を促し、また一方の手でぼくの体を押し戻そうとした。

ぼくがスカートの中へ手を差し込むと、マリコはもう気持ちを抑えることができなくなり、体の奥の方が痙攣《けいれん》を起こした。受話器を放り出し、その後は激しくお互い求めあってしまった。

艶《つや》やかな肌が熱を帯び、汗ばんでいくと、ぼくたちは腹と腹をくっつけあったまま、ぴったりと一つになった。透き通った彼女の声が、室内を上に下に漂った。投げ出された受話器がぼくたちの頭のすぐそばにあった。切り落とされた耳が、必死でこちら側の状況を聞き取ろうとしているスパイのように天井を向いていた。第三者に聞かれていることで、興奮はいつもよりも大きかった。

ぼくはマリコと抱き合いながら、フミのことを思い浮かべていた。いつだって冷静な顔つきのフミ。彼女のオルガスムスをぼくは知らない。抱き合う度に性的興奮の最高潮に達しているのかも知れないが、彼女は決して崩れた顔を見せなかった。彼女の悶《もだ》え声を聞いたことがない。撓《しな》った肉体を知らない。いつもぼくだけが一人興奮していた。一度でいいからぼくはマリコのように彼女が野性的によがる姿を見てみたい。

途中から目を閉じると、空想の中でぼくはフミと交わった。マリコを抱きしめながら、フミの淫《みだ》らな表情を想像した。

窓の外から蝉《せみ》の声が聞こえてきた。じーじーと嫌に下品で耳障《みみざわ》りな鳴き声だった。行為が終わると、ぼくとマリコは並んで床に寝ころんだ。会話はなかった。放り出された受話器だけが目の前にあり、その回線の先でずっとぼくたちの動向に耳を傾けている男が一人取り残されていた。

4

上空はガスが掛かっていた。晴れているのか曇っているのか分からない天候が続いていた。

交通量の多い環状線沿いで作業をしていると、車のクラクションが続けざまに激しく何重にも響き渡った。握っていた騒音計がいきなり八五デシベルを表示したので、驚いて顔を上げると、歩行者信号が赤だというのに横断歩道の中央で手を振り上げ、車を避けながら無理に渡ろうとしている男がいた。顔に見覚えがあった。目を凝らし、身を乗り出して確かめた。記憶の中の一人の人物像へと焦点を結びはじめた。大学時代よりは幾分太っていたが、柏木郁夫《かしわぎいくお》だった。ずっと会っていなかった友人の突然の出現に驚かないわけがなかった。しかも旧友は交通量の多い環状線を無理やり渡ろうとしているのだ。歩道の端まで行き、目を凝らした。轢《ひ》かれそうになりながらもふらふらと横断してくる大男は、環状線の中央で立ち止まっては、わざと車に向かって闘牛士のように両手を広げたりしていた。口許が笑っているのが見えた。

おい。歩道に到達したところを捕まえ、声を掛けた。柏木郁夫は、眉間にぐいと力を入れてぼくの顔を覗き込んだ。閉じかかった目は充血していて、しかも息はアルコール臭《くさ》い。学生時代は一滴も酒をやらない男だったので、その酔い方が気になった。郁夫はぼくのことなど無視して、ポケットから煙草を取り出すと口にくわえた。ライターを探しながら、ガードレールに崩れるように腰を下ろし、ぼさぼさの頭を掻《か》きむしりだした。

柏木郁夫とは高校から大学時代にかけて、一緒にバンドを組んでいた。学年一背が高かった彼は体格に似合わず鍵盤《けんばん》楽器の担当だったが、猫背になりながら鉋《かんな》でもかけるようにピアノを弾く姿は、青臭い若さと勢いに助けられただけの素人《しろうと》ミュージシャンの中にあっては迫力があり、浮き立った存在だった。クラシックピアノの英才教育を幼い頃から受けていたせいもあって、セミプロの連中から仕事の依頼が来るほどの腕前だった。

ガードレールに腰を下ろし、口で呼吸を繰り返していた郁夫が、突然ぼくを指さし、もしかしてお前は、荒田だな、と声を張り上げた。何してんだ、こんなとこで。目を細めながら、古い友人は覗き込んだ。

柏木郁夫は呻《うめ》きながら、絡んだ痰《たん》を道端に吐き出した。それから取り出したライターに火をつけようとしたが、親指がふるえて何度もしくじった。やっとついた炎も吹き抜けていく風に掻き消されてしまった。煙草を口にくわえたまま、笑いだす。

肩まであった長髪を短く刈りそろえ、鼠《ねずみ》色の地味な制服を着ているぼくの姿は、大学時代の流行ばかり追いかけたけばけばしい恰好しか知らなかった彼にとって、奇異に映ったのだろう。ぼくは区役所の環境保全課に勤めていることを告げ、交通騒音の調査をしている、と騒音計を彼の目の前に突き出した。郁夫は目を凝らして機械を覗き込み、声を殺してまた笑った。ぼくが言っていることを理解しているのかどうかさえ、疑わしい調子である。

翌日、柏木郁夫から区役所に電話が入った。

「荒田？　俺《おれ》だよ、柏木」

結局泥酔《でいすい》状態の郁夫は、やりとりの途中でガードレールに凭《もた》れて寝込んでしまった。体を揺すっても起きる気配がないので、やりかけの測定を先に済ませてから介抱しようとそこを一旦離れた。すぐに戻ってくるから、ここで待っているんだぞ、彼の耳元にそう言い残して。

しかし一五分ほどして戻ってみると、既に郁夫はどこかへ消えてしまっていた。大学を卒業してからずっと、ぼくは彼の行方を探していた。区役所の中に友人を作ることができず、しょっちゅう学生の頃を思い返していたのだ。それだけに、一晩中後悔するはめになった。

「区役所のビルの中にいるんだけど、少し時間があるなら、下りて来いよ」

「どこ？」

「一階の区民会館。用事があって、ホールにいる」

郁夫はそういうと電話を切った。

S区の区役所は地上二〇階建ての新庁舎に建て替えられたばかりで、その一階部分には隣接するような形で区民会館があった。区民会館と言っても、キャパシティが一七〇〇席もある立派なホールで、外国からオーケストラが来て演奏することもある。文化的な区民生活を公約に掲げていた区長が、新庁舎の建築にあたって目玉の一つとして建設したものだ。ぼくは会館の職員に軽く挨拶をしてから、一階の後方にある扉から直接ホールに入った。客席の明かりは落ちていて、舞台だけが天井から吊り下げられた照明器具によって、部分的に浮かび上がっていた。柏木郁夫はその舞台上にいた。下手《しもて》側に黒いグランドピアノが一台置いてあり、黒っぽい服に身を包んだ彼は少し離れた場所からそれを見ていた。声を掛けようとして躊躇《ためら》った。彼がただ立っているのではなく、ピアノと対話をしようとしているような感じがしたからだ。

ホールの空気は外の流れる空気とは違っている。溜《た》まり水のような濃度がある。ほんの少しの物音でも、過敏に震動してしまい、重大な意味を投げかける。できるだけ足音を立てないように、ゆっくりと舞台に向かった。彼が何をしているのかはまだ分からなかったが、もう少し、その姿を見ていたかった。

郁夫は静かに場所を移動しながらピアノの周囲をぐるぐると歩きはじめた。

客席の最前列にぼくが辿《たど》り着くと郁夫の表情から緊張感がすっと消え、笑顔に変わった。ぼさぼさの頭と伸び放題の不精髭《ぶしょうひげ》。ぼくは上手《かみて》の階段を登り舞台に上がった。海底を泳ぐように客席を歩いてきた感じとは違う、ふいに船の甲板に釣り上げられた魚のようなとまどいがあった。人のいない客席がずらりとこちらを向いて並んでいるからそう思ったのだろうが、見えない客たちの視線は舞台の上の郁夫に注がれているようだった。

「昨日は、ひどいところを見られたな」

柏木郁夫はピアノ椅子《いす》をぼくの前に持ってきて、座るように指し示した。それから握手を求めてきた。ぼくは彼の手を握りしめる。生き物に触れた感触ではなかった。皮膚の下に砂がぎっしり詰め込まれているような無機質な重さと冷たさがあった。

「実は、調律の仕事をしてるんだ」

声は震えていて、前日の泥酔していた時の印象とは随分違う。学生の頃の、白由気儘《きまま》な感じとも違って、どこか自信のない弱々しい佇まいがあった。

いつから？　ぼくがそう問うと、彼は再びピアノの方に向かった。

「大学を出てから暫くあっちこっちを放浪して、その後、静岡のピアノ会社に入社した。そこで調律の勉強を。それからずっとこの道一筋だよ」

郁夫は頭を掻いた。目を窄《すぼ》めて、瞬《まばた》きを繰り返しながら、落ちつかずにぼくの視線を何度か躱《かわ》した。学生時代の眼差《まなざ》しの輝きは消えさり、くたびれた顔の皮膚に時間の流れを刻み込む細かい無数の皺《しわ》があった。

これから？　ぼくはピアノを指さして、聞いてみた。

「調律ならもう始まっている」

郁夫はピアノの前まで行き、鍵盤ぶたをゆっくりと開けた。

「音を出す前にね、いつもこうやってピアノを暫く眺めることにしているんだ」

「眺める？」

「このピアノがどんな奴《やつ》だったか思い出すまで、じっと眺める。前に調律した時に、俺がこのピアノに何をしたか、どういうふうに調律したか、そんなことをいろいろ思い出すまで、チューニングを始めたりはしないんだ。そうすると、不思議なことに向こうから、今日はああしてほしいとか、こうしてほしいとか言ってくる」

郁夫は白鍵を軽く一つ押した。空気が揺れる。

「一度でも調律をしたピアノは必ず覚えているよ」

ひとり言のように呟きながら、郁夫は道具入れの中からチューニングハンマーを取り出し、上体を屈《かが》め、ピアノの内部へそっと頭を差し入れた。ぼくも立ち上がり、彼の後ろから中の様子を窺ってみた。横一列に並んだ黄金色のピアノ弦が、ピアノケースの中で静かに眠っていた。

「この弦の張りを見てくれ。これ一本一本の張力が八〇キロほどあるんだ。つまり二三〇本もある弦全体では、約二〇トンの力が働いていることになる」

「このピアノの中で、二〇トンもの力が働いているのか？」

「ああ。重さにしたら、大型バス二台分もの力だよ」

ほらここ。郁夫はそう言うと、厚さ一センチほどの頑丈そうな板を指さした。

「これは響板と言って、こいつが弦の張力に対抗しているんだ。二〇トンの力を支えている。ピアノは、外から見る限り静かで平穏な感じだけれど、内部では、このような強い力の引っ張りあい、押し合いが常に行われている。世界情勢みたいなもんだ」

郁夫は、適当な弦を力任せに一つ強く叩いた。鋼鉄の弦が重たい音を響かせる。ホールのせいもあるだろうが、ただ一つの音がはっきりと耳の中で形を作った。それは騒音調査をしている時の、あの輪郭のない音とはまるで違う確かな硬さを持った縁取りされた音だった。

郁夫は和音を弾いたり旋律をなぞったりしはじめた。

「ピアノは生き物だから、こうやってしょっちゅう付き合ってやらないと、とりかえしがつかないことになる」

「どうなる？」

「ほったらかしにされている人間と一緒だよ」

微笑《ほほえ》み、自分を指さした。

「最近のピアノは丈夫にできているからさ、内部の異常にもある程度耐えられるようになってはいる。音程の乱れなんかはさほど気にもならない。ただし、ピッチはぐんと狂ってしまう」

「ピッチか」

「うん。音程はある程度我慢できても、ピッチが下がってるのは、気持ち悪くて我慢できないね」

郁夫は鍵盤を叩きながら、弦が巻きついているチューニングピンを締めたり緩めたりしだした。きっ、きっ、と鋼《はがね》の引っ張られる音が、舞台上に響きわたる。イルカが調教師の指示に声を上げて答えているような感じだ。

ぼくは椅子まで下がり、腰を下ろした。鍵盤を叩いては、チューニングハンマーで締め上げている郁夫の姿を暫く見ていた。白い光が満ちた舞台上に、黒い大きなグランドピアノと背の高い柏木郁夫が浮かび上がっている。彼の作業をする姿は真剣で、前日の泥酔していた時とはまるで別人であった。

調律という作業は、ぼくにはとても心地良く響いた。静かな、しかもこれほど大きな器の中で、単音の響きを聞くことなど滅多にできない経験だったからだ。ハンマーヘッドが弦を叩き、その振動がホールの空気を震わせるたびに、頭蓋《ずがい》の中に色彩を持った音が一つぽんと弾《はじ》けた。ペンキを詰め込んだバルーンが次々に爆発するように、単音が耳元で弾け飛んでは頭の中の宇宙に原色の絵の具を投げつけた。

一〇分ほど調律の様子を見ていたが、彼が作業に集中しているので、ぼくは自分の仕事に戻ることにして、声を掛けた。

「一度仕事に戻らなくちゃならないけど、今夜、再会を懐《なつ》かしんで、どう？」

酒を飲む真似《まね》をしてみせると、郁夫は、笑顔で頷《うなず》いた。

待ち合わせの場所と時間を決めてから、舞台を駆け降りた。

5

仕事帰りにたまに立ち寄るバーが区役所の側《そば》にあり、そこで柏木郁夫と待ち合わせをした。その店は古ぼけたビルの半地下にあって、三段くらいの階段をとんとんと降りる感じがロンドンのパブのようで好きだった。物静かな女主人が一人でやっている店で、カラオケさえ始まらなければ、居心地のいい秘密の隠れ家といった場所である。

現れた時、郁夫は既にかなり酔っていて、段差のある入口付近で一度躓《つまず》き、ドアにぶつかり、騒々しい登場の仕方をした。

その辺で先にいっぱいひっかけていた、と言って、ぼくが座るカウンター席までやって来ると、酒の匂いをまき散らして大仰に腰を下ろした。郁夫は女主人に、ウィスキーのオンザロック、と声を張り上げてからぼくに向かって微笑み返した。

不精髭が揉《も》み上げに繋がっている。調律をしていた時とは目つきが違い、どんよりしている。女主人が差し出すグラスをひったくるように掴《つか》むと、乾杯もせずに口腔《こうこう》に流し込んだ。

話したいことは山ほどあったが、中々言葉が纏《まと》まらなかった。昔の友が横にいる、と思うだけでいつもより酔いの回るのが早かった。さして会話を急がず、過ごしてきたお互いの時間に敬意を払うようにグラスを傾けあった。

ふと目をやると、郁夫の左手に大きな指輪が光っていた。

「……結婚したのか？」

喉《のど》の筋肉が固くなっていて、掠《かす》れた声が飛び出した。郁夫は、ぼくの顔を一瞥した後、指輪を隠すようなそぶりを見せ、したよ、とばつが悪そうにそっぽを向く。

「したけど、今はうまくいってない。別居中なんだ。子供が一人いて、向こうが引き取って育てている」

彼はやや早口でそう返すと、空になったグラスを女主人に掲げてみせた。氷が硝子《ガラス》にぶつかり硬質な響きを放つ。郁夫の横顔に照明があたって輪郭が仄《ほの》かに縁取られている。

二八歳という年齢なのだし子供がいてもおかしくはなかったが、同級生に既に扶養家族がいるというのは、頭では認識できても、どこか摑みどころのない違和感があった。二人とも、三〇歳まで後僅《わず》か二年であり、大学を出てまだ六年しか経っていない、という中途半端な年齢なのだ。

「子供は幾つ？」

「五歳。……もうりっぱにピアノを弾く。もっともかみさんも、それこそピアニストでさ。ピアノ弾きにでもならなきゃ、人間として認めてもらえないような環境に、奴は生まれてきたわけだ」

郁夫は父親らしく自分の子供の自慢を交えながら、照れていた。

「お前が父親か。なんだか不思議な感じがするな」

郁夫は、ぼくの方を一瞥して何か言いかけたが、言葉をすぐに呑《の》み込むと、再び正面に向き直り小さく息を吐き出した。もっと聞きたかったが、彼の横顔が拒絶していて、それ以上聞くこともできなかった。

飲みはじめて一時間もした辺りで、郁夫に例の音の環境地図を見せることにした。ぼくとしてはこつこつ作ってきた地図だっただけに、一度誰かに見せたかったのだ。

フミにもまだ見せたことがなかった。もっともフミには最初から理解して貰えない気がしていたので、見せるつもりはなかった。時々、ぼくが持ち帰った騒音測定の記録などを、煩《わずら》わしそうな目で見ていた。テーブルに資料を広げて仕事をしていても、何の仕事をしているのか、と聞かれたことはなかった。ぼくがしていることに対して、つねにどこか冷やかなところがあった。だから唯一《ゆいいつ》の趣味とも言えるエレキギターでさえ、彼女の前で弾くのは躊躇《ちゅうちょ》した。

「なんだい、これ」

音の環境地図だよ、とぼくは呟いた。

「自分が住んでいる街で、どんな音がどういうふうに聞こえているのか気になってね」

そういうと、彼は、これも仕事なの？　と聞いてきた。ぼくは首を左右に強く振り、趣味みたいなものかな、と答えた。

「面白いことをするな」

柏木郁夫は、長いことその音の地図を眺めた後でそう呟いた。

地図は数種類あった。最初に作ったものは、聞こえた音を小さな点に全《すべ》て色分けしたもので、どこで何が聞こえたかがすぐに分かるよう、三〇種類ほどの音の点がS区の地図上に記されているものだった。自然な音を柔らかい配色で、人工的な音を硬めの配色にして、音の分布を分かるようにしたものである。そのデータをもとに、音の範囲図も作った。どういう音がどの範囲で聞こえているかを表したもので、これは地域別にして部分的な地図となった。例えば金属工場の音ならば、機械の音が聞こえる範囲の最外端を線で結び、円で囲って範囲を表した。円もコンピューターで綺麗《きれい》に色分けしてあって、しかも時間帯——朝、昼、晩——によって、一目でどこでどんな音が聞こえているのかが分かる仕組みになっていた。準工業地域での範囲図ならば、金属工場や硝子工場、それに製缶工場などの円が描かれていて、それらは時々交わっていた。

「こんなことして何になる?」

柏木郁夫は長いこと音の地図を見た後でそう呟いた。

「別になんにもならない、プラモデルを作るようなものだ。ただなんとなく、自分の耳にはどんなふうにこの世界が聞こえているのか形にしてみたかった」

郁夫は笑った。しかし彼がその地図に興味があることは十分伝わってきていた。覗き込む目が、時々ぐっと一点に集中しては、眼光を瞳《ひとみ》の奥深くで燻《くすぶ》らせる。

音の地図作りは、ぼくにとって、取り巻く世界の発見を意味していた。ぼくは身近な環境の音をノートに記録して歩くようになった。最初、つまりこの地図を意図して作りはじめる前は、鶏の鳴き声のような特殊なものが、自分の生活空間の中にどれだけあるのか調べたくなって、動きはじめた。すると、普段耳にしていた音以外にも、あちこちにもっと多くの貴重な音が存在していることに気がついた。その中には鶏の鳴き声のほかにも、ぼくの気持ちを激しくゆさぶる新しい発見が多かった。例えば、いまどき薪を燃やしている小さな工場があって、勢い良く弾ける薪の音が響いていた。猛獣を飼っている屋敷の前では、時折不気味な声が高い塀越しに鳴り渡り、周辺の犬たちはその瞬間おとなしくなるのだった。それらの音を発見し記録することが、いつしかぼくの楽しみになっていった。

郁夫は、うーん、と声を絞り出しながら何度も唸り、顔を近寄せたり離したりしながら、ぼくが渡した数枚の地図を一枚ずつ丹念に検討していた。

二人はその夜、いつまでも地図を眺めて過ごした。はじめて他人に見せたせいもあるが、ぼくにとってはそれだけで満足だった。地図が二人の間にあることで、旧友との長い空白を埋めることができたからだ。郁夫の眼光の燻りは消えなかった。調律師という仕事柄《がら》、音の地図から何か胸に響くものを感じ取ったのかもしれない。

「今度、暇な時に俺にも地図作りを手伝わせてくれよ」

そう呟いた彼の一言が、無性に嬉《うれ》しかった。

6

太陽は頭上にあった。スモッグのせいで、その輪郭ははっきりとは分からなかったが、降り注ぐ太陽光線には力があった。じっとしているだけで汗が滲《にじ》み出てくる。騒音計を鞄の中にしまってからまた電話ボックスを探した。そしてフミのアパートの番号をプッシュする。

呼び出し音の後に、彼女の録音された声が聞こえてくる。暗証番号を素早く押す。発信音がして、留守番電話の再生機能が作動しはじめる。機械の声が、二件です、と告げた。

——もしもし、母さんだけれど、元気にしている？　特に用事はないけれどさ。元気なら元気でたまには家の方にも電話を頂戴。父さんだって、お前のこと心配してないわけじゃないんだから。間に入って母さんだって気を使っているんだから。いつ電話してもいないし。……お見合いのことだって、あのままだし。いい加減に生きてないで、しっかりしないとお嫁に行きそびれるよ。

一件目の用件が再生されると、機械の声が録音された時刻を告げた。声は、この留守番電話では馴染《なじ》みのフミの母親だ。お見合いのこと、とはなんだろう。彼女の両親については、九十九里で乾物屋をしているということは知っていたが、会ったことはない。フミはいつまでたってもぼくのことを自分の両親に紹介しない。小さな漁村で乾物屋を営んでいる父親というのは想像するだけでも気難しそうな感じがする。内容はいつも父親の機嫌のことばかりだった。

発信音が続き二件目の用件が流れはじめる。

――……フミさん。

例の男の低音域の効いた声。どこか気取りがあり、妙に丁寧で、下心といったものは感じさせないが、それだけに気掛かりな声。

――約束の件だけれど、今夜はどうでしょう。こっちは今夜の方がありがたいんだけれど。そっちは大丈夫？　……彼氏と何か約束がある？　何もなければ今夜六時にいつものところで会いましょう。本当に急でごめん。今日しか都合がつかないもので。

留守番電話はそれだけ言うと切れた。プーッという発信音だけが耳奥に絡みついていつまでも残った。じっと受話器を見つめていたが、嘆息を零《こぼ》した後、ぼくはそれを叩きつけるようにして切った。

今夜？　いつものところ？

朝、フミと駅で別れた時、今夜か明日、もしかしたら会社の女の子の送別会があるから遅くなると思うけど、と言っていた。彼女は時々帰りが遅くなった。そのまま自分のアパートへ帰ってしまうこともあった。口にする理由は様々だが、大抵、会社の同僚たちと飲んできた、と言っていた。本当だろうか。疑うと、肺が握り潰《つぶ》された空き缶のようになり、呼吸が苦しくなる。それに、この男はぼくの存在についても知っている。

ぼくは動悸《どうき》が収まるのを、蒸し暑い電話ボックスの中で硝子《ガラス》に凭《もた》れてずっと待った。汗が頭髪の中を流れ、それは首筋を伝い背中へと落ちていく。男の声が耳から離れず、いつまでも頭の中を駆け巡っていく。

堪《たま》らなくなって、ヘッドフォンステレオを鞄から取り出し、それで耳を塞いだ。スイッチをオンにし、ボリュームを出来るかぎり上げる。酸素吸入器を急いで吸うように、音の渦の中に逃げ込んで、また世界を遮断する。

ヘッドフォンステレオとの出会いは、小学校の六年生の時だった。クラスメートが学校に持ってきていた。彼は兄から借りたというハードロックのテープを聞いていた。聞かせてもらった時の興奮は忘れられない。耳の穴から侵入したヘビが、柔らかい脳の間をのた打ち廻っているような痺れが全身を走り抜けた。

翌日には親に頼んで、同じやつを買ってもらった。ひとりっ子で、友達の少なかったぼくを不憫《ふびん》に思っていた両親は、学校で流行《はや》っていて持ってないと仲間外れにされるんだ、と嘘をつくとすんなり信じた。あの頃ぼくは彼らの優しさをよく利用していた。

その機械は学生時代のぼくをますます周囲から引き離す役割を担《にな》った。人との付き合いが嫌いだったぼくは、ヘッドフォンを被ることで、人々との間により高い壁を築くことができた。世の中には防音壁というものがあり、音の流れを遮断するが、ヘッドフォンステレオが生み出す音は、逆にぼくを世界から孤立させてくれた。ヘッドフォンを被っている間は誰も声を掛けてこられないからだ。音の壁のお蔭《かげ》で、中学、高校と煩わしい友達関係のしがらみに毒されないですんだ。

授業中も一番後ろの席でイギリスやアメリカから届けられた新譜を聞いていた。学校が終わった後も、近くのレコード屋に立ち寄る以外は、クラスメートたちと出歩くこともなかった。自分の部屋に籠《こも》って、ステレオを聞き続けたのだ。歳《とし》を重ねるに従い、どんどんハードなものを好むようになり、自然と音量も上がった。溢《あふ》れる音や叩きつける過激なリズムの中にいると、不思議と自分を保つことができた。リフを延々繰り返す爆撃機のエンジン音のような音楽を耳は喜んだ。逆にハーモニーの美しいまとまった音楽は、聞いていて落ちつかなかった。

郁夫たちとバンドを組むまでの間、ヘッドフォンステレオから流れてくる激しいロックビートだけが、ぼくの心のささくれを癒《いや》してくれる唯一の友達だったのだ。

7

マリコが顔を真っ赤に歪《ゆが》めるのを、ぼくは意外と冷静な気持ちで見上げていた。彼女の声にならない声が、狭い室内を昼間から甘く切なく満たした。

今夜六時にいつものところで会いましょう。フミの留守番電話に吹き込まれていた男の声が脳裏に浮き上がった。男ははっきりとぼくの存在を知っていた。どうして知っていたのだろう。フミが言ったから知っていたに違いないのだが、だとすればフミとその男は、つまりぼくとマリコとの関係のようなものか。そう考えると、息が出来なくなり、股間《こかん》の奥底が嫉妬で疼《うず》いた。

「いいの、いいの、お願いだから、そのままずっと、そのままでいて、……」

マリコの声は次第に吐き出す息と混ざり合って、意味が不明になった。マリコが悶え震えるたびに、フミが知らない男と抱き合う様子が浮かんできて、苦しくなった。そしておかしなことにその妄想のせいでぼくは同時に興奮していた。

果ててしまった後も、マリコは暫《しば》く腰をぼくの体に押しつけていた。ゆっくりと上下左右に揺さぶって、余韻を楽しんでいる。それから汗を嘗《な》めるような濃厚なキスをしてきた。性交が終わると、何故《なぜ》だかぼくは、とにかくすぐにマリコから離れたくなった。彼女の肉体が急に汚らしく思えた。触られるのも嫌になった。キスなんか全く駄目だ。絶頂が過ぎると、欲望が消え失《う》せ、同時に後悔がぼくの気持ちを光の元にさらけ出す。心のどこかでフミに対する罪悪感が起こるのだ。いつもこの繰り返しだった。

抱き合った後のゆるやかな放熱の中にいて、ぼくは暫く、窓から注ぎ込んでくる風にあたっていた。仕事に戻るタイミングを図りながら。

「今日はどの辺の騒音調査をしてるの？」

マリコが冷たい飲み物を冷蔵庫から取り出してぼくの前に置いた。

「環状線の辺りかな」

「車が多くて、むっとするでしょ？」

「もう馴《な》れたさ」

マリコは笑った。彼女は下着を付けてから、ぼくの鞄の中に手を入れた。

「騒音測定器を見せて」

勝手に中から機械を取り出すと、しばらくそれを眺めていた。役所の女の子たちがそんなものに興味を示すことはほとんどなく、フミなど無関心もいいとこだった。マリコは抱き合っている時には見せたことのない真面目《まじめ》な顔つきで、装置を眺めていた。ぼんやり眺めているのではなく、かなりの興味を持って細部へ意識を注いでいた。

「そうか、こうなってるのか」

彼女はスイッチを押した。駄目だよ、使い方わかんないだろ。ぼくが注意をしてもマリコは機械を離さなかった。マイク部に向かって、声を張り上げては、メーターが動くのを見て頷いている。

それからその機械をぼくに手渡すと、ねぇ面白いものを見せてあげようか、とぼくを隣の部屋へと引っ張った。

いつもベッドのある部屋でばかり抱き合っていたので、隣室を覗くのははじめてだった。カーテンがきつく閉められていて、室内は暗かった。本棚には書物が折り重なるように積み上げられ、まるで大学の研究室だった。しかもその書物を手に取ると、どれも配電とか電波とか無線とか、電気に関係する本ばかりだった。

出来上がっていたマリコ像というものからはかけ離れたイメージを、その薄暗い部屋はぼくに与えた。マリコに椅子を勧められて、壁際《かべぎわ》にある机の前に座った。卓上には使い古された年代物のコンピューターと角張った薬箱ほどの機械が並んでいる。彼女が機械の電源を入れるとスピーカーからノイズ音が流れた。

「君は口固いよね」

「どういう意味？」

マリコは含み笑いを浮かべながら、機械の中心についているダイヤルを弄《いじ》りはじめる。どうも無線機のようだった。電波をスキャニングしているようなノイズがスピーカーから暫く溢れ出ていた。

「アマチュア無線？」

聞くと、マリコは、まあそんなところかな、とぶっきらぼうに呟いた。無線機はコンピューターに連動しているようで、彼女は端末機を操作していた。グラフ式のメーターがノイズに合わせて様々な模様を作っている。マリコはそれを見ながら、無線機のダイヤルを微妙に調整しはじめた。それから幾つかのスイッチを押すと、機械が勝手に周波数を合わせ、雑音交じりだったノイズ音が、すっきりした人の会話へと変化していった。壁に掛けられたスピーカーから男と女の声がした。コードレスフォンか何かで喋っている会話のようだった。

「盗聴？」

ぼくが声をあげると、マリコは、目を大きく開いて、首肯《しゅこう》した。

「昔はアマチュア無線もやってたんだけどね、コンピューターが流行ってからは、メールとか、インターネットとか、あっちの方へ興味が移って、暫く遠ざかっていたの。……ところがある時、雑誌でさ、盗聴というのが流行っていることを知って、昔取った杵柄《きねづか》という奴かな、のめり込んじゃって」

マリコは無線機のツマミを調節している。

「他人の話を聞くのって本当に面白いのよ。そういうのが好きみたいね。だっていつもテレクラで喋ってばかりじゃない。勿論話すのが好きなんだけどさ、こうやってじっと人の会話に耳を傾けているだけっていうのもまたスリリングでいいのよ」

彼女がかなりの盗聴の技術を持っていることはすぐに分かった。装置を弄る手つきはまるで熟練の技術者のようだった。電波音が室内を漂いながら、一つのポイントを探しては長くなったり細くなったりしていた。

『ねぇ、駅前のドリームっていう店知ってる？』

『知ってる、知ってる。あそこで前さ、俺のダチが働いてたもの』

『嘘？』

『あそこって、店長が凄《すご》いんだって』

『何が』

『よく知らないけどさ、いろいろだよ。エッチなんじゃないのかな』

『いやね、本当？　私そこで働こうかなって思ってたのに』

若い男と女は盗聴されていることを知らずに喋っている。その無防備なやり取りが、他人の会話を盗み聞きしていると思うぼくの下腹をくすぐった。ふいに罪悪感に包まれ、心臓がどぎまぎした。区役所に勤める自分の立場が気になって、落ちつかなかった。

「盗聴なんて犯罪じゃないの？」

マリコは首を左右に振る。

「別に法律は犯してないわ。そりゃあ、他人の家や電話線に盗聴器を仕掛ければ、間違いなく犯罪だろうけども、聞かれるのを承知で電波を外に垂れ流しているような場合、例えばさ、自動車電話とか、こういうコードレスフォンとか、そういう電波を受信するのは法律違反とは言えないのよ」

「そうかな？　でもプライバシーの侵害はどうなる？」

「コードレスフォンの説明書を読んだことある？　あれには会話を人に聞かれる恐れがありますって書いてあるんだから」

マリコは自分を正当づける根拠をきちんと用意しているようだった。ぼくは緊張したまま、スピーカーに耳を傾けていた。彼らがとんでもないことを話しはじめたりしないか、と思ったせいだ。とんでもないこと、とはいったいなんだろう。そう考えると、耳の裏側が熱くなった。

ちょっと待ってね、もっと面白い会話をスキャンするから、とマリコはダイヤルを回しはじめた。ダイヤル指数が399・4500メガヘルツに達した時、がさがさとノイズ音が続いた後、違う会話が飛び出してきた。

『……今度のことは社長には内緒にして下さいね。また叱《しか》られちゃうから』

『分かってるわ、私は口が固いので有名なんだから』

『いつも社長に目を付けられて、困るんですよ』

『悪いことばかりするからじゃないのかしら？』

『そんな、宮田さん、人聞きの悪いこと言わないで。誰が聞いているか分からないじゃない』

『でもね、社長は武ちゃんのことあんまり良くは思ってないわよ』

『知ってる。どうしてかしら？』

『さあ、なんか心当たりあんじゃない？』

『ないですよ。あるわけないじゃないですか』

マリコはボリュームを少し下げてから、ぼくの方を振り返って微笑んだ。

「これは、向かいのマンションに仕掛けられている盗聴器からの電波なの」

「盗聴器？」

「そう、さっきのは、コードレスフォンの電波を偶然キャッチしたんだけど、今度のは盗聴が目的で仕掛けられた送信機から出ている電波なわけ。つまり誰かが何かの目的でマンションのその会社の中に盗聴器を仕掛けているわけね」

「企業スパイとか？」

「まぁ、そんな大げさな話は昔のことで、いまはそこら中の人達が盗聴器を仕掛ける時代なのよ。エッチな雑誌の後ろのほうに盗聴器の宣伝が載っているでしょ。ちょっとした盗聴ブームなの。不倫現場を押さえたい夫とか、娘の素行を調べたい父親とかが自分の身内に仕掛けるわけ。例えば今聞いているような、会社の幹部や上司が部下の素行を調べるために仕掛けるとかね。……いろんな理由があるんだろうけど、誰でも簡単に盗聴することができる時代なのよ」

ぼくは無線機をじっと睨《にら》み付けた。耳を傾けているだけなのに、不思議なことに盗聴されている人達の顔だけではなく、その表情までも見えた気がした。

「あちこちに仕掛けられた盗聴器を捜し出してこうやって耳を傾けるのは面白いのよ。この辺は雑居ビルや団地が密集しているから、このように仕掛けられた盗聴器が多いの。大抵ね、この399・4500という周波数帯は盗聴のシルクロードみたいな場所ね。UHF帯盗聴器の代表的な周波数だから、ここらへんに合わせると、何か聞こえてくるわ。この電波も、一月ほど前から流れている」

「一月前って？」

「一月前に、仕掛けられたということかな。どう？　感想は？　興味持った？」

マリコはぼくを共犯に引きずりこもうとしているような笑顔を作った。慌《あわ》てて喉を鳴らし、前傾姿勢になっていた自分に気がつくと、座りなおした。

「でも、なんでこんなこと？　第一他人の会話をただ聞くなんて何が楽しいんだ？」

なんでかしら？　マリコはそう呟くと、ぼくの顔をじっと見つめ返した。

「他人の会話を聞くから面白いんじゃないのかな。何を話すか分からないという興奮があるじゃない。だって向こうはまさか盗聴されているなんて思っていないわけだから、好き勝手なこと喋るわけでしょ。人の会話って凄いんだから。外面と内面は全く別ものなのよ。君もなんだかんだいいながらも、結構嵌《は》まっているような気がするけど」

ぼくたちはお互いの顔を覗きあった。ふっと笑ってしまった。音の地図作りを趣味のようにはじめたぼくに人のことは言えない。フミの電話を盗み聞きしているわけだし、それこそ立派なプライバシーの侵害なのだ。

マリコは周波数を少しずらした。細い指先が妙に滑らかに揺れ、色っぽかった。交信をキャッチすると、満足そうな笑みを口許に浮かべた。

『そうだとしてもだ。それが一番いい方法かどうかはまだ分からないよ。安井さんがあのままここに残ったらえらいことだ』

『まさか、そんなこと俺がゆるさねぇ。もしも万が一そんなことにでもなってみろよ、ここはお終《しま》いだ』

『分かってる、だからこうやってお前と話してるんじゃないか。これでいいなんて俺は思ってないって。なんかいい方法がないかっていつも思ってるさ』

ぼくは受信機から流れ出てくる見知らぬ人達の、そしてぼくには全くなんの意味も持たない会話をおとなしく聞いていた。

マリコはこの薄暗い部屋でいつも耳を澄ませて他人の会話を聞いているのか。何の生産性もなく、何の向上心もない遊びに没頭しているのだろうか。

マリコは周波数をさらに動かした。驚くほどいろんな会話が飛び込んできた。マリコに教わって自分でも周波数を変えてみた。警察無線や、消防無線なんかもキャッチすることができた。

割れた電波の向こうから、人々の生活が滲んできた。他人の声をキャッチした時には僅かだが快感があった。どこかで誰かがひそひそ話をしている。密談や商談がぼくたちの頭上を飛び交っている。まるで神の耳にでもなったような気分だ。いけないことだと自分に言い聞かせても、ぼくは受信機の前から動けなくなっていた。

「どう？　ハマるでしょ？」

マリコはぼくの太股《ふともも》の上で手を這わせた。激しく抱き合った後だったのに、心地よい痺れが走った。

「東京は、耳に聞こえない音が充満しているのよ。盗聴器の電波はもちろん、携帯電話や無線機、ポケットベルの電波だってあるでしょう。それに最近ではＰＨＳだって普及しだしてる。もっともっと沢山の電波が飛び交っているわ。騒音都市だなんていうけど、本当の騒音は聞こえないところにあったりして」

マリコはダイヤルを動かす。無数のノイズが飛び込んでくる。ぼくやマリコの脳や骨や肉を貫通して飛び交っている電波が一瞬見えた気がした。

8

「これでいい？」

マリコは買ってきたハンバーガーを両手に持ったまま口許に笑みを浮かべ、それをぼくの鼻先に突き出した。声を潜めてはいるが騒音に負けないように喉元に力を込めているせいで、却《かえ》って耳についた。騒音測定器のマイク部を意識しながら、野良犬《のらいぬ》に餌でも与えるようにハンバーガーをちらつかせ、ねぇ、これ好きだよね、ともう一度念を押した。

「ありがとう。でもそんな風に喋らなくても大丈夫だよ」

ぼくはハンバーガーを受け取った。なんだ、と彼女は屈託なく笑う。

「だって、私の声大きいから、測定器が拾っちゃうんじゃないかと思って、これでも気を使っていたのに」

「こいつは優秀なマイクだから、その辺りで普通に喋っている分には、平気なんだ」

「じゃあ、これは？　あーあーあー」

彼女がマイクに突進してきて、突然大声を張り上げたため、針がぐんと揺れ、レッドゾーンを振り切ってしまった。

「おい、止《や》めろ。機械を壊す気か？」

慌てて騒音測定器をマリコから遠ざけた。彼女はひっひっひっと声を裏返らせ笑っている。

笑うとマリコの目は細くなり、大きなカーブを描いた。どんなに馬鹿《ばか》なことをされても、顔の中心で弧を描いた優しい目を見ると、笑いはこっちにまで感染してきて、不思議と許せた。ぼくもつられて口許が緩んでしまった。

騒音測定を見たい、とマリコが言い張ったので連れてきたのはいいが、後悔をしていた。もしも万が一、環境保全課の連中に女の子とハンバーガーを食べながら仕事をしているところを見られたりしたら、間違いなく大問題になってしまう。保全課の人間でなくとも、一般の人が怪しんで通報するかもしれない。ぼくはなるべくマリコから離れて、彼女がちょっかいを出してきても相手にせず、戯言《ざれごと》は出来るかぎり聞き流すようにしてよそよそしく努めた。

「いいかい。俺は仕事中なんだから。見るのは構わないけど、あんまりべたべたしないでくれ。誰かに見つかったら、くびになってしまう」

はいはい。マリコは分かったのか分からないのか曖昧な返事をつまらなそうにした。ぼくは彼女を一瞥してその場から移動した。スモッグで太陽は見えなかったが、むんとする暑さだ。なのに彼女は鼻唄を歌いながら追いかけてくる。

数珠《じゅず》つなぎの自動車が環状線を上りも下りも埋め尽くしていた。アスファルトから立ちのぼる熱風や、車から吐き出される排気ガスが、視界を歪めていた。エンジンの重厚な音の他は、時々、苛々《いらいら》したドライバーが鳴らす、クラクションだけが威勢良く辺りに響きわたっていた。

環状線は渋滞していた。昼休憩が終わった直後くらいから暫くの間、この一帯は毎日大抵、渋滞となる。事故や工事が原因で渋滞しているわけではない。いろんなことが少しずつ要因となって流れを鈍くさせるのだ。車の増加に対して、都市の道路網の整備が追いつかず、慢性の自然渋滞を生み出しているのだろう。根本的な問題は様々考えられるが、その詳しいメカニズムは専門家ではないから分からない。もっともぼくの仕事も広くはそのメカニズムの調査の一端なのかもしれない。

渋滞している道の騒音を計っていると、干上《ひあ》がった川を移動するバッファローの群れにマイクを向けているような錯覚に陥ることもある。先頭のバッファローはここからは見えない。そいつがどこへ行こうとしているのかも分からない。ただぼくは音量を計るだけだ。それがぼくの仕事で、それ以上の憶測や希望は必要ない。

自然な渋滞とは意味のない怠慢のことだ。そしてそれは今の自分に似ている。何が原因で流れだせなくなったのか分からず生きている自分にそっくり。ただ前の奴の尻《しり》にくっついていく。苛立ちから抜け出して、思いっきりアクセルを踏みこみたいのに、攣《つ》りそうなふくらはぎを我慢して、アクセルとブレーキを交互に神経質に踏みしめるだけなのだ。いったいこの渋滞の先に何があるのか。ぼくを停滞させるものは何か。時々流れの先を見ながら、ぼんやりとした苛立ちを覚えるのだった。

「ねぇ、失格測定マンさん」

マリコが声を上げた。陸橋を支える円柱の陰から彼女は顔を出している。

「前から思っていたんだけど、君は少し暗いわ」

大型トラックから吐き出される黒煙がぼくたちを包み込んだ。マリコは顔を顰《しか》めながらも、ぼくから視線を逸らさなかった。

「君はね、恋人と別れなさい」

彼女はわざと声を張り上げて言った。測定器がキャッチする。針がぴくりと揺れ、七六デシベルを指した。

「どうして？」

ぼくの声は七八デシベル。

「恋人の留守番電話を聞いたり、詮索したり、びくびくしたり、そういう交際は不健康だし、何か間違っているわ。駄目になるのは目に見えているじゃないよ。そんな女のどこがいいの。女なんて沢山いるんだから。他にもどこかに君にぴったりのがいるよ。ちゃんと目をあけて前を見れば、見つけられるわ」

「どうしてそんなお節介をするんだよ」

「どうしてって、君とは肉体関係もあることだし、親切で言っているつもりなんだけど」

ぼくは周辺を慌てて見回した。突然、マリコがはっきりとそう言ったので心臓が急に血を送りはじめた。マリコを睨み付け、声を潜めて警告した。

「おい、変なことを言うな。車の窓が開いていたらドライバーに聞こえるじゃないか」

「だってそうじゃない。私たち他人じゃないんだから。君のこと心配なんだよ。今のままじゃ、君が潰れてしまう。君の腰の振り方はストレスが溜まっている感じがするんだもの」

最後の方は声を張り上げていた。

「ねぇ、今の私の声って、何デシベル？」

ぼくは測定器を抱えて、慌てて別の場所へ移動した。マリコが走ってついてきた。

「アングリ？」

「うるさいな。お互い、プライベートなことには関知しない、という約束だ。それを承知で君だって」

「冗談ですよ」

マリコは笑いながら少し離れたガードレールの上に腰掛けた。ぼくは彼女を一瞥してから、測定器を再び環状線に向けた。だらだらと流れていくバッファローの群れは、一瞬加速したが、またすぐに停滞した。バッファローたちの呼吸音がアスファルトの川底からぶるぶると震えながら風に持ち上げられてきた。その熱風がぼくとマリコの間を吹き抜けていく。

目を閉じた。またフミのことを考えた。つんとすました彼女の青白い顔がおでこの内側から滲み出てくるように思い浮かんだ。マリコに指摘されるまでもなく、どうしてフミが好きなのか分からない。思い込みが、フミをいつしかぼくの中で神聖化させてしまい、絶対的な位置へ押し上げてしまっただけのことかもしれないのに。

フミはマリコのように肉体も心も全てを許してはくれない。いつも距離を持ち、彼女との間にはたとえ抱き合っている時でも薄い見えない膜が横たわっていた。まるでばかでかいコンドームにくるまれて性交をしているような冷静さが二人の日常にはいつでもつきまとった。彼女に直《じか》に触れることなんてできない。気持ちばかりが高まって、簡単にこじ開けることができないからこそ、ぼくはフミに対してある種の幻想を抱いてしまったのかもしれない。

それでも交際をはじめた頃、二人の間にもそれなりのセックスはあった。いや、あったような気がする。今となっては、過去の遺跡を発掘するような感覚だが。確かに何度かは肌を触れ合わせ一体となった。しかし今は、フミの体がどんな肉感だったか、その時、どんな感情が二人の胸の内に流れていたかなど、それらは曖昧な記憶としてしか残っていない。

フミはセックスそのものをどこか儀式のように見ていたところがあった。よく覚えていることがある。それは肉体的交接の経過ではなく、全てが済んだ後のことだ。フミは、身を清めなきゃ、と言ってすぐにシャワーを浴びにいった。余韻などあったものではない。ぼくが果てるのを待ってましたとばかりに起き上がると、義務をなし遂げたボランティアのごときすがすがしさで、横たわるぼくを跨《また》いでさっさと風呂場《ふろば》へ消えた。三十分ほど出てこなかった。シャワーの音は最初の五分だけで、後は中から物音一つしないのだ。自殺でもしたんじゃないかと心配になって覗こうとするが鍵が掛かっていて見ることが出来ない。心配になって激しくノックをすると、中から沈鬱《ちんうつ》な声が、考えごとしてるんだから静かにして、と告げた。性交直後の考えごとというのは何だろう、抱き方が気に入らなかったのかも知れないなどと、閉ざされたドアを見つめて困惑した。ぼくはいつも犯罪を犯してしまった人間のように、セックスの後、室内にぽつんと一人取り残された。

「おーい」

遠い声がした。騒音の彼方《かなた》からふらふらと飛んできた紙飛行機のような声に、ぼくは現実に連れ戻された。マリコがいなかった。振り返り、もう一度振り返り、歩道の先を探した。

「おーい、荒田君」

声を手繰《たぐ》ってみると、環状線の向こう側に彼女はいた。手を広げて振っていた。何か叫んでいるが、車の排気音の中で声は沈みがちだった。

「なんだって？　よく聞こえない」

ぼくも手を振った。測定器の針が振り切れた。マリコは電信柱に摑まると、ひょいとガードレールに飛び乗った。バランスを保ちながら、手を口許にあてがい叫んだ。

「まっすぐ……前を見てごらん……ぴったりの……いるから」

川を渡ってきた声が耳に届いた。ぼくは肩の力を抜いて、嘆息を漏らした。顔の表面に笑みが零《こぼ》れた。

9

夕方、仕事を終えると予《あらかじ》め用意していたラフな恰好に着替えて、高校時代から利用していた駅前の馴染みの練習スタジオへと向かった。フミのことが気掛かりではあったが、彼女の会社へ電話を掛けて問い詰めるだけの勇気はなかった。

かつての仲間とセッションをすることになっていたので、ぼくはそこで鬱憤《うっぷん》を晴らす気でいた。郁夫も呼んでいた。

スタジオに顔をだすと、郁夫以外みんな顔を揃《そろ》えて待っていた。全員、地元の高校の同級生だったが、本格的なバンド活動をするようになったのは大学に進学してからのことである。高校の終わりの頃からバンドらしくなり、大学はそれぞれ違ったが卒業するまでの四年間、ぼくたちの活動は続いた。その間、ライブハウスで演奏したり、レコード会社にデモテープを送りつけたりしたが、就職活動が活発になる頃に自然消滅してしまった。去年あたりからまた地元の馴染みのスタジオに集まっては、社会人のバンドとしてセッションを開始した。郁夫だけが音信不通だったため、手分けして行方を探していたところだった。

それぞれ社会に揉まれた顔をしていたが、自慢の楽器をセットしだすと背筋が伸び、敏捷《びんしょう》に動きだす。ぼくもスタジオの中でだけは、自分を取り戻せるような気がして呼吸が楽になった。

ギターを覚えたのは中学二年生の時のことだ。通信販売でストラトキャスターのコピーを買った。それにヘッドフォンを繋いで、真夜中に練習をした。ある程度ギターが弾けるようになってからもバンドには参加しなかった。ヘッドフォンのボリュームを上げて、引っかくようにコードを弾き、部屋の中で自分のプレイに酔いしれるだけだった。

高校二年生の学園祭の時、教室の隅《すみ》に置いてあったギターを何気なく抱えて爪弾《つまび》いていると、巧《うま》いじゃないか、と郁夫に声を掛けられた。同じクラスだったが、その時はまだ彼とはあまり話したことがなかった。どんなミュージシャンが好きなのか、と聞かれ、しどろもどろに答えたが、彼はぼくが好きだったミュージシャンを全て知っていて、いちいちどこがいいとか、どこが嫌いだとか力説した。

数日後、バンドに加わらないか、と持ちかけられた時、普段だったら断っていただろうに珍しく素直に頷いてしまったのは、郁夫の自然な接し方にあったのかもしれない。もしもあの時、誘われなかったら、ぼくはずっと一人でヘッドフォンを相手にギターを弾き続けていたことだろう。

その郁夫は一番最後に登場した。皆には黙っていたので、スタジオの重たいドアを開けて彼が顔をだした途端、おお、という歓声が沸き起こった。

スタジオは一〇年前のままぼくたちを呑み込んだ。一〇畳ほどの狭いスペースには、昔のままのアンプが転がり、塗装の剝《は》げたドラムセットが隅に組まれていた。黴《かび》臭いスタジオ特有の空気が鼻孔を刺激した。壁の落書きや、染《し》みだらけの床も当時のままだ。シンバルには一〇センチほどの亀裂《きれつ》が入っていたし、アンプのスピーカーも割れていて、ノイズがひどかった。

ぼくたちはそそくさとチューニングを始めた。ピッチはいくつだっけ、四四〇でいいの？　誰かがそう叫び、郁夫がオルガンのピッチをメーターで取り、四四一だよ、と応《こた》えた。四四一か。忘れかけていた甘酸っぱい気持ちが胸の奥へと広がっていくのを感じた。

大学はみんなばらばらだったが、地元に戻ってきてはいつもこうやってピッチを確かめあった。仲が良くても喧嘩《けんか》をしても、練習の前には必ずピッチを合わせた。ピッチがあっていないとどんなにいい演奏でも台無しになった。

チューニングが終わると、終わった者から勝手に楽器のならしが始まった。ぼくは躊躇《ためら》わずにアンプのボリュームをあげた。ハウリングした音がまるで敵対心を露《あら》わにした犬の唸り声さながらスピーカーを震わせる。フレットの中央辺りを適当に押さえて、ストロークしてみた。衣服を通して大音響が直《じか》に皮膚を刺激する。自分の体がコンセントになってしまったような直接的な痺れが走る。弦を掻きならすたびに、頭頂の真裏を鋭い刃物が切りつけてくる。全身の毛穴や細胞がまるで鼓膜になってしまったかのようだ。

　続けざまにカッティングを繰り返す。叩きつけるように、弦を弾いた。誰かが、その暴騒音を喜びながらもわざと、うるせぇ、と叫ぶ。声はすぐに音の渦の中に潜ってしまう。構うことはない。ぼくも、彼らも、どんどんボリュームを上げて楽器を弾けばいいのだ。勝手に弾くものだから、目茶苦茶な音がスタジオを埋め尽くす。音ではなく、ただの風圧だ。でも、だれも耳を押さえているものはいない。音で顔を洗っているような、清々《すがすが》しい笑顔になっている。熱い鉄を鋳型《いがた》の中へ注ぎ込むように、みんな自分の音をその渦の中へ流し込んできた。空気がでこぼこに捩《ねじ》れていて、その膨らんだりへこんだりする音の中にぼくも自分の音の居場所を、昔のように見つけ出そうとしていた。

　高音を歪ませてフレーズを弾いてみる。体に染みついたエイトビートのリフ。ダウンピッキングが空気を細かく刻み込んでいく。ドラムがそれに寄り添うように二拍四拍にバスドラムを蹴《け》り込む。タムの乱れ打ちが続く。ベースの重低音が下腹を持ち上げてくる。撓《しな》るような低音弦の流動。打楽器のようなピアノ。ボーカルの絞り出す発声。それらが絡み合ってスタジオの中は騒然とした無秩序の音の渦になる。この状態ではまだ決して気持ちのいい音像にはなりえていない。それぞれの自己満足を満たしているだけの音の垂れ流し。ぼくも久しぶりに弾く自分のギターの音に酔っているという状態だった。くぐもった気持ちを発散するように全員楽器に向かっていた。

　大人になって社会に出て、守らなければならないものや、満たされぬものが増えた。

学生の頃のただ大きな音を出したいという欲求とは違って、一つ一つのピッキングやチョーキングの至る所に、自分たちの今の生活の背景が滲み出していた。仲間たちの放出する音には、どこか軌道にしがみついて生きていかなければならない男たちの割り切れない抵抗が感じ取れた。

音の混沌《こんとん》は次第に中心点を探り当てるようにしながら少しずつ纏《まと》まり始める。川の支流が合流していって、本流へと膨らんでいくごとく、ドラムが叩き出すエイトビートにベースが絡みついてきて、それはまもなく簡単なロックンロールのリフへと変化していった。サイドギターであるぼくがさらに厚みとノリを付加する。リズムを安定させ加速させる飛行機の尾翼のようなものだ。郁夫が弾くホンキートンクピアノが横揺れを生み出し、リードギターがアドリブを弾きはじめる。だれが主導権を取っているわけでもない演奏が続く。ピッチ四四一で統一された演奏。ぼくたちはただその音の唸りの中を飛行している。

音の輪郭はスタジオの狭さのせいで完全に歪んでいて、一つ一つの音をはっきりと聞き分けることができない。しかし全体で一つのサウンドを生み出していた。プロにはなれなかったものの、高校時代からずっと続けてきた仲間たちの演奏には、通じ合える共通のグルーヴ感があって、それは郁夫の登場でさらに精神的な高揚をもたらした。

騒音計があったならスタジオ内の音量はどれほどの数値になっていただろう。これらの音を騒音ときめつけることは数値の上からなら簡単なことだ。計測できないほどメーターは振り切れてしまう。ふとそんなことを考えたが、ばかばかしい、と次には苦笑いをしてしまった。

二時間ほどのセッションが終わると、汗だくになっていた。スタジオの冷房があまり効かなかったせいもあったが、それ以上に郁夫の突然の参加にみんなエキサイトしてしまったのだった。

外に出てからもずっと耳の奥が痺れていた。ぼくたちは熱しきった鼓膜を抱えて、そのまま近所の居酒屋へと流れた。郁夫を囲み、ちょっとした同窓会が始まった。すっかり学生時代に気分は戻ってしまい、ぼくたちの一角だけが、テンポが明らかに速かった。中でも郁夫が騒ぎの中心にいた。ビールをまるで水でも飲むように胃に流し込んでは、感情を剝《む》き出しにして大声を張り上げていた。自分から酒の中に落ちていくような酔い方だった。

ぼくは何度か注意をしたが、郁夫は聞かなかった。テーブルに両肘《りょうひじ》をつき、仲間たちの肩を抱き寄せ、声が嗄《か》れるまで叫び続けている郁夫は、まるで出陣に怯《おび》える武将だった。

ぼくがトイレにちょっと立っている隙に、彼は隣席のサラリーマンと喧嘩をはじめていた。仲間たちは却って彼を煽《あお》り、二人は摑み合いになっていた。すぐに駆けつけて、面白半分で見ている客たちの中に割って入り、店員と一緒になって郁夫をサラリーマンから引き離した。

みんなと解散した後も、郁夫はぼくの肩にもたれ掛かりながら、もっと飲みに行こう、とせがんだ。お前にだけは話しておきたいことがある、と郁夫はぼくの耳元に息をかけるのだった。それからぶつぶつと何かひとり言のようなことを呟きながら、背を丸め、ポケットに手を入れて駅に向かって歩いた。

その夜、アパートに帰っても、フミの姿はなかった。がらんとしたリビングに寝室。ベッドは朝の状態のままだった。

畳まれた毛布がベッドの端に綺麗に置かれていた。

留守番電話の再生ボタンを押す。一件だけ用件が隠れていた。

――フミです。今夜遅くなりそうなので、自分の部屋の方に戻ります。お母さんから荷物が届くことになっているし、たまには家の掃除もしたいので。……部屋散らかしっぱなしにしたままでごめんね。明日朝にでも電話します。

後ろめたさなど微塵《みじん》も感じさせない乾いたいつもの声だった。

10

翌日の夕方。フミはぼくのアパートに戻ってきた。衣服は前の日とは違っていた。

「送別会はどうだった？」

と聞くと、肩を竦《すく》めて、まあまあ、と応えた。近づき後ろから彼女の匂いを嗅《か》いでみた。微《かす》かに香水の香りがした。この女は誰のためにこの匂いを発しているのか。憤《いきどお》りが、鼻孔の奥を焦《こ》がしていく。

「このところ、送別会ばっかりだね。辞めて行く人多いんだ」

彼女の背中に向かって尋ねた。

「そうね。結婚が続いたから。いやになるわ。私も会社辞めようかしら」

フミは悪びれた様子もなく、冷蔵庫から水のペットボトルを取り出しながら言った。

ぼくは言葉に詰まった。それ以上聞くと自分が虚《むな》しくなるような気がした。グラスに注いだ水を飲み干すフミを横目でこっそり見つめた。

ぼくたちはその夜、いつものように添い寝をした。そしていつものようにセックスはなかった。

「ぼくのどこが好きなの？」

明かりの消えた部屋で聞いてみた。返事はすぐに戻ってこなかった。もう眠ってしまったかと思っていると、暫くして小さな声が返ってきた。

「どこが好きなのかしら」

驚いてフミの方へ頭を向けてみたが、彼女は目を瞑《つむ》ったままだった。暗闇《くらやみ》の中に彼女の顔の輪郭がうっすらと浮かんでいた。彼女が何を考えているのかは分からない。

「どことか言えない。なんとなく……」

「なんか曖昧だな」

「そうね。でも、そういう方がいいと思う。好きとか嫌いとか、そういう感情ってさ、とても曖昧なものだから」

フミの口だけが動いている。瞑想《めいそう》をしているようにも見える。

「ここにあなたがいるから私は戻ってくる。ここに戻ってくると落ちつくわ」

ぼくは溜め息をついた。彼女にも聞こえたようだった。

「それじゃあ、嫌？」

ぼくは言葉を探した。何を聞き出したいのか分かっているくせに、一番適した言葉を見つけ出せないでいた。暗い室内に、電話機の留守録の緑色の光が浮かんでいるのが見えた。

ぼくは、手を伸ばしてフミの掌《てのひら》を握ってみた。彼女は握りかえしてはこなかった。力の入っていないだらりとした彼女の掌がぼくの手の中にあった。じっとしているとぼくの手が汗ばんできた。

「そろそろ、結婚しないか?」

暫く悩んだ挙げ句にそう暗闇に向かって切り出してみた。はっきりと言葉にしたのは初めてのことだった。どんな返事が戻ってくるかと、ベッドの中で硬直しながら待った。しかし、いくら待ってもフミの返事は戻ってこなかった。まもなく寝息が聞こえてきた。

フミのことが気になって仕事が全く手につかない日々がつづいた。

仕事をするフリをしながら、区役所のコンピューターに向かい、音の地図の作成に着手した。端末機を叩き、地図に新しいデータを入力していく。光化学スモッグ警報発令が聞こえたポイントを点で結んでいると、フミの住んでいる街の上を過ぎた。作業をしている手が勝手に止まる。

彼女のアパートには二、三度しか遊びに行ったことがなかった。遊びに行っても、長居をしたことはなかった。勿論、泊まったことなど一度もない。すぐに追い出されてしまうのだ。自分の心の中を覗かれるようで嫌だと彼女は説明していた。詮索をすればきりがないので、そのうちぼくの方から遊びに行きたいとは言わなくなってしまった。

水量の少ない川が流れていて、それを挟む形で傾きかけた工場がいくつか固まって立っていた。環状線のすぐ側《そば》だったが、最寄りの駅までは歩くと二五分ほどかかる陸の孤島である。フミが副都心まで仕事に行くときは、バスと電車を乗り継がなければならなかった。

先日の留守番電話に吹き込まれていた男の声のことを思い出しては、何度もキーボードを叩く手が止まった。かき消すように頭を振っては、作業に集中しようと努力するが、苛立ちはどうすることもできない。息を吐き出すたびにそれは溜め息に変わった。

郁夫から電話が掛かってきたのは、一二時を少し回った時刻だった。呂律《ろれつ》が回ってなく聞き取り辛《づら》い。

「仕事が終わるのは何時？」

ぼくが、五時には終わるが、と告げると、彼は、付き合ってくれないか、と呟いた。

「息子に会う日なんだ。毎月、一度面会が許されていて。本当は二人きりで会えばいいんだろうけれど、変な話、最近あいつ俺のこと人見知りするようになってさ。荒田がいっしょなら、なんとなくうまくいくような気がする」

何度も息を呑み込みながら話す郁夫の声に、ぼくはいやだとは言えなかった。

「いいけど。奥さんとも会わなければならないのかい」

「いや、出掛けているはずだ。留守番をしている息子を公園にでも連れ出して、そのあと近くでカレーでも喰《く》わしたらお終《しま》い。……な、つきあってくれよ」

最後には拝み倒されるような形で、郁夫の頼みを呑むことになった。

夕方、騒音測定を終えて、区役所には戻らずそのまま待ち合わせの駅まで向かった。改札で柏木郁夫は待っていた。ぼくが顔を見せると、電話ではあんなに哀願口調だったにもかかわらず、遅かったじゃないか、と怒るように小さく吐き捨てた。既にアルコール臭い。目の周りが仄《ほの》かに赤く、眼球も充血している。立ち姿も、やや斜めに傾いていて、しかもふらふらしている。ディスカウントショップででも買ってきたのだろう、少し小ぶりのサッカーボールを彼は脇に大事そうに抱えていた。

郁夫の別居中の妻のマンションは、駅から五分ほどの住宅地の側にあった。すぐ近くに大きな公園があり、閑静な住宅地といった感じで環境は悪くない。

風の強い日で、公園の方角から吹いてくる風がぼくの髪形を容赦なく乱していく。手でそれをかきわけ落ちつかせようとするが、まるで無駄だった。

マンションの外で待っていると、郁夫が小さな男の子を一人連れて戻ってきた。

「武って言うんだ。……ほら、武、パパのお友達だ。あいさつしなさい」

息子の前で精一杯父親らしく偉そうにしているのがおかしかった。パパという響きもそぐわず、聞いているだけでこちらが照れてしまう。同級生にこんなに大きな子供がいるというのも、不思議な感じがする。少年はぼくの顔を観察するように眺め廻したあと、口の周りを手の甲で急いで拭《ぬぐ》ってから、ぺこりとお辞儀をした。一応彼の審査に合格したのだな、とぼくは少年の頭を摩《さす》った。じっと見ると目をそらし、俯《うつむ》いて唇を噛《か》みしめた。

「公園に行って、サッカーをやろう」

郁夫は少年に向かって声を張り上げたが、少年は返事をしなかった。ぼくの顔をじっと見つめて、反応を窺っている様子だった。郁夫はそれでも少年の後頭部をむりやり押すと、一人で勝手に歩き出した。仕方ないといった感じでその後を少年が続き、さらにぼくが追いかけた。

公園と敷地が隣接する寺の境内に着くと、郁夫がお手本を示すようにボールを蹴った。サッカーボールは境内の入口にある大きな楢《なら》の木にぶつかり跳ね返る。バウンドするボールを郁夫はへっぴり腰になりながら追いかける。奮闘する郁夫の姿には、どこか滑稽《こっけい》なところと悲痛なところが入り交じっていた。

少年はぼくのそばに立ったまま、一人で雰囲気を盛り上げようとしている父親の方を物憂《ものう》げに眺めていた。

「武君。お父さんと一緒にボールを蹴らないの？」

訊《たず》ねると、弱々しく首を左右に振った。

ほら、武。郁夫は息子の気を引こうとして、わざとボールを思いっきり蹴り上げてみせる。サッカーボールは公園と境内の境にある雑木林の方までまっすぐに飛んでいった。

酔っている郁夫はボールを探しに再び小走りで駆けだす。

少年はぼくが座っているベンチに腰かけて、ボールを探しに行った父親の後ろ姿を冷やかな目でなぞっていた。武には、子供に特有の日向《ひなた》臭い体臭や無邪気な瞳の輝きがなかった。父親の後ろ姿を一歩も二歩も引いたところから、頼りなさそうに眺めている目の奥には、既に大人びた端正さが芽生えていた。ピアニストだという母親の、統制されつくした英才教育を受けて育ったせいなのだろう、とぼくは察した。ベンチの上に行儀良く座り、人ごとのように遠くを見ている少年の横顔を見て、室内で大事に飼われた子犬を見ているような気がした。

　郁夫がぼくをここに連れてきた理由がなんとなく分かった。ぼくがいることで武の心が和《なご》むのではなく、むしろ郁夫自身が父親という大役をこなしやすいようにするためだったのではないか。雑木林の中をかき分けてボールを探す郁夫のどこか道化師じみた姿に同情した。

「これ知っているかい？」

　ぼくは騒音測定器を持ってきていたことを思い出し、それをバッグの中から取り出して、少年の鼻先に突きつけてみた。

　武の頬が僅かだが動くのが分かった。彼は鼻の頭を手の甲で擦《こす》ってから、測定器を今度は興味深く覗き込んだ。瞬きをする目は普通の子供の目となんら変わらない。まだどこかに入り込む余地があることを知って、注意深く彼の一挙手一投足を見守った。室内犬を外で思いっきり走らせてみたい、という思いがその時ぼくをせき立てた。

「騒音の測定をする機械だよ。いいかい、見ていてごらん」

　ぼくはそう言うと、測定器の電源を入れた。インジケーターライトがつき、デジタルの表示が赤く灯《とも》った。メーターの針がぐんと動き、デジタル表示に七〇デシベルという数値が出た。測定器をまるで銃を構えるように境内の奥へと突き出した。武の目の縁が強く輝いたのをぼくは見逃さなかった。

「この七〇という数字はね。いま武君が聞いているこの境内の音の大きさを表しているんだ。ざわざわという葉っぱが揺れる音が聞こえているだろう。この機械はその音の大きさを測定しているんだよ」

少年は興味深げに、顔を機械の方に恐る恐る近づけてくる。

七〇デシベルが、七二デシベルに変わると、サッカーボールにはまるで興味を示さなかった少年の瞳が、一瞬見開かれた。風が少し出てきたせいか、境内の木々が揺れはじめ、測定値は更に上がっていった。……七四デシベル、……七五デシベル。ぼくがそう武に耳打ちすると、彼も小声で、七四、七五、と後に続いた。

「ほら、分かるかい？　風が出てきて、木々が揺れる音が大きくなっているんだよ」

郁夫がボールを脇に抱え、ふらふらしながら戻ってきた。何してんだ。ぼくは郁夫を一瞥《いちべつ》してから、騒音計をちょっと掲げてみせた。興味深げに機械を覗き込んでいる少年の横顔を郁夫は苦々しく見つめた。

境内の奥から風が何かに押し出されるようにして、吹いてきた。木々の葉がざわめき、それに続いて唸るような音が連続的に回転しはじめた。強い風が吹き出したのだ。

見上げると、境内を囲む老木たちの遥《はる》か先で、何万、何十万という葉が、蠢《うごめ》きだしている。青空を透かしながら、それは異常発生した小魚の群れのように頭上の海面を流れていった。さらに風に力が増し、木々の撓《しな》る音がぼくたちをすっぽりと包囲してしまう。葉がどんどん回転していく。祭りの夜店に飾られている風車が、巨大な木々の枝先に無数に括《くく》りつけられていて、それが一斉に回りはじめたような迫力があった。少し風力が強まると、羽根車はぐんと回転した。高まっていく葉の音は、ざわざわから次第に、ゴーゴー、という唸るような音へ変化していった。

「見て」

突然、少年が叫んだ。腹の底から発した声だった。

少年の声にぼくは慌てて機械へ視線を戻すと、針が八五を指している。郁夫が、すごいな、八五デシベルだなんて、大通りのトラックの騒音より大きいんじゃないのか、と声を荒らげた。

ぼくは驚き、機械を目の前まで持ってきて、それを軽く揺さぶってみた。機械が壊れているのかもしれないと思ったからだ。デジタルの表示も針も両方とも八五と八四の間を小刻みに移動している。環状線で計測した騒音はどこも八〇デシベルがいいところだった。一一トントラックが隊列を作って通りすぎた時だって、瞬間的に八五デシベルを指すことはあっても、これほど継続して八五に止《とど》まることはなかった。

「どういうことだろう。環状線なんかの騒音よりも大きいということなのかな」

ぼくが自分自身に言い聞かせるように言うと、郁夫は、そういうことだろうな、と肯《うべな》った。

「でも、不快じゃない。俺の感覚は少し変だから、俺だけかな、そう思っているのは？　まったく騒音だなんて思えないけれど」

「俺にも不快じゃない」

「どうしてだろう？」

　ぼくが境内の巨木を見上げながらそう言うと、

「自然の音を騒音だなんていうやつはいないだろ？　そういうことだ」

と郁夫は声を強めて答えた。

　ぼくはもう一度頭上を見上げた。風が木々の葉を揺らす音は、徐々に大きくなっていた。そして時折ゴーと激しく巻き込む音に移ったり戻ったりしていた。それは耳の中いっぱいに鳴っていたが、生命力に溢《あふ》れた旋律のような音の流れを感じた。

　葉と葉が風の力で激しく擦れ合い高音域の超音波が生まれていくのだろう。それらは巨大な滝壺《たきつぼ》へと流れ落ちていく水流のような激しい音を生み出し、ぼくたちを呑み込もうとするのだった。木々の葉が風の進路に合わせるように流れているのが、ぼくの目には見えていた。

　耳を澄ませていると、突然、風の唸る音の間から、地響きのような低くて強い金属の振動が膨らんだかと思うと飛び出してきた。地面が共鳴していた。それは足元を押し上げ、耳の奥に絡みついてくる。粘りの強い響き方だ。測定器の針が大振れになっている。

郁夫が音のする方へ体を捩《ねじ》る。ぼくも立ち上がり、音の方へ視線を追う。振動はなかなか消えない。減衰しながらも音はいつまでも耳奥に残っている。

郁夫が、鐘《かね》を撞《つ》いているんだ、と叫ぶ。武が音のする方へ向かって歩きだした。ぼくも急いで後に従う。本堂を曲がると、鐘楼《しょうろう》があり、その中に釣鐘《つりがね》がぶら下がっていた。住職がそれを撞いていた。その時、第二波が来た。強い響きだった。回り込んできては、あらゆる音を一気に呑み込んでいく。脳の奥を押さえつけられた気持ちになった。そしてふっと波が引くように音が消えかかると、今度は急に頭が軽くなって、解放的な気分になった。少しの間をあけて、余波がやって来た。聴覚で判別できる音ではない。振動のようなものだったが、軽くなった頭の中をもう一度震わせる心地よい余韻であった。

「迫力あるなあ」

郁夫が言った。しかしぼくは返事ができなかった。鶏の鳴き声をはじめて聞いた時以上に、その響きに興奮していたのである。梵鐘《ぼんしょう》が鳴った瞬間は、測定器のメーターがレッドゾーンを振り切り、一番右端で動かなくなっていた。

陽が沈むまで、ぼくたちは聞こえてくる様々な音の測定をして回った。武の目は輝き、あれは、あの音はどう、と次から次に音のサンプルを捜し出してせがんだ。ぼくは音の計測に取りつかれた武の後をくっついて回っていたが、ずっと鐘の音のことが頭の中から離れなかった。サッカーで武の心をつり上げることができなかった郁夫も、熱を帯びて音集めをする息子の姿に機嫌を取り戻していた。

公園口にあるファミリーレストランで食事をすることにした。武はハンバーグライスを食べ、ぼくたち大人はビールで乾杯をした。武とは騒音測定器のお蔭で幾らか打ち解けあうことができたようだった。親子の間にも、ぎこちないにしても会話が戻っていた。なんだよ、あんなのも知らないの。武はまるでいじめられっ子に指摘するように郁夫に対して横柄《おうへい》な口を利《き》いていたが、会話ができて嬉しそうな郁夫の顔を見ると、ぼくもほっとした。

食事を済ませてから武をマンションまで送っていった。玄関に顔を出した武の母親は、郁夫の陰にぼくがいることが分かると、眉間に皺を寄せて神経質な反応を示した。軽くお辞儀をし、二、三歩後ろへ退いた。武がそんなぼくの手を素早く握り、またね、と言った。武の頭を摩《さす》ると、今度は環状線の方の騒音を計ろうな、と耳打ちした。武は母親の方を気にしながら、うん、と頷いた。

「俺の高校時代の友達なんだ。こいつは……」

郁夫がぼくのことを紹介しようと振り返ると、郁夫の妻はさっと身を乗り出して武の腕を摑み、家の中へと引っ張り込んだ。郁夫は言葉を濁し、連れていかれた息子の顔をじっと見ていた。母親の陰から武が半分顔を覗かせている。

「どういうつもり。あなた以外の方と一緒だったなんて聞いていなかったわよ。騒音を計るって何よ？　へんなこと、この子に吹き込んだんじゃない？」

郁夫は、なに馬鹿なこと、と言いかけて言葉を濁し、それを咽喉《のど》の奥へ流し込んだ。その時の郁夫の、自分の感情を殺した表情にぼくは驚いた。大男なのに、まるで暗闇で息を潜めている兎《うさぎ》のように見えた。

女は怒っているわけではなかったが、威圧感があった。表情には繊細でぴりぴりとした神経質な感情の突起があった。有名なピアニストだということは聞いていたが、それにしても郁夫の態度には、彼女に対する偏《かたよ》った怖れさえ滲《にじ》み出ていた。ピアニストと調律師という関係が、そういう夫婦関係を生み出してしまったのかもしれない。

郁夫も学生だった頃はピアニストを目指していた。プロになるつもりだ、と打ち明けられたことがあった。ぼくもプロのギタリストを目指したいと密《ひそ》かに思っていたので、はっきりと言葉にする郁夫が羨《うらや》ましかった。自分ならプロになることができるという自信も、あの時の彼にはあったはずだ。仲間たちの中では、唯一可能性があった。

自分の妻の目をまともに見ることができず、地面をはい回っている今の落ちつかない彼の視線とは、まるで別人のものだった。

帰り際《ぎわ》、歩きながらそれとなく別居の理由を訊ねてみた。郁夫はまるで言い訳をするように、言葉を押し出した。

「……簡単に言ってしまえば、俺と女房のピッチ感の違い。二人ともピッチの取り方が全然違っていてね。そっちの方が大きかったんだと思う。……いつもさ、Ｇシャープの音でもめたよ」

「どういうこと？」

郁夫は道沿いにある自動販売機でカップ酒を二つ買い、一つをぼくに差し出した。いらない、と首を真横に振るとそれをズボンの後ろポケットへねじ込んだ。

「ピアノの調律には、これが正しいなんてものはないんだ。チューニングメーターなんかで合わせたものでも、完全ではない。……いや、ある意味で完全なんだけれど、演奏者が気に入るかどうかは分からない。あいつほどのピアニストになると、独自のピッチの取り方があってさ。かなり細かいところの話だけれど、もうそこまでいってしまうと、最終的には耳のセンスの問題になる。俺とあいつとはGシャープのところで解釈が微妙に違っていてね、あいつは設定を高く求めてきたし、俺はいつも低く取ってしまうんだ」

郁夫はカップ酒の蓋《ふた》を開けて、それを一口飲んだ。

「正しい調律って、一つなのかと思っていた」

「違う。同じ曲でもピッチの変化で、随分とニュアンスが変わるものなんだ。ピアニストが一〇人いたら一〇のピッチの取り方が存在するんだよ。十人十色ということさ」

郁夫は飲み干した酒の空き瓶《びん》を、どぶ川の中へ投げ捨てた。

学生の頃、仲間うちで絶対音感を持っていたのは郁夫だけだった。チューニングメーターを使わなくとも、彼だけがギターの弦を完全に合わせることができた。ぼくたちはよく郁夫を試した。彼に目を瞑ってもらい、適当に叩いたピアノ鍵盤の音を当てさせるのだ。彼は必ず正解を答えた。単音だけではなく、和音も当てた。あの頃、郁夫はぼくたちにとっては驚異の耳の持ち主だった。彼自身、そのことに関しては相当自信があったのだと思う。

ところがその彼も、調律の道一筋で生きていながら、自分の妻とピッチ感を合わせられないでいる。合わせられなかったのはピッチではなく、むしろ夫婦のリズムの方ではなかったのか。

郁夫はカップ酒を握った手の甲で、口許に溢れた酒を拭った。

「武が育って、ピアノを弾くようになり、この問題は一気に表面化してしまった。どっちのピッチ感でピアノを教えるのか。結局、離婚するしないというところまでこの問題は拗《こじ》れてしまった。おかしな話だけれど、俺たちにとってピッチ感の違いって、性の不一致よりも重大な問題だったんだ」

ぼくは郁夫の丸まった背中を見つめていた。彼が空気を吸い込むたびに、その背中が小さく膨らんだ。

11

飲み明かそう、と騒ぐ郁夫を連れてマリコのアパートへ寄った。合鍵を取り出した途端、何だここは何だよ、と騒ぐ郁夫の口を押さえて、静かにできないなら楽しいことはなしだ、と言い聞かせて中へ入ると、寝室には蠟燭《ろうそく》が灯してあり、ベッドの上に寝ころがって電話をしているマリコがいた。ぼくが郁夫を連れていることに少し驚いたようだったが、起き上がって挨拶をするわけでもなく、仕方ないかという顔をして、ソファの方を指さすと、すぐに電話へ意識を戻した。

「うんうん、なんでもないの。それで？　それでどうなったの、それから。その人は君のことをどんなふうに愛してくれたの？」

郁夫には特に彼女のことは説明しなかった。ただ、恋人ではない、と一言耳打ちしておいた。

ぼくたちは二人掛けのソファに並んで腰を下ろし、彼女の電話が終わるのを待った。電話が終わらなくても構わなかった。ただ彼女の会話を聞く、それだけで良かったのだ。郁夫にもその気持ちはなんとなく伝わっていたようだ。彼もマリコを食い入るように見つめていた。不思議な感じだった。マリコの声だけが室内で響いていた。優しくとても甘い声だった。

「いいわよ。お姉さんが聞いてあげるから。なんでも白状しちゃいなさいよ。そんなことでうじうじしていたって始まらないのよ。他には誰も聞いてないんだから、すっきりしちゃえば？　私にだってね、同じような経験があったわ。抱き合った後ってね、そうなるものなのよ。そんなことみんなあるんだから、君だけが特別ってことじゃないと思うけどな」

蠟燭が部屋のあちこちに置かれていて、それは揺れていた。部屋全体が闇の中に浮かぶ船のようで、半分だけ開けられた窓から注ぎ込んでくる風が時々室内を静かに彷徨《さまよ》った。

マリコが電話を切るまでの三十分、ぼくたちはそこで静かに魂を癒した。

「そう、雄一君が寂しいように私も寂しいのよ」

マリコの声は、ここにいない誰かに向けられているはずだったが、それはぼくや郁夫の心の中へも注ぎ込んでくるのだった。

「そういう気持ちになった時は、そういう気持ちのままでいいんじゃないかしら。無理して自分を偽ることもない。ただ漂うのも大切なことじゃない。あなたが気持ちのいいようにしていいのよ。私はただあなたの話を聞いてあげる。君の声を聞いていてあげる。君が受話器の前でしていることをただ想像して、聞いていてあげる」

郁夫はいつしか背中をぴんと伸ばしていた。彼はすっかりマリコの声に心を委《ゆだ》ねているみたいだった。

電話が終わると、マリコに郁夫を紹介した。勝手に他人を連れ込んで怒られるかと思ったが、マリコは郁夫のために新しいワインを開けてくれた。ぼくたちの突然の訪問を彼女はとても歓迎してくれたのだ。

「なんだか今夜は眠れそうになかったので、来てくれてうれしいわ」

ぼくがマリコのアパートを夜訪れるのは珍しいことだった。夜はいつも自分の部屋でフミの帰りを待っていたからだ。今日は待つつもりはなかった。遅くまでここで彼らと一緒にいたかった。

12

梵鐘《ぼんしょう》の音が頭から離れなくなった。

ぼくは区役所のコンピューターで区内にある寺を調べあげた。その一つ一つに電話を掛け、いまでも時鐘を撞《つ》いている寺がどれだけあるかを聞いて回った。すると全部で七箇所という意外な数字だった。どうして今まで気がつかなかったのか。梵鐘を撞く時間が、夕方の六時で、人々の喧騒《けんそう》に埋没しているためか。それとも聞こえている範囲が狭いからか。子供の頃は聞こえていたような気もするが、それがいつから聞こえなくなったのかは分からない。

仕事帰りに少し歩き廻り、気をつけて鐘の音が聞こえるかどうかを調べてみた。梵鐘を撞いている寺の周辺では確かに聞こえた。ビルに囲まれているところでは、聞こえにくいが、建物に反響しながらもちゃんと音は耳に届いた。

ぼくは郁夫を区役所脇の半地下のバーへ呼び出し、鐘の音の地図を作りたいので手伝ってほしい、と真剣に頼んだ。

郁夫は口許を歪めて微笑んだ。武と三人で会った時の梵鐘の音が彼の耳奥にも蘇《よみがえ》ったようだった。

「梵鐘の音が聞こえている範囲を調べてみたい。梵鐘の音がどんなふうに聞かれているのか。鐘なんてもうどこの寺でも撞いていないと思っていた。なのにあんなに凄い音を響かせていまだに時を告げているんだ。このS区だけでも七箇所もある」

「何が？」

「つまり、梵鐘を撞いている寺がだよ」

ぼくは鞄の中から手描きの地図を取り出した。時刻報知のために鐘を打つ寺の位置が記してある。

「大体、区全域に散らばっている。この位置からすればかなりの住民がその音を聞いていることになるんじゃないか」

郁夫はぼくからその地図を取ると、顔を近づけた。そのうちの一つを指さした。

「俺の家の近くでも梵鐘を撞いている寺があるんだな」

「聞いたことなかっただろ？」

「なんでだ？」

ぼくは大きく首を左右に振った。グラスを摑むと、それを口に運び、味わいもせずアルコールを口腔に流し込んだ。喉の奥が熱くなった。

「だから、調べてみたいんだ」

「つまり、埋もれている梵鐘の音の在《あ》り処《か》を暴《あば》いていこうということか。なんだか、宝探しのような感じで面白そうだな」

ぼくたちは暫《しばら》く黙って正面の酒瓶が並べられた棚を見ていた。武と一緒に聞いた梵鐘の音は地面を響板にして足元から吹き上げてはまた地面に潜るような音だった。ぼくは目を瞑って、酔いの中で、その響きを反芻《はんすう》してみた。

ぼくたちは鐘の音の地図作りをはじめた。方法は時鐘の時間に、自分がいる場所で、音が聞こえるかどうか耳を澄ませる。聞こえたらその場所に○を、聞こえなければ×をつける。簡単な方法だったが、日数と根気のいる作業だった。

郁夫はほぼ区内の全域で調律の仕事をしていた。ぼくも騒音の測定で外にいることの方が多かったため、毎日こつこつ計測していけば、地図はやがて形になるはずだった。

知人や友人たちにも協力して貰って、この際より多くのデータを集めよう、ということになった。ぼくたちは少ない知り合いに電話を掛けまくってこの趣旨を説明し、協力して貰うことにした。二人とも友人が極端に少なかった。忙しくてそんなことに付き合っていられない、と無下《むげ》に電話を切られたりもしたが、それでもマリコを含め五人ほどが協力してくれた。

二人で休日などに待ち合わせて、七箇所の寺の周辺を一つずつ同じ条件で調査した。寺によって釣鐘の種類も周辺の地形も違うためか、聞こえる範囲に相当なばらつきがあった。

ある日、ぼくは区の外れの幹線道路の騒音を測定していた。計測ポイントのすぐ傍に、区内で梵鐘を撞いている寺の一つがあった。予定より早く仕事が終わったので、その寺まで行ってみることにした。梵鐘が撞かれる瞬間を見てみたくなったのだ。

新しくオープンしたばかりの巨大なスーパーの真裏にその寺はひっそりと建っていた。鐘楼は寺の本堂から少し離れたところにあった。ちょうどスーパーの真裏、大きな建築物に挟まれた恰好で、そこだけ陽が射《さ》さず日陰の中に沈み込んでいる。

鐘楼に上がると、大きな梵鐘が吊るされている。触れると、ひんやりとした感触が伝わってきた。

釣鐘を撞く棒が鐘に対して直角にぶら下がっていた。棒から延びている綱を摑み、鐘を叩く真似をしてみた。綱を握っていた手が震えた。撞いてみたい、という衝動が駆け抜ける。暫くの間、やり場のない気持ちを抱えたまま梵鐘と向かい合っていた。

「そんなところへ勝手に上がられては困るな」

突然、声がぼくを現実に引き戻した。振り向くと、僧侶の恰好をした初老の男性がぼくの方へ向かって歩いてくるところだった。

「すみません。……あの、失礼ですが、こちらの住職さんですか？」

男は、頷いた。ぼくは持っていた綱を離し、石段を降りた。

「梵鐘の音に興味があって、あっちこっちの鐘の音が今もどれほどの範囲で聞こえているかを調べているんです」

研究者かい？　と住職は眉間を窄《すぼ》めた。ぼくは首を振り、

「いえ区役所に勤めているんですが」

と答えた。「なんでそんなことを」住職は不思議そうに聞き返した。

「……その、鐘の音に魅せられたから、ではいけませんか？」

住職は笑った。その笑いで緊張がほぐれた。ぼくも微笑み返した。

「随分遠くまで聞こえる時もあるらしいけど、西側は環状線までだな。あそこは交通量が多いから、あの向こう側までは届かないようだ」

スーパーの方へ身体を向け、巨大な建物を指さした。

「東側はこれが建ってしまったせいでどうだろう。南とか北の方はいまでも随分と遠く

まで聞こえているらしいけど。ただ昔のように多くの人がこの鐘の音で時を知ることはなくなったようだね。どれくらいの人がこの鐘の音を毎日待っているかは分からない。ほとんどの人が聞いてないんじゃないかな……」

ぼくは聞いた。

「どうして今は、鐘の音が聞こえなくなったんでしょう？　やっぱりこういう建物のせいですか？」

住職は梵鐘を見上げた。

「騒音から逃れるために人間はアルミサッシの窓を持った。騒音は確かに消えたが、同時に鐘の音も聞こえなくなった。……それに忙しくなったんだ。みんな鐘の音どころではない」

「今や、聞く気にならないと聞こえないということですね」

住職は口元を真一文字に結んで頷いた。ぼくはひとり言のように付け足した。

「忙しい日々に埋もれてしまった鐘の音か。現代的な答えだな」

「除夜の鐘は百八つ打って、百八つの煩悩《ぼんのう》を鎮《しず》める。本来鐘の音というものは、人々の心を落ちつかせるためのものだったんだ」

「人の心を落ちつかせる、ですか」

ぼくは鐘楼を見上げた。ビルの陰に鐘楼は静かに建っていた。陽が傾いていく。境内全体がゆっくりと収縮しはじめていた。

「やってみるかい？」

住職の言った言葉が一瞬分からなかった。彼の方を見て首を傾《かし》げると、住職は笑顔で梵鐘を指さした。ぼくは、はい、と思わず声を張り上げてしまった。


六時少し前に、住職と鐘楼に登った。彼が撞き方を教えてくれた。

「いいかい。綱を持って、そして一回、二回、三回、とこういうふうに小さく揺さぶるんだ。それから四回目にその反動を利用してね、全体重を綱に乗せるんだよ。響くよ。下腹のあたりにずんと響く」

住職の眉が動いた。

「しかしね、それに浸っている間はない。撞木《しゅもく》が、この棒のことだが、こいつが鐘を撞いたらすぐに今度は綱を後ろへ引っ張って撞木を止めなくてはならない。そうじゃないと、棒が反動で勝手にまた撞いてしまうからさ」

彼は言いおわると、ぼくに綱を渡した。綱をぎゅっと握りしめてみた。まるで大砲でも撃つような緊張がある。手が汗をかいていた。住職はそんなぼくを見て微笑んでいる。

「大丈夫。一発撞いたら後は病み付きだ。うちの寺では、夕方は六回撞くことになっている」

まっすぐに梵鐘と向かい合う。二メートルほどある大きな釣鐘が鐘楼の真ん中にぶら下がっている。

「よし、そろそろ時間だ。撞いてみよう。一、二、三を忘れるな」

住職が腕時計から目を離して、そう言った。ぼくは梵鐘だけをまっすぐに見つめて、棒に反動をつけた。何もかも初めての経験に、心臓がどくどく動いているのが指の先まで伝わってきていた。息を吐き出して、綱を握る手に力を入れた。一、二、三、そして四回目に思いっきり体重を乗っけた。次の瞬間、撞木が鐘に激しくぶつかった。奥歯を揺さぶる振動が手先から耳奥へと走った。住職が補うように撞木を押さえる。ぼくも慌てて、綱にしがみついた。鐘の音はゆっくりと、円を描くように周辺に広がっていった。地面を震わせながら音がどんどん遠くへ走っていくのが分かる。周辺の街へ、ぼくが撞いた鐘の音が響き渡った。

音が減衰をはじめると、今度は余韻がぼくの耳に届いた。鐘の中に残っていた振動がゆっくりと広がっていく。空気を震わせながら、それは空へと昇っていった。幾重にも音が交わるのが見えた気がした。スーパーの壁やビルの壁にあたった音もまた余韻となって戻ってきていた。海面の波中にいるような揺さぶりを強く感じた。

「よし、もう一度撞いて」

住職の声が掛かった。ぼくは大きく息を吸い込んで、綱を一回、二回、三回と揺すった。そして四度目には、また全体重を握りしめていた綱に傾けた。

13

昼御飯の時間を利用してマリコのアパートへ行くと、彼女の部屋の玄関から郁夫が出てきた。ぼくは思わず電信柱の陰に隠れてしまった。ポケットに手を入れて、ふらふらと歩いていく郁夫の満足そうな横顔を見送ってから、ぼくはどうするか瞬間迷い、完全に郁夫の姿が見えなくなるのを待って、マリコの部屋へ行った。

彼女は驚いた顔をしていたが、ぼくは郁夫とすれ違ったことは口に出さなかった。ベッドカバーが捲《めく》れていて、シーツが露呈していた。マリコはぼくの様子を窺っていたが、取り立てて郁夫のことを隠そうとはしていなかった。今そこで郁夫と会ったよ、と言っても、そう、とつれない返事が返ってくるだけだったに違いない。

「昼休憩なんでちょっと寄ったんだ」

ぼくが言うと、マリコは、音の地図作りは進んでいるの？　と言った。

「まあね、君の割当分はきちんとやってくれよ」

「勿論やるけど。君も相当変わってるわね」

「盗聴なんか趣味にしてる奴に言われたくないな」

「なんで音の地図なの？」

「なんで盗聴なのって聞いてるみたいだ」

「そうか。そうよね」

マリコは吹き出してしまった。Tシャツの中で彼女の胸が揺れた。乳首の形が露骨に分かった。欲望が一瞬過《よぎ》ったが、ぼくはそれを深く空気とともに体内に押し込んだ。

ご飯は？　とマリコが言うので、外に食べに出ようよ、と提案した。

幾らなんでも、郁夫とマリコがついさっきまで抱き合っていたその場所で、彼女と過ごすのは嫌だった。マリコだって嫌な筈だ。彼女は、用意をするから少し外で待っていて、と笑った。

待っていると、暫くしてマリコが小型の無線機を持って下りてきた。耳にはやはり小さなヘッドフォンを付けていた。

「それも受信機？」

「そうよ。これは盗聴器発見装置とでも言うのかしら。君が騒音測定をしている横で、盗聴器がどれほど世の中に出回っているのかこの私が調査してみるのよ」

マリコは受信機のツマミを弄《いじ》りはじめる。

「君は聞こえる音を、私は聞こえない音を」

彼女は微笑んでから、さあ出発、と声をあげた。マリコの明るさが好きだった。フミにはない無邪気さもぼくには救いだった。

ぼくたちは近くのハンバーガーショップで簡単な食事を済ませて街へ出た。人通りの多い商店街から、住宅地まで、マリコの後をついて回った。そこら中で盗聴器が活躍しているんだから、と言うマリコの言葉にどこか期待している自分が恥ずかしかった。

「なんで人は盗聴なんてするんだろう？」

「なんでかしらね。暇なんじゃないの」

「でも、わざわざ」

「そうね、わざわざだよね。きっと他人を信じられないんじゃないのかしら」

何か大きな反応を捕らえたのか、マリコは急に声を上げた。古びたマンションの方へ体を向けると、細かく受信機を動かして、よく聞こえるポイントを探しだした。

「聞こえる」

マリコの顔が真剣になった。何かを必死で捕まえようとしているのが分かった。しかし相手は電波だけに、ぼくにはマリコが捕まえようとしているものがまるで巨大な幽霊のような感じがしてならなかった。

「ほら、この辺り、きっとその目の前のマンションだわ」

彼女は受信機を少し掲げて、ゆっくりと歩きはじめる。

「どうやら、あそこ、あの二階の端の部屋のようね、聞いてみる？」

マリコが小型ヘッドフォンを外してぼくに手渡した。ぼくは急いでそれを被《かぶ》った。ノイズ音の向こう側から、子供たちの騒ぐ声が聞こえてきた。廊下を走り回る音や、玩具のようなものを机か何かにぶつけている固い音が続く。そしてそれを叱りつける母親らしき女性の声。『駄目よ、そんなことしちゃ。怪我《けが》するわよ』

「なんだろう、これは？」

マリコは首を傾《かし》げた。

「たぶん、ご主人が仕掛けたのね。奥さんが浮気でもしているんじゃないかと疑っているのよ」

「なんで分かるの？」

「長年の勘というやつかしら。もう少し長い時間ここで聞いているとね、そのうち誰が仕掛けたのかもっとはっきり分かるわ。でも、こういうケースの場合は大体、夫が妻の浮気を調べようとして自ら設置するの」

電波は淡々と室内の様子を伝えていた。明らかに普通の家庭の居間か台所に、紛れもなく盗聴器が仕掛けられている。誰かが仕掛けなければこの電波は存在しないわけで、ぼくたちと同じようにこれを聞いている人間がどこかすぐ近くにいるのかもしれないのだ。

「ご主人がねぇ」

「相当嫉妬深い人なんじゃないかしら」

再びガサガサと大きな音がして、鍵のようなものが金属的な音をあげた。続いて母親の怒鳴る声が響いた。『何度言ったら分かるのよ。ケンちゃん。いい加減にしなさい。

ほら、ユキエ、ケンを向こうに連れてって、お母さんは電話をしなければならないんだから』

「なんか、電話を掛けるって言ってるけど」

「浮気相手のところかな」

「じゃあ、ご主人にばれちゃうじゃない」

「ご主人はとっくに知っているのかもよ」

驚いてマリコの顔を見た。彼女はぼくの顔を覗き込むようにして微笑んでいる。

「知っている？」

「何もかも知っていて、ただ盗聴しているのかも」

「なんで？」

「わかんないけど、そういう趣味なんじゃないの？　いろんな人がいるのよ。盗聴器を仕掛ける奴もいれば、それをこうやって聞いている私みたいな人間もいるし、君だって彼女が浮気をしているのを知っていながらずっと留守番電話を盗み聞きしてるじゃない」

ぼくは返す言葉が見つからず、視線をマリコから逸《そ》らした。

「ここのご主人も、最初は奥さんの浮気の尻尾《しっぽ》を摑《つか》むのが目当てだったのかもしれないわね。でも今は気が変わった」

マンションのベランダに女の子と男の子が出てきた。子供たちの騒ぐ声が、風に乗って直《じか》に耳に届く。子供たちは、ベランダで遊びだした。ヘッドフォンの向こう側からは室内の様子がずっと流れっぱなしだった。女は動き回っていて、何か片付け物をしている様子である。

「盗聴器って分からないものなのかな？」

「どこに仕掛けてあるか？」

頷《うなず》くと、マリコはまるで教師のように得意そうに答えた。

「盗聴器なんて今は誰でも簡単に取り付けられるのよ。それに物凄く小さなものだし。大抵、コンセントが怪しい」

「コンセント？」

「そう二股《ふたまた》のコンセントとか、そういう奴。その中に送信機が仕掛けられているの。他にもラジカセや時計のようなものの中に隠す、いわゆる仕掛けものもあるわ」

「詳しいんだな」

「いやね、私はそういうことはしないわよ。私はただこうやって人が仕掛けた盗聴器から出ている電波だけを聞いているの」

女が電話を掛けはじめた。『もしもし』という声が聞こえる。家の中のことが筒抜けになっているのを彼女は全く知らないのだ。ぼくは耳を澄ませて彼女の会話を聞き取ろうとした。

「どう？　面白い？」

「うん、……面白い」

電話の内容が気になって、ぼくは上の空の返事をした。激しい興奮があった。他人の生活を望遠鏡か何かで覗いているのと一緒なのだ。悪いことをしていると思うと、心臓は血液をいつもの何倍も速く送りだした。

「こんな普通の家でも盗聴されてるんだな」

「そうよ、何度も言うようだけど、今は盗聴なんてどこででも行われているわ。こうやって受信機を持って歩き回ると、その辺至る所に送信機が隠されているのが分かるのよ」

「まるでスパイ狩りみたいな世の中だ」

マリコは声を上げて笑いだした。

ヘッドフォンを外して、それをマリコに返した。

「いやだな、こういう世界」

そうかしら？　と彼女は言うと、受信機を少し前に翳《かざ》して、再び歩きはじめた。ぼくの耳には街のノイズが再び届いていた。車の騒音や人々の喋る声、犬の鳴き声、自転車のブレーキ音、商店街の音楽にアナウンス。蝉の声。そういう聞こえる音の向こう側に、もっと多くの聞こえない音が飛び交っているのである。不思議な気分だった。

暫くするとマリコが住宅地の真ん中で手を挙げてぼくの歩みを制した。探偵のような表情のマリコはいつになく活《い》き活きとしている。

「聞こえるわ。よく聞こえる」

そういいながら電波が出ている方へ体をゆっくりと向けていく。盗聴器発見装置を弄りながら、ベストポイントを探している。

「ここら辺かな。聞いてみる？」

マリコは再びぼくにヘッドフォンを被るようにと手渡した。さっきよりもハッキリとした音が飛び込んできた。凄く近くに盗聴器があるのが分かった。マリコはぼくたちの前に立ちはだかる家の玄関の表札を一瞥してから、中の様子を窺った。

若い女性がハミングをしていた。声の感じからすると、まだ未成年、中学生とか高校生といった感じの少女の声だった。曲は最近流行している歌謡曲の一節だった。ガサガサという音が聞こえる。机の上で何かの作業をしながら、歌っているのである。

「盗聴器を仕掛けたのは彼女の両親といったところかしらね。例えばだけど、父親が毎晩帰りの遅い娘の素行を調査しようとして仕掛けたんじゃないかな」

「あきれた。どうしてそんなに詳しいの？」

「それはいつもこうやって……」

マリコは口を噤《つぐ》んだ。肩を竦《すく》めてみせた。ヘッドフォンを外してマリコに返した。

「何事もキャリアよ。……ちょっと聞くとね、だいたい誰が盗聴器を仕掛けたかが分かるようになるの。面白いことに、こういう住宅街では家族同士が仕掛ける場合が多いのよ」

「家族同士なんて寂しいな」

「そうね、昔はスパイ映画のように企業間とかで盗聴は行われていたんでしょうけど、今は夫婦や恋人同士、それに家族間で盗聴が行われる時代なの。進んでいるというのか、嘆かわしいというのか、寂しいというのか、複雑ね。娘の行動を監視する父親や、夫の浮気を防止する目的で仕掛ける妻や、その逆もあるでしょう。一人暮らしの女性を狙《ねら》った盗聴マニアの仕業なんてのもあるわ。ラブホテルだって盗聴器だらけなんだから」

「本当？」

「ベッドの下とか、植木の中に沢山仕掛けられてるんだから。それを外の車の中で聞いている聴衆。そうとは知らず、エッチに耽《ふけ》るカップルたち。……こんな閑静な住宅地でも、盗聴は日常茶飯事で行われていて、そういう不穏な電波がうじゃうじゃ飛び交っているのよ。そして、私のようなマニアがそれを聞いている。面白い世の中じゃない？私は特に悲観的には考えていないわ」

マリコの満足そうな顔を見つめていられなくなって、視線を逸らした。ゆっくりと空気を肺の奥へ送り込み、気分を変えようと試みる。そんなぼくの耳元にマリコは声を潜めて続けた。

「みんな秘密を持っているでしょ。その秘密を他人は暴きたいの。見えないものを見たい。病んでいるといえば病んでるんだろうけど、楽しい世界だわ。……そうね、君も恋人に実は盗聴されてたりしてね」

驚いてマリコの顔を覗き込んだ。マリコはくすくすと笑っているだけだった。まさか、と呟いたが、そのあとが続かなかった。まさかなんてないのだ。現にぼくはいまこうして他人の会話を盗み聞きしている。盗聴されている人間はみんな、そんなことは想像もしていないのだから。

ぼくたちはその後少し無口になって、街の中を並んで歩いた。

フミに盗聴されているのではないか、という疑念が起こって頭から離れなくなった。調べたら、ぼくの部屋にも何台か盗聴器が仕掛けられている可能性がある。いつもフミのことを聞いていたつもりが、実は聞かれていた可能性だってある。いや、マリコにだって盗聴されているかもしれない。上司や、仲間や、いろんな連中がぼくのことを盗み聞きしている可能性がある。誰も信じることの出来ない世界か。ぼくは溜め息をついた。

一時間ほど歩き回ってから、ぼくはマリコを連れて、環状線の騒音測定へ戻った。盗聴器探しに比べたら、実に単調な作業だった。測定値をノートに記し、移動して、また計測する。彼女は最初熱心に少し離れたところからぼくの測定風景を見ていたが、暫くしてふと気がつくといつの間にかいなくなっていた。

14

郁夫に呼び出されて、区民会館のホールに行くと、武がいた。ピアノの横の椅子にちょこんと座って、仕事をしている郁夫の方を見ている。すっかり退屈している様子で、足をぶらぶら揺すっていた。

「遅くなった。会議が長引いて簡単に抜けだせなかったんだ」

ぼくは郁夫に向かって声を張り上げた。舞台の上で郁夫は頭を掻《か》いた。

「悪い。仕事中だって知っていながら、また呼び出しちゃって。こいつが……」

そう言うと、武の頭を摩《さす》った。

「こいつがまた荒田に会いたいって言うものだからさ」

武は父親の腕を払い除《の》けて、恥ずかしそうに、そんなこと言ってないもん、と呟いた。

「何言ってんだ。お前がまた音の測定をしたいって言うから、ここに来たんだろ。ほら、測定を見学させて下さいって、ちゃんと頼みなさい」

郁夫は武の頭を上から強く押した。武は抵抗しながらも、ぼくに向かってお辞儀をした。

「そうか。武君はまた測定に行きたいんだね」

ぼくが少年の近くまで行って言うと、彼は唇を尖《とが》らせながらもこくりと頷いた。

「よし、ちょうど良かった。これから昼休みだから、お父さんの調律が終わり次第、みんなで測定に出掛けよう。郁夫は大丈夫なのか？　この後仕事はないの？」

「勿論さ。都合はつけてある」

郁夫は笑いながら調律の続きをはじめた。ぼくは武の隣に椅子を持ってきて、そこに座り、郁夫の仕事を眺めた。マリコのことなど言えるわけはない。マリコの家からのこのこと出てきた郁夫の姿が浮かんだが、ぼくの心は乱れたりはしなかった。それがマリコのアパートではなく、フミの部屋から郁夫が出てきたなら話は別だった。どうしてマリコだったら嫉妬が起きないのか、分からなかった。

郁夫は静かにピアノに向かっていた。自分の子供に仕事をしているところをよく見せたりするのだろうか。郁夫が少し緊張気味なのが分かった。どこかで武に父親として尊敬されたいとは思っている筈だ。ぼくをダシに武をここに連れてきて、自分の仕事ぶりを見せたかったに違いない。

郁夫は指を広げて、鍵盤を軽く押さえた。和音がホールの中で反響する。彼は、まず幾つかの和音を弾いて、高い方、真ん中辺り、低い方、と、その違いを探っている。それから単音を一つずつ鳴らして、微妙な音の違いを聞き分けていく。素人の僕には全く判断できないほど精妙な音のモザイクが耳の中で膨らんでは消えていった。弱く弾いたり、強く叩いたり、なだめたりすかしたり。まるで子供を治療する歯医者のように。そして、音程が狂いだしている弦を見つけ出しては、チューニングハンマーを使ってそれを締め直したり、緩めたり、調整に精を出す。

「メーターは使わないの？」

郁夫が少し呼吸を整えている隙《すき》に、ぼくは聞いてみた。

「チューニングメーターみたいなものはないのかい？」

「あるよ。でも俺は使わないな。チューニングメーターなんか信用できないね。あんなものを使って調律をしているのは、素人の調律師さ。本当の音程は俺のここにある」

そう言うと彼は自分の頭の隅を軽く叩いた。

「凄いな。頭の中に絶対的な音程があるなんて。うらやましい」

「機械では全部が一律の音程になるだけだ。それはピッチを合わせたというのとは違う。人間だってみんな個性があるように、ピアノだっていろいろなんだよ」

「宇宙には上下はないってずっと思っていた。なのに、郁夫、お前の中にはしっかりした音程があるんだな。つまりお前の中には宇宙の基準が存在していることになる」

「そんなオーバーなことじゃないよ。ただ、俺はメーターなんか使わなくても、世界中のどこへ行っても音を合わせることができるってだけさ」

少年が、ぼくのズボンをひっぱった。退屈そうに、まだか、と催促してくる。

「でも、どんなに頑張っても無理なピアノもある。一昨年、アフリカへジャズピアニストと一緒に行ったんだ。招待されたのは南の方の小さな国でね。コンサートの主催者はカトリックの教会なんだけど、そこの首都から車で三時間ほど行ったところのホールでその国では初めてのジャズコンサートを開くって言うんだよ。ところが行ってみると驚いたことにおんぼろのピアノが一台あるだけでさ。凄いのなんのって、しかもずっと調律なんてしてなかったんだろうな。もう音程なんてものじゃない、目茶苦茶なんだ。それでも彼らはそれが絶対的な音だと信じ込んでいるんだよ。少しばかりピアノを弾ける牧師がセロニアス・モンクか何かの曲をたまに弾くだけで後はほとんど使われたことがなかったんだって。ピアノが一台しかないわけだし、今までその牧師以外の人間がそれを弾いたことがなかったって言うから仕方ないけどさ。彼らは調律師なんて存在も知らなければ、ピッチなんてものも理解できなかったんだぜ。基準なんて実にそんなものだ」

郁夫は笑いながら、少し大きく和音を叩いた。振動がぼくの胸を揺さぶる。

「だからさ、俺が調律をしようとした時は、もう手遅れだった」

「手遅れ？」

「ピアノにだって寿命がある。このピアノの中ではつねに物凄い力が戦っているのはいつだか説明しただろ。調律をしていかなければ、その圧力のせいで、響板やピアノ本体もだめになって、最後はどんなに調律をしてももう弦が伸びきって元に戻らなくなってしまうわけだ」

郁夫はピアノの中を覗きながら、チューニングハンマーで、弦の先についているピンを締め上げた。彼は無口になり、暫く作業に没頭する。根気と精神力のいる仕事だった。真剣に仕事に取り組む姿を少しでも息子に見せておきたかったに違いない。郁夫はいつになく表情が固かった。

「それで？　それで、そのコンサートは中止になったのかい？」

「いいや、やったさ。そこの基準でね」

ぼくたちは微笑んだ。郁夫がモンクの曲のフレーズを弾いた。わぎと崩したよろよろの演奏だった。彼はおどけた顔をして見せ、ぼくは声を出して笑ってしまった。

「さあ、大体できた。これで今日の仕事はお終《しま》いだ。暫くはいい状態の音がでるぞ」

郁夫は真剣な顔に戻り、ショパンを弾き出した。迫力はあるがごつごつした演奏だった。音程を一つ一つ気にしているせいで、細かいところには集中していない演奏だった。

彼が曲を弾き終わり、ピアノの蓋を閉じようとすると、ぼくの横に座っていた武がおもむろに立ち上がった。そしてまっすぐピアノまで行くと、鍵盤の真ん中辺りで和音を叩きはじめた。

小さいが綺麗な音が響きわたる。やはり曲はショパンだった。父親のごつごつした演奏とは打って変わって、まだ子供だと言うのに、母親の英才教育のせいか、彼がはじき出した音たちは実にデリケートだった。思わず唸《うな》り声をあげたほどだった。

そして少しすると彼はぴたりと演奏を止《や》め、その中から一つの音を確認するように軽く叩き出した。

「ねえ、この音のピッチがへん」

ぼくも郁夫も驚いてお互いの顔を見合わせた。ぼくは慌てて武のそばに駆け寄り、その手元を見た。武がもう一度鍵盤を叩いた。それはGシャープの音程だった。

「凄いなこいつ。天才かもしれない」

ぼくが言うと、郁夫は武の顔を横から覗き込み、顔を硬直させていた。その表情の中には武の母親に対する憎悪《ぞうお》のようなものさえ感じられた。母親が教え込んだピッチ感が完全に武の耳の中で一つの宇宙を作り上げていた。いつものピッチではないせいで、彼は不快に思ったのだろう。それにしても普通のピアニストでは決して聞き分けられる違いではなかった。

郁夫は武の前で父親という大役を演じることができなかった。彼は息子にそのピッチが正しいピッチなのだと力説したりはしなかった。ぼくがそれを説明しようとすると、彼は制した。ピッチ感を途中で変えたりしないほうがいい。郁夫はぼくの耳元でそう囁《ささや》き、後は口を固く閉ざしてしまった。

彼の落胆は大きかったと思う。息子の中身をすっかり母親の影響力が支配していたからだった。もうそこには父親の威厳など入り込む余地はなかった。

ぼくたちは路上へ出た。そこでは武も無邪気な子供でしかなかった。

環状線と水道道路が交差する陸橋の上でぼくたちが騒音測定をしていると、そこに武の友達たちが通りかかった。武は彼らを呼び止め、持っていた騒音測定器を自慢げに見せびらかした。子供たちはみんな武を囲んでその機械を覗き込んでいた。郁夫だけが少し離れた陸橋の欄干に肘をついて、下を走っていく車をじっといつまでも見つめていた。

15

フミの外泊はつづいていた。しかもあの男から留守番電話に伝言が入っていた日ばかりだった。外泊のことを、何度か問い詰めようとしたが、出来なかった。口にした途端、彼女がぼくの前から消えてしまうような気がした。

ぼくは郁夫と飲むことでその辛《つら》い日々をなんとかかい潜《くぐ》っていた。鐘の音の計測がもう一方での支えとなった。

日曜日。梵鐘《ぼんしょう》の音の測定に出掛けようとして、ちょうど、昼から開けっ放しにしていた窓を閉めようと手を伸ばした時だった。ドアのノブが音をたてた。

フミだった。前の晩も彼女は戻って来なかった。あの男に呼び出されていたのだ。ぼくと目が合うと、彼女は微笑んだ。

フミとの生活を失いたくなかった。朝、この部屋から共に通勤するのがぼくのささやかな幸福だった。朝食をすませるとぼくたちはそれぞれの準備をして、一緒に家を出た。駅までの数百メートルを並んで歩くのが日課だった。そういう時、結婚の予行演習のような仄《ほの》かな喜びを覚えた。何も話さないで、駅まで黙々と歩くことさえあったが、ぼくにとっては朝のその一〇分間が何よりも大切な一時だった。

改札で別れ、彼女は上りのホームへ、ぼくは下りのホームへ向かう人の列に加わった。ホームに上がると、彼女の姿を急いで探した。自動販売機の前にいるはずだった。ぼくは掲示板の下と決まっていた。短めのスカートから伸びた白い足が目印だった。見つけると手を振った。彼女も胸元に手を隠し、恥ずかしそうに周りを気にしながら、手を振る。

いつもそうやって、ぼくたちは電車が来るまでのほんの数分間、ささやかなコミュニケーションを持った。それがもしかしたら嘘に塗《まみ》れているとしても、ぼくにとっては笑顔で手を振る彼女の存在が全てだった。電車がホームに入ってきて、二人の間を遮断するまで、ぼくは一生懸命手を振り続けた。

フミはスーパーの袋をぶら下げていた。食料品を買い込んできたのだ。

「たまにはハンバーグでも作ろうかな、と思って」

彼女は靴を脱ぎながら、ぼくを見ずにそう言った。右足を左足の膝《ひざ》の上で組んで、靴を取ろうとしていた。短めのスカートを穿《は》いていたせいで、捲《まく》れて太股《ふともも》が露《あら》わになった。ストッキングを履いていなかった。腰から膝にかけてのなだらかな脹《ふく》らみが、彼女が靴を力任せにはぎ取ろうとするたびに揺れた。皮膚の張りのある光沢がぼくの目を射た。知らない男の唇が昨晩そこを這《は》ったかと思うと、急に疼《うず》いた。シャツのボタンは外れていて、胸元の柔らかな円丘がぼくを苦しくさせた。谷間に赤く擦れたような跡があった。虫にさされたかもしれないのに、ぼくはそれを男の唇が吸った跡と信じて疑わなかった。長いフミの髪の毛が肩から垂れ下がってそれを隠した。

「今日は朝から何してたの？」

靴を脱ぐと、フミはぼくの前を素通りし流し場へ行った。腰を屈《かが》めて、冷蔵庫の中に買ってきた食品をひとつひとつ入れはじめた。開けっ放しの窓から少し力のある風が吹き込んだ。生ぬるい風だった。視線が風の間を彷徨《さまよ》った。呼気が喉元で閊《つか》え、体中の神経が騒いだ。手が伸びて、ぼくはそのまま彼女をキッチンの床の上に押し倒した。一瞬のことだった。近所中に聞こえるほどのフミの叫び声が響いた。細い腕がぼくの顔を突き押した。ぼくの身体は震えながらも、彼女のシャツをはぎ取り、下着を毟《むし》り、スカートを押し上げた。乱暴に彼女の肉体を裸にしていった。殴ったかもしれない。頭を床に押さえつけた時に、ごつん、という音が聞こえた。服を脱がせて隅々まで調べるつもりだったのか。ぼくは夢中でフミの乳房を吸っていた。噛み切るほどにそれを口に含んでいた。胸の先端で乳首が固くなっていた。かつては何度もこうして愛撫《あいぶ》したが、今日突起した乳首は口の中で艶《なま》めかしく、そして新鮮に跳ねあがった。匂いを嗅いだ。唾液《だえき》の匂いがした。自分の唾液のはずなのに、ぼくにはどうしても知らない男の煙草臭い唾液を嗅いでいる気がしてしかたなかった。頭の中で犯されるフミがくねった。

フミは途中から抵抗するのを止めて、されるままになった。肉体から精神だけを切り離したような表情のない顔をしていた。まるで、犯されている肉体など、ただの物質にすぎないのだ、と言わんばかりの悟りの境地の顔だった。逆にぼくはまるで別の生き物に成り代わってしまったようだった。

フミの身体の上で動けなかった。右手は、抵抗しないように彼女の左足を押さえたままだった。自分が吐き出す呼吸が聞こえた。肺の奥が咽《むせ》ぶ荒々しい呼吸だった。このままいつまでもこうしていたいと思った。耳鳴りがぼくをどこか遠くへ連れていこうとした。

呼吸が落ちつくに従って、耳の内側で自分の心臓の音が聞こえはじめた。彼女の胸とぼくの胸がくっついた辺りで、もう一つ別の生き物が踊っていた。目を閉じると、鼓動が体内を駆け抜けていくのが分かった。足先や手先まで、血が流れているのが伝わってきた。フミの肩に顎《あご》を乗せて、血の波がゆっくりと遠のいていくのを聞いていた。

放熱が過ぎると、肉体の内側からふっと心が浮き上がってきた。はちきれんばかりだった筋肉や血管を鎮めるように、感情の渦が今度はぼくを包み込んでいった。それはぼくを現実の世界へと引きずり戻す波だった。

階下からピアノの音が聞こえた。開け放たれた窓の向こう側から通りを行く人々の話し声が聞こえてきた。周囲の音が耳の中を通り過ぎていくたびに、ぼくは冷静さを取り戻していった。

自分がしてしまったことが突然ぼくの背中を突いた。生殖器がすっかりフミの身体の中で小さく縮んでしまっていた。なくなってしまったのではないかと思うほど、感触がなかった。ぼくはフミの顔を覗くのが怖くなった。

慌てて彼女から離れた。しかしその目を見ることは出来ない。破れたシャツが、引き裂かれた下着が、赤く腫《は》らした彼女の皮膚に張りついているのだけを目でなぞった。

16

仕事を休んで朝からマリコの部屋にいた。

マリコはぼくのために温かいコーヒーを淹《い》れてくれた。簡単な食事も用意してくれた。

裸になって、疲れ切ったぼくの体を温めてくれた。彼女とベッドの中にいると、楽だった。何もしなくてよかった。ただ甘えていればそれでいいのだ。無理して下半身に神経を使わなくてよかった。フミといる時のように神経質にならなくてすんだ。いっそフミのことはすっかり忘れて、マリコと付き合えばどんなに楽だろうかと考えた。いや、そうではない。マリコに恋い焦《こ》がれていないから、気が楽なだけなのだ。もしもフミのような関係にでもなったなら、ぼくは嫉妬してそれこそ盗聴器でも仕掛けかねない。マリコがテレクラ嬢のバイトをしていたり、盗聴マニアだったりすることをぼくはほうってはおかないだろう。郁夫との関係もそうだ。でも、今のままだったら、彼女が誰とデートをしようが何をしようが平気だった。

マリコはベッドの中でぼくが望むことを、自ら進んでしてくれた。ペニスを頬張り、それを丁寧に清めてくれた。疲れ切って萎《しお》れていたぼく自身は、執拗《しつよう》な彼女の抱擁を受けてすぐに固く逞《たくま》しくなった。

欲しくても簡単には手に入れることのできないフミ、そして望むことはなんでもしてくれるマリコ。この二人はぼくにとって月と太陽のように意味が違っていた。

マリコを机の上に座らせ、足を開くように命じた。わがままな君主のように、わざと粗野に言ってみた。彼女は黙って足を開いた。恥ずかしがって目を閉じたり、嫌がったりしなかった。彼女はぼくの顔を興味深げに見つめながら、時折、こうして欲しいのでしょう、とまるでテレクラの仕事の続きのように甘く囁いた。

ぼくは彼女の股《また》の間を眺めながら、興奮できないでいる自分を見た。彼女の中にそっと人指し指を入れてみた。すっかり濡《ぬ》れていて、その中は温かい。でも、ぼくの感情の温度は変化することはないのだ。彼女の温《ぬく》もりの中でぼくの指だけが冷たく硬直していた。なんの感情の突起も起こらない。目の前に裸の女がいて足を開いてしかも顔を歪《ゆが》めてぼくを興奮させようとしているのに、ぼくときたら、樹木にあいた大きなあなぼこの中に虫でもいないかと指を差し込んだ少年の好奇心ほどの欲望も持ち合わせていないのだった。

マリコをすぐに抱いたりせず、思いつく限りの恰好《かっこう》をさせ、それでも満足できないとカーテンを開けさせ、近所中に見せびらかすように、テレクラに電話を掛けてくるこの東京中の男たちに見せびらかすように、外に向かって立たせて、後ろからはがい締めにして、挿入したりした。

彼女の興奮する声を聞きながら、ぼくは興奮しきれないでいる自分の心を見ていた。激しく抱き合う二人のすぐ隣で冷静に佇《たたず》んでいるぼくの心。そいつは悲しい目でじっとぼくの行動を最初から最後まで観察しては、溜め息をつくのだった。

ぼくたちは朝から夕方まで抱き合った。途中食事をしたり、トイレに立つ以外は、ベッドの中で青白い幼虫のように絡まりあっていた。

感情は停止したままだったが、ぼくはマリコに感謝していた。彼女の献身的な優しさと温もりは今のぼくにはとても有り難い救いだった。

夕方電話が掛かり、彼女が一瞬困ったような顔をしたので、それが郁夫からだとすぐに分かった。

「あのね、今日はちょっと都合がよくないの」

マリコがはっきりと拒絶したにも拘《かかわ》らず、郁夫は会いたいと繰り返しているようだった。彼女は声を潜め、今度にしよう、と呟《つぶや》いた。ぼくの心の中にまた変な風が吹き込んでくる。郁夫の悲しそうな顔が思い浮かぶ。なんとかしてあげたいのだが、今日は温もりを手放したくはない。

マリコの声が少し強くなった。

「誰でもいいでしょう。そういうことには応えたくない。ええ、そうよ。あなたよりはずっと長い付き合いの人よ。何を言っているの。少し冷静になりなさい。馬鹿ねぇ、そんなことないわよ。本当よ、そんなことはないわ。それに私は誰のものでもないんだから。……やめてよ、そんなこと言うの。そんなにどならないで、どうしたの？　どうかしてるわよ。自分をコントロールしなさいよ」

マリコがぼくの方をちらっと見る。ぼくは肩を竦めてみせ、彼女に背を向けると、ベッドの中へもぐり込んだ。暫くマリコは郁夫を説得しているようだったが、突然大きな声をあげてしまった。

「あなたね、言っていいことと悪いことがあるでしょ。たった一回寝たからって、私があなたの物にでもなったと思い込んでいるの？　いいかげんにしなさいよ。私を所有しようなんて随分じゃない」

電話を叩きつけるように切ると、マリコは煙草を取り出して荒々しく吸い出した。何も言えなかった。電話機の傍でつったったまま背中を丸め、亡霊のように佇んでいる郁夫の姿が思い浮かんだからだ。

「郁夫さんからよ」

マリコは自分からそう言った。ぼくは小さく頷いて、壁の方へ顔を向けて横になった。マリコの裸体がぼくの背中にくっついてきた。その日はマリコの家から一歩も外には出なかった。冷蔵庫の中にあるもので食事を作り、またベッドの中へ逃避した。現実とはなんて切なく冷たく痛いものなのか。実体のない空想や思想や盗聴の方がよっぽど楽だと思った。

ぼくははじめて外泊をした。フミを待たなかった。このままマリコの部屋で暮らしても構わない、と一瞬考えたが、そうするつもりがないことも分かっていた。

17

闇の中でマリコが囁いた。

「ねぇ、こうしていると東京の深夜って怖いくらい静かね」

彼女が喋り終わると、室内は再び静まり返った。ぼくもマリコもベッドに仰向《あおむ》けに寝て、闇の中の天井を見つめていた。距離感がないせいで、肉体が闇に浮かんでいるような錯覚を覚える。

「波が打ち寄せている」

マリコが呟いたが、ぼくには何も聞こえなかった。

「聞こえない？　海岸に波が打ち寄せているわ」

彼女は起き上がり、闇の中に座った。白目の部分だけがほんのりと浮き上がって見えた。ぼくには静かに作動する冷房機の音が微《かす》かに聞こえるだけだった。

「起きて。聞いてみてよ」

声を潜めながら、彼女はぼくの体を揺さぶった。肉体がくたくただった。肩甲骨《けんこうこつ》の内側に一本酷《ひど》く腫れた筋が横たわっていて、それが寝返りを打ったり腕を回したりするたびにずきんと痛んだ。

しつこくマリコに催促されたので、上体を静かに持ち上げてみた。窓の方へ顔を向け、耳を澄ませた。長い沈黙が流れた。何も聞こえなかった。マリコはリモコンで冷房を切ると、微動だにせず、耳を傾け続けた。仕方なく付き合っていると、随分と経って確かに波の音が耳の中に立ち現れた。

「ほんとだ。聞こえるな」

打ち寄せる波の音だった。

「でしょう。あれは間違いなく波の音」

ぼくはきちんと彼女の横に正座すると、真剣に耳を澄ませてみた。室内の温度が上がり、汗が滲《にじ》みだしてきた。マリコは立ち上がると窓際まで行き、カーテンはそのままにしてサッシ窓を開けた。キッチンの小窓も開けた。生ぬるい風が室内を流れる。大きな波がざーっと打ち寄せてきた。余韻まで聞こえたような気がする。南国の浜辺で波の調べを聞いているみたいだった。そう思い込むと、闇の中に撓《しな》って伸びる椰子《やし》の木や、宇宙の果てで健気《けなげ》に輝く無数の星空までもが出現した。

波の音は、環状線を走っていく車のタイヤの音だった。マリコがそう言わなければ、波の音だなどとは想像もしなかった。おかしなもので、一旦《いったん》波だと思うと、タイヤが路面を擦る音もちゃんと波の音に聞こえてくる。

「誰もいない海って好きよ」

マリコはぼくの手を握りしめた。彼女の手は滑らかで気持ちが良かった。

「ねえ、荒田君、今度私を海に連れてって。あっ、駄目か。彼女がいるから私は連れていって貰えないわね」

ぼくは闇の中でかぶりを振った。

「本当？　湘南《しょうなん》とか嫌だよ。誰もいない海じゃないと」

分かった。とぼくは小さく返事をした。マリコは笑っていた。彼女の白い歯が浮かび上がる。可愛らしい笑顔だった。マリコをそっと抱きしめた。それがどういう気持ちによるものか分析できずに戸惑いながら……。

マリコはぼくを抱き返してこなかった。彼女は手をだらりと下げたまま、ゆっくりと瞼《まぶた》を閉じた。

「環状線の内側は深夜になると潮が満ちて海の中に沈んでしまうのよ。知ってた？　皇居も、神宮球場も、代々木公園もみんな海の中に沈んじゃうんだから。新宿の高層ビルの先端だけがまるで救難ブイのように顔を出すだけなの」

想像が広がった。東京湾が環状線まで押し寄せていた。まるで緩やかに弧を描くリゾート地の浜辺のような海岸がそこに現れた。

「私、仕事が終わるといつも海の音をこうやって聞いているの。心が落ちつくわ。すぐそこに海があるかと思うと、気分が楽になる」

「本当だ。とても楽になるな」

マリコから離れ、ぼくも真似をして目を閉じ、顎を突き出してみた。打ち寄せる波の音が心をほぐしていった。

「こうやって耳を澄ませて、できるだけ遠いところのことを想像してみるの」

「できるだけ遠いとこ？」

「そうよ。あなたや私の周辺のことではなくて、もっともっと遠いところのことを想像する。想像力だけが見ることの出来るところのことを」

「想像力だけが見ることの出来るところか」

ぼくはさらに顎を突き出し、耳をもっと澄ませてみた。意識がどんどん浮上していく。気分が軽くなって、高いところへと昇っていくのが分かった。

「昨日とか、今日とか、明日ではなくて、もっともっと離れた次元のことを想像するのよ」

ぼくは暫く彼女と並んで遠い宇宙を彷徨《さまよ》った。無数の星が肉体を通過していくような気分を味わった。空想の宇宙のど真ん中で、ひょこっと闇から顔を出した明滅するブイを発見した。それは闇の中にそそり立つ摩天楼の避雷針だった。

「どう？　素敵じゃない？」

ぼくは頷いた。目を開けると、相変わらずの闇の中に、こちらを見つめるふたつの鈍く輝く瞳があった。

「そうだ。もっといいところへ連れていってあげるよ」

彼女はぼくの手を引っ張った。マリコにくっついて、闇の中を歩いた。前が見えずに、転びそうになった。その度にマリコは手を伸ばしてぼくを支えてくれた。彼女の体に寄り添って、ゆっくり隣室へと移動した。

無線機とコンピューターが並べられた机の前でぼくたちは止まった。下よ、と言うマリコに従って、ぼくは机の下を覗き込んだ。無骨な形の大きな旧式無線機が押し込められていた。二人はまるで戦争ごっこをする小学生のように床に腹這《はらば》いになった。マリコが機械のスイッチを入れた。ファンが静かに回りはじめ、角張った眼鏡のようなメーターに豆電球の黄色い明かりが灯った。

「私がアマチュア無線の免許を取得した時に、父親に買って貰ったのがこの無線機。もう十五年も前のこと。でもまだ元気なんだ。時々こうして今でも使っているの。ただし、竹竿《たけざお》で作ったアンテナを屋上に立ててあるだけだから、届く範囲が限られちゃうけど」

彼女はそう言うと、ツマミを慎重に回しはじめた。信号音がスピーカーから零《こぼ》れだした。静かな室内に電波の波うつ音が響きはじめた。続いて日本語ではない言葉が雑音の奥から滲み出てきた。果てし無く遠いところから届けられた電波をぼくは静かにキャッチしていた。

「どこまで届くの？」

「北海道とか、サハリンとか、ハワイとか……」

「本当？」

彼女は機械の横にくっついていたレシーバーを掴んだ。そして、この辺りならいいかな、と言ってそれをぼくに握らせた。マリコの顔を慌てて覗くと、彼女は頷いた。

「いいのよ。電波を飛ばしなさいよ」

「どうすればいい？」

「レシーバーを握りしめて何か言えばいいのよ。そしたら君の声はどこか果てし無く遠いところへ飛んでいくはずだから。電話線みたいに地底や海の底をのろのろ行くんじゃないの。君の声は空を飛び越えていくのよ」

「空か」

ぼくたちは机の下で腹這いになったまま、微笑み合った。レシーバーを握る手が僅《わず》かに震えた。マリコがその手を上からぎゅっと強く包み込んだ。

「もしかしたら、電離層も突き破って、宇宙へ飛び出しちゃうかもしれない。果てし無い銀河の先まで君の声は飛んでいくかも」

「凄いな」

「さぁ、呼びかけてごらんよ」

彼女は悪戯《いたずら》っぽく笑った。メーターの明かりがぼくたちの存在を微かにそこに浮かび上がらせていた。小さな秘密を手に入れたような喜びがあった。

18

次に郁夫と会ったのは、それから一週間ほどが経ってからだった。

夜半に半地下のバーのママから、郁夫が泥酔していつまでも帰らないので困っている、との電話があった。慌てて店まで行くと、郁夫はカウンターの上で鼾《いびき》をかいて寝ていた。ママはぼくの顔を見つめて、最初はおとなしかったんだけどねぇ、と言った。ぼくが彼に替わって謝ると、ママは、いいのよ、と苦笑いをした。

「荒田か。来てくれたのか。わざわざ俺のために来てくれたんだな。……もう駄目だ。本当に駄目なんだ」

相当酔ってはいたが、ぼくに担《かつ》がれているというのは分かっていた。何度もぼくの名を呼んでは、時々泣きながら訳の判《わか》らないことを口走った。

郁夫の大きな体を抱えるのは容易なことではなかった。タクシーも止まってはくれなかった。仕方なくぼくは郁夫と二人で近くの児童公園で野宿をすることにした。郁夫をベンチで寝かせると、ぼくも隣のベンチに寝ころんで空を見上げた。

星が夜空で瞬《またた》いていた。低いところから見上げると、東京の空も大きく見える。珍しく雲がなく、沢山の星が見えた。その星のどれかに、自分にそっくりな宇宙人が、やはり落ち込んでこちらを見上げているような気がして仕方なかった。

『応答願イマス』

ぼくは口の中でそう呟いてみた。

朝目が覚めると、ぼくは郁夫を連れてマリコのアパートへ寄った。郁夫は少し抵抗をしたが、彼の腕を固めて強引に連れていった。合鍵を使って中へ入ると、マリコはパジャマ姿で、驚いた顔をして出てきた。郁夫は恥ずかしそうに下を向いていた。まるでわがままな武にそっくりだった。

「何?　ねぇ、どうしたの?　こんなに朝早く」

ぼくが肩を竦めて、一緒に朝御飯でも食べないかと思ってさ、と言うと、

「本当はあんたたちホモなんじゃない」

と笑いだしてしまった。

ぼくたちは近くのファミリーレストランへ出掛けた。マリコはいつまでもねちねち引きずるような女ではなかった。郁夫にも優しくいつもと変わらなく接してくれた。

19

鐘の音の地図が完成したのは、秋の気配が街並を彩《いろど》る頃だった。

フミはあの日からぼくのところには帰ってこなくなっていた。しかし、こちらから出掛けて行く勇気はぼくにはなかった。

出ていったフミから連絡が入るのをじっと待ちながら、ぼくはそのぶつけようのない気持ちを、まっすぐ鐘の音の地図作りに向けた。

知人に頼んでいたのも合わせると二〇〇箇所近い計測地点になった。ぼくはそれを全てコンピューターに入力した。

出来上がった鐘の音の地図は意外なことをぼくに教えてくれた。予想していたよりもかなり広範囲に渡って、梵鐘《ぼんしょう》の音は聞くことが可能だった。風向きや、休日という条件が必要だったが、寺から何キロも離れたぼくのアパートでもやはり音を確認することができた。

環境保全課の月例会議の席で、この地図を発表した。

自分のためにしたことだったが、これは絶対に区民に見せたほうがいいと、郁夫にも強く勧められ、随分と迷った挙げ句に踏み切った。ぼくは、区民よりも、区役所の上の連中に見せたかった。数値だけで騒音を取り締まらなければならない自分の立場に少しでも風穴があけばいい、と考えたからだ。上の人間たちが地図を見て、音の環境の重要性に気がついてくれれば、それだけで良かった。

鐘の音の地図は会議の席で大変な注目を集める結果となった。環境保全課の課長が、本当にこんな範囲で鐘が聞こえるのか、と反応を示したのは印象的だった。

「……騒音を測定して三年になりますが、規制数値だけで騒音を取り締まってきた自分の仕事に、いつも割り切れない思いを感じていました。毎日私たちは様々な音の環境の中で生活していますが、多くの人達が音の無秩序の中で疲れ切っているように思えます。……音が大きいから規制して取り締まってくれ、という意見が、ここに寄せられるのもそのせいだと思います。私たちも測定器で数値だけを計り、それを提示して問題点を塞《ふさ》いできたように思えます。それで、私は耳を塞ぐというのではなく、逆に、耳を澄ます、ということが大事なのではないかと気づきました。音を聞こうとすることが、身近な環境への関心を高めることになるのです」

課長が頷いた。エレベーターの中では、ぼくの意見など全く耳も傾けてくれなかったのに、だ。ぼくは課長から視線を逸らして続けた。

「例えば、環状線の大型トラックの騒音は七八デシベルくらいなのですが、風の強い日の神社の境内で測定した木々の揺れる葉の音は八五デシベルもありました。木々のざわめく音を暴騒音とは言えません。数値だけで規制することの矛盾をぼくはこんなところで感じます」

職員の間が、急にざわざわと騒がしくなる。自分が日頃思っていたことが次々に言葉になっていくのを、まるで他人の演説でも聞いているような不思議な戸惑いの中で噛みしめていた。

「……鐘の音の地図は、S区の中でこんなに広範囲で鐘の音が聞こえていたということを教えてくれました。ところが多くの人には、鐘の音などまるで聞こえていないのです。いまだに鐘を撞《つ》いている寺が区内に七箇所もあることも知りません。時を告げているのに、車やテレビやその他の生活音のせいでかき消され、あるいは忙し過ぎて気づくことができないのです。……昔から鐘の音は人々の心の拠《よ》り所でした。鐘の音で精神を癒していたという話も聞きます。……だいじなのは、ただ騒音を取り締まるのではなく、こういう音が今も存在していることに気がつくことです。区民に気づいてもらうことです。そうすれば、騒音苦情との向き合い方も変わってくるのではないか、と考えました。どういうふうに一人一人が音環境と向き合っていけばいいのかが見えてくるような気がするのです」

職員の間からぱらぱらと拍手が起こった。同じように騒音測定をしていた連中だった。その拍手で目が覚まされたように、ぼくは急に照れくさくなった。下を向いたまま腰を下ろすと、課長が、そうか、と一言もらした。

結局その会議で、ぼくの作った鐘の音の地図を大量に印刷し、街中に貼《は》りだすことが決定した。ぼくはどう喜んでいいのか分からず、それから先は会議で発言もできない有り様だった。

そんなぼくとは反対に、会議自体は白熱し、時間をオーバーして夕方近くまで議論が続いた。それ以降ぼくが意見を言う場がないほど様々なアイデアが飛び交った。この鐘の音の地図を貼ったり、配るだけではなく、それに連動する形で、「S区音の名選コンテスト」と題した環境に相応《ふさわ》しい音を探すコンクールを行ったり、「私の街の静けさ」というタイトルで学生たちから作文を募集しよう、という意見が相次いだ。最後に課長が、区長に提言してこれらのことを全部ひとまとめにして区のイベントにしてもらうよう要請したい、と会議を結んだ。しかし、何か光明を見つけた環境保全課の職員たちとは裏腹に、会議が終わる頃になると、ぼくは煮え切らない気分に包まれていた。

夕方、ぼくは郁夫と例の半地下のバーで待ち合わせた。珍しくカウンターが満席だったので、奥のボックスに陣取った。女主人が、混《こ》んでいてごめんなさいね、と嬉しそうに言うので、ぼくたちは肩を竦めて微笑み返した。ウィスキーを舐《な》めながら、暫く人々の陽気な笑い声を聞いていた。酔いが全身を駆けめぐるにつれ、耳の奥でしゃりしゃりと高音域が立ちはじめる。

「どうした？　浮かない顔してるじゃないか」

郁夫の声は妙に滑らかだった。ぼくは、ああ、と声を濁した。酔いが回りはじめると、どこからともなくフミのことが滲《にじ》み出てくる。ここのところ毎日のようにフミの生きた亡霊につきまとわれていた。

「会議で地図が不評だったのか？」

ぼくは強く首を振った。会議では、多くの賛同があったこと、課長がそれを区長に提言して、一つの運動にしたいと言ったことなどを説明した。

「良かったじゃないか。やっぱり俺の思った通りだったな。この地図は画期的なんだよ。環境保全課の連中にとってみれば、相当ショックのはずだ」

郁夫は勝ち誇るように、そう言った。それからぼくのグラスにウィスキーを注いだ。ぼくは郁夫が注ぎ終わったグラスを摑み、それを口許へ運ぶと一口飲んだ。自然に溜め息が溢れる。

「つまんないことしたなと思ったよ。あんなもの会議なんかでひけらかさなければよかった。……なんだか急に、綺麗ごとみたいに思えてきて……」

郁夫がぼくの肩を叩いた。顔を近づけてきて、酒臭い息を吐きかけた。

「でも、受けたんだろ？　連中にとっても、いい刺激だったんじゃないか。区民だってあの地図を見たら、自分たちが住んでいる街の音環境の重要さが分かるかもしれない。教育的ではあるが、まあ、いいことしたんだよ」

郁夫は、しょうがないな、という顔をして正面を向いてしまった。

フミがぼくの地図の中心だった。どこが好きなのかしら、と言ったフミの言葉がふいに蘇ってきた。ぼくこそフミのどこが好きだったのだろう。自分の気持ちを知りたかった。ぼくは自身に問いたいがために地図を作ってきたのかもしれない。

「自分にとってどういうふうに世界が聞こえているのか、それだけ分かればよかったんだ。俺が作った鐘の音の地図を見て、みんなが同じようにこの世界に耳を傾けたりするのはいやだ。俺はただ自分の耳に聞こえている世界がどんな形をしているのかを知りたかっただけなんだ。みんなが知りたければ自分の耳で自分の地図を作ればいい」

女主人が新しい氷を持ってきた。ぼくはその一つをアイスペールから摑むと、口の中へ放り込んだ。氷を無理やり歯で嚙むと、砕ける音が頭骨に響き渡った。力の限り嚙み続けた。郁夫は、吐き捨てるように、随分けちな話だな、と呟くと、ぼくの真似をして氷を口の中へ押し込んだ。

店の隅でカラオケが始まった。イントロに合わせてカウンターに座っていた客がマイクを握りしめて立ち上がる。スピーカーからだみ声が響きだした。

20

フミを失ってしまったのではないかという激しい後悔に苛《さいな》まれながらも、ぼくは毎日騒音測定に出ていた。大型トラックが連なって眼前の路上を通過するたびに、騒音計のメーターは七六から七八デシベルの辺りを指した。道が狭く、両側に高いビルが立ち並んでいるために、音が反響してかなりの騒音になる。交差点の側にある八百屋の店先では、瞬間的に八〇デシベルを記録するほどであった。計測の時間や日が違えば、規制値を越える時があるかもしれない。ぼくは排気ガスで噎《む》せながらも作業をこなした。記録紙に数値や、測定時間、測定状態などを書き込んだ。

両手に道具を抱えて、陸橋を渡った。ふと、真ん中で立ち止まり遠方へ視線を向けた。まっすぐに伸びる道の先まで、車が連なっていた。スモッグなのか雲なのか判別のつかない灰色の空が、その道の上をどこまでも覆《おお》っていた。遥か道の先に僅かに青空が見えた。光の柱が数本美しく地上に降り注いでいた。ここはどんよりと淀んでいるのに、遠くの空は晴れていた。

昼過ぎ、近くの食堂でいつもより早い昼食を取ってから、電話を探した。彼女の家の留守番電話を聞くことが唯一、フミとの関係をつなぎ止める行為だったからだ。

路地裏の駐車場の入口にカード電話があり、ぼくは人目を避けるように中に入ると、急いで受話器を握りしめ、彼女の家の番号を押した。メッセージは三件入っていた。最初の二件は同一人物、はじめて聞く男の声である。

——もしもし、フミさん、……。

いつもの低い声の男とは違い、若い男と思われる、まだ艶《つや》のある声が飛びだしてきた。その電話は一度切れ、もう一度同じ男からの伝言が吹き込まれていた。

——……えーと、黒沢ですけど。

暫《しばら》く様子を窺《うかが》うような間があき、留守ですね。じゃあ、また掛けなおします、と弱々しい声が続いた。

黒沢と名乗った男に心当たりはなかった。この留守番電話を聞くようになってからは、初登場だった。男の口ぶりからも、まだそれほどフミとは親しい関係ではないようだ。会って一、二回というところか。知り合って日が浅いに違いない。いつどこでどんなきっかけで知り合ったかが気になる。彼女の会社関係の知り合いかもしれない。得意先との会合で仲良くなったのだろうか。自分が知らない人間の声を聞くと、いろんな詮索が頭の中で氾濫《はんらん》し、奥の方が熱くなる。吐き出す息は全て、溜め息に変わっていった。

もう一件入っていたメッセージはいつもの男からのものだった。鼓膜を嘗《な》めるような低い声。ラジオ小説の朗読を聞いているような、落ちついた声である。

——今日の件だけど、大丈夫になりました。七時にいつもの場所で、いや、待って……そうだな、渋谷のハチ公前の方がいいでしょう。そのすぐ近くで仕事を終えるんで、ハチ公前だと助かるな。ごちゃごちゃしているけれど、必ず見つけ出すことはできます。……それじゃあ、後ほど。

再生が終わり、ぴー、という発信音が耳元で鳴り響いた。ぼくは催眠術から覚めたように、現実の世界に連れ戻される。暫く何かが頭の中で膨らんでいくのを感じ、それからそれが急に萎《しぼ》んでいくのを覚えた。ハチ公の前……。呆然《ぼうぜん》と駐車場に並んだ車の列に目を走らせた後、受話器を下ろし、そこを離れた。

区役所に戻ってからも、机の上の書類の山を眺めて過ごした。提出しなければならないレポートにも全く手が付かず、フミのことばかり考えていた。

五時半に区役所を出て、アパートへ戻ろうとした。駅へ向かう人の列に身を任せ、知らない人達の背中に向かって縋《すが》るように歩いた。駅の入口にある電話ボックスに目が止まった。暫く立ち止まって眺めていたが、腕時計で時間を確認すると中へ入り、それからフミの家の電話番号を押した。まだ戻っていなかった。もう一度掛け直し、留守番機能の再生の操作をした。機械の声が、録音はありません、と告げる。ぼくは受話器を下ろした。

家には戻らなかった。気がついたら渋谷方向の電車に乗っていた。渋谷へ向かっている間、ぼくはずっとフミが男と寄り添って歩く姿を想像していた。何度も、引き返そうと思った。そんな瞬間に出会ったら、きっとまともではいられない。何も自分から傷つくことはない。しかし苦しむ心とは反対に、足はアスファルトの路面をはっきりと踏みしめていた。

六時前に渋谷に着いた。フミに見つからないよう駅ビルの大きな柱の陰に隠れ、ホームで買ったスポーツ新聞で身を隠した。七時までの一時間はあまりにも長く、落ちつかなかった。会社帰りのサラリーマンや遊びにやって来た若者たちで、ハチ公の前はごった返していた。電話ボックスには列が絶えず、地下通路の出口からは人々がひっきりなしに出てくる。学生たちの固まりが円陣を組んで騒ぐ横で、外国人のストリートミュージシャンが背中にアンプを背負ってブルースを歌っていた。ハチ公の側に騒音表示盤のついた塔があり、交差点周辺の騒音を計測していた。七五デシベルという数字が見えた。

七時少し前にフミが視界を過《よぎ》った。分かっていたことだったが、実際に彼女の生の姿を目にした瞬間、激しい動悸がして、思わず柱にもたれ掛かってしまった。

フミはぼくに背を向ける恰好で立っている。男はなかなか現れない。

そこにいるのは、明らかにぼくの知らないもう一人のフミだった。時々、髪の毛をかき上げる以外は、腕を組んで、男が近づいてくる瞬間に備えているようだった。その従順ないじらしさは、ぼくを醜い嫉妬に駆り立てた。

ビル群に明かりが灯りはじめた時、フミの手が勢いよく上がった。彼女が手を振る方へ視線をやると、コートを着た男が近づいてくる。年齢は四十代半ばで、頭髪はやや薄くなっている。眼鏡を掛けているが、どことなく神経質そうで、笑っているくせに引きつっているようにも見える。フミと同じくらいの身長で、一メートル六〇センチぐらいだろうか。

フミは男が近づくと、手を伸ばして男の腕を握ろうとした。男は周りを気にしてそれを窘《たしな》めるように肩を竦《すく》めてみせる。フミの横顔は嬉しそうに微笑んでいる。どうしてそんな顔ができるのか見当もつかない。ぼくは彼女の普段見ることのできない一つ一つの動作を追いかけるだけだった。

暗くなりだした夜の街へ二人はまもなく歩きだした。気づかれないように後をつける。この二人がどういう関係なのか突き止めるまでは、このまま引き下がるわけにはいかなかった。

二人はファッションビルの入口にある硝子《ガラス》ばりのレストランに入ると、巨大な硝子の壁際に席を取った。ぼくは道を挟んだ反対側のドーナツショップへ行き、コーヒーだけを注文すると、やはり窓側の席に腰を落ちつけた。二人が動きだすまでそこで待機するつもりで。

フミの向かいに座る男は、どう見ても冴《さ》えない中年の小男にしか見えなかった。フミはいつもぼくに内緒でこの男と会っていたのだろうか。自分が想像していたタイプの男と随分感じが違っていたので、少しほっとした。着ているコートは潔癖症のフミには少し縒《よ》れすぎている気がした。この男だったら自分の方が勝《まさ》っている、と思えた。身長だって、器量だって、服装のセンスだって、年齢だって……。

勝っていると思われる箇所をぼくは一つ一つ、自分を励ますように声に出してみた。冷静になれば、フミがこの男と恋愛関係にあるとはどうしても思えなかった。遠い親戚で、フミの父親代わりなのかもしれない。或《ある》いは大学時代の恩師とか。ぼくはありうる全ての可能性を想定して、不安をかき消そうとした。

二人はゆっくりと二時間ほどの時間を掛けて食事を済ませると、店を出た。ぼくは、渋滞する道路を横断し、駅へと向かう人々の流れに逆らって、二人の影を追いかけた。いつのまにか彼らのすぐ後ろに接近していた。僅か数メートルほどに近づいた時もあったが、彼らはぼくには気がつかなかった。

交差点の信号に捕まっている間に、フミの手が男の腕を捕まえた。男は今度はそれを払おうとはせず、黙って受け止めた。男の薬指に指輪が鈍く光っている。結婚しているのだ。フミの頭が心なしか男の肩に寄り掛かったような気がした。次の瞬間、男の手が伸びて、フミの顔を撫《な》でた。瞬間的なことだったが、フミは男の手が離れるまで気持ち良さそうにそれを受け入れていた。その時の彼女の横顔は、いままでに一度も見たことのない従順な女のそれだった。あきらかに心を許しきった者へと向けられた女の顔である。自分の体の奥深くから迫《せ》り上がってくる嘔吐《おうと》感があった。ぼくは歯を食いしばって、その酸っぱい苛立ちを何度も呑み込まなければならなかった。

何をしてんだ。おい、お前はいったい、こんなところで何してんだよ——

ぼくは自分に向かって心の中でそう叫んでいた。分かっただろ。あの女はそういう女だったんだ。お前はずっと騙《だま》されていたんだ。いい笑い物だ。分かったんだから、引き返せ。でなければ、こいつらをいますぐここで叩きのめすんだ。冷静さはどこかに失《う》せ、神経は統制が利《き》かなくなっていた。震える口を大きく広げて、空気を吸い込まなければ呼吸さえも満足にできない状態であった。

フミの前に顔を出して、どういうことだ、と問い詰めることもできたはずなのに、結局、そうすることはできなかった。踵《きびす》を返して駅へと歩きだすこともしなかった。ただ彼らの後ろ姿を、睨《ね》めつけることしかできなかった。

信号が再び青になり、二人は歩き始めた。腕を組んだまま代々木公園まで行き、一五分ほど散歩をした後、二人は地下にある地味な入口のバーに消えた。その道順はまるでいつものお決まりコースといった迷いのないものだった。

長い時間、彼らはそこから出てこなかった。ぼくはその間、ずっと外で待機していた。ネオンライトやタクシーのヘッドライトに照らしだされながら、熱くなった頭を風で冷やし、時が過ぎていくのを見送ることしかできなかったのだ。

ふと、誰かに見られているような気がした。デパートの屋上とか、それよりももっと高い場所から、ぼくのことを冷静に見つめている存在を感じたのだ。肩で息をしながら、ぼくは辺りの高いビルディングを見上げた。ビルの上の方は明かりが消えていて、夜空と交わっていた。輪郭のない空の中央に、星がただ一つ、瞬いていた。石の間で身動きができなくなっている蟻《あり》が見えた気がした。ぼくは掌で顔を強く拭《ぬぐ》い、一度大きく息を呑み込むと、それからバーの入口へ再び視線を投げつけた。

二人が出てきたのは、もう終電が終わろうとしている時刻であった。尾行を始めて五時間以上も経っている。フミは随分と酒を飲んだらしく、足元がおぼつかなく、すっかり男の体に寄り掛かっていた。男の腕を引っ張るようにして歩きはじめたフミは、歯を見せて笑っていた。何が楽しくて、そんな笑顔ができるのか、ぼくには理解することができない。フミの横にいるこの中年の男が、女を無邪気にさせる何か魔法を持っているとしか考えられない。

二人はカップルたちで賑わう坂道を登りはじめた。その坂道の途中にはライブハウスやゲームセンターに混じってラブホテルの集落があった。ネオンが、点滅する無数の赤信号のように見え、ぼくの足は瞬間竦んでしまった。

フミは近道をするためにここを通り抜けているだけなのだ。自分に無理やり言い聞かせてみたが、動揺は大きく、ネオンの明かりに目を奪われている間に、ぼくは二人の後ろ姿を雑踏の中に見失ってしまった。慌てて駆けだしたが、道は複雑に入り乱れ、結局二人に追いつくことは出来なかった。終電に乗り遅れないように急ぐカップルたちと、一夜の宿を求めるカップルたちの間で、ただ立ち往生するばかりだった。

終電が終わると、人々は路地の穴蔵へ消え去り、街はまもなく賑わいの熱が去った後の余韻の中に浮かびあがった。

深呼吸を繰り返し、自分の気持ちを宥《なだ》めながら、ぼくはゆるやかな坂道を眺めた。深夜になると、辺りは都会とは思えないほど音が澄んだ。足音、下水音、路地を吹き抜ける風の音。昼間には喧騒に埋もれていたような小さな音たちが、はっきりと輪郭を取り戻して聞こえてきた。

突然、遠くで怒鳴り声が響いた。五〇メートルほど先の路地に、男たちが飛び出してきた。先頭を走る男がゴミ置場に積んであったポリ容器に躓《つまず》いて転倒し、追いかけてきた二人組がなだれ込むようにして男を取り押さえた。プラスチックの容器が中のゴミをまき散らしながら坂道を転がる。意味不明の外国語が飛び交い、逃げてきた男の白いシャツが破けて褐色の肌が見えた。ラブホテルの従業員が様子を見に通用口から出てきた。男が、その若い従業員に向かって、救いを求めるように手を伸ばした。従業員は煙草を吹かしながら見ているだけだった。遅れて出てきた中年の女性従業員は一瞥するだけで引き返してしまった。二人組は構わず、男の頭髪を摑んで無理やり立たせると、一人が男の頰を張った。短い悲鳴を発した後、男は泣きだした。二人組は、男の襟首を力任せに摑んで喉元を締め上げた。泣き声が咳《せき》に変わる。破けたシャツにネオンライトの赤い明かりが滲《にじ》む。ぼくは通りの中央へと踏み出した。もつれ合う三人が、腕を組んで踊っているように見えた。ラブホテルの高い塀に映る彼らの影が撓《しな》った。若い従業員が吸いかけの煙草を下水に放り投げ、通用口の中へ消え去ると、彼らを見ているのはぼく一人だけになった。転がったポリ容器が、坂道の途中で安定せず、まだ微《かす》かに揺れていた。容器の縁が、アスファルトの路面を擦《こす》る。二人組が小声で男を脅かしている。舌打ちするように発音する彼らの国の言葉が、坂道を吹き抜ける風の音と混じり、ぼくの鼓膜をくすぐった。

男たちが去った後、街は静けさを取り戻した。ホテル街の裏路地をぼくはあてもなく彷徨《さまよ》った。賑やかだった街が、今はすっかり寝静まっている。二四時間コインパーキングの脇にある自動販売機で缶コーヒーを一つ買った。電信柱にもたれ掛かって、プルトップを引き開けた。身体中が重かった。喉元にまで達していた眠気を、ぼくは温かいコーヒーで洗い落とそうとした。

内ポケットのヘッドフォンステレオを取り出し、耳に被せて、スイッチを入れてみた。突然耳元で轟音《ごうおん》が立ち上がる。ぼくの気持ちを奮い立たせるはずの音楽。だけど、ぼくは感情を移行することができず、乗り切れないまますぐにヘッドフォンを耳から外すと、再びポケットの中へ押し込んだ。

古びたラブホテルの、最上階の窓の明かりが一つ消えた。同時に、フミの笑顔が頭の片隅に浮かぶ。あんな顔で微笑まれたことはなかった。

笑い声が坂道の上から聞こえてきた。声の方へ自然に体が反応した。高校生くらいにしか見えないカップルが抱き合ったり離れたりしながら、坂道を下ってきた。

自動販売機の前まで来ると足を止めた。すぐ側に立っているぼくのことなど目もくれず、陽気にはしゃいだ。少年たちの、皺のない笑顔が、自動販売機の明かりを受けて青白く浮かび上がっている。少女が笑うと八重歯が光った。少年の手が少女の腰の辺りを弄《まさぐ》っている。ぼくは残っていたコーヒーを一気に飲み干した。苦みと甘味が同時に口腔に広がり、滑る液体が喉元に流れ落ちた。

彼らは散々迷ったあげく、ぼくが飲んでいる缶コーヒーと同じものを一つ買うと、二人で回し飲みしながら、再び坂道を下りはじめた。短めのスカートから伸びた少女の細い足が、フミのそれとダブった。歩く度に、ふくらはぎが小さな力瘤《ちからこぶ》を作った。その艶《つや》やかなふくらはぎと、細く締まった足首から目が離せなくなった。ぼくは空き缶を握りしめたまま、彼らが遠ざかっていくのを見送った。

少年たちが消えた後も、坂道の先から目を離せないでいた。今日一日の余波がぼくを襲って、動こうとしても体が言うことをきかなかった。心の乱れが体内に沈殿してしまうまで、待つしかなかった。

静止した街の陰から、一匹の犬が姿を現した。飼い主からはぐれたのか、リードをひきずっている。手にした自由を持て余しているような、やり場のない情けない顔を浮かべ、犬は鼻先を垂らして走ってきた。手を差し出してみたが、ぼくを遠巻きに避けながら、素通りしていった。

夜が白みはじめた頃、街は再び生活の音を奏《かな》ではじめる。静寂は新しい一日の音によって破られていく。新聞配達の自転車のブレーキ音が一番の朝を告げる。こんなホテル街にも新聞は配られているという当たり前のことに、ぼくは少し救われた気分になり目を開け、顔をあげる。きゅっ、きゅっ、きゅっとブレーキは少しずつ近づいてくる。まるでスキップをしているように。

遠くで誰かがガラス戸を引き開けている。桟が硬くてなかなか動かないのだろう。少し強引に戸を引き開けようとしている。風に乗って届く車の排気音、遠くの高速道路から聞こえてくるそれは、膨張しては収縮し、打ち寄せる波のようだ。

都市の上空を見上げる。チャコールグレーの空は次第にライトブルーへと変化していく。街は色を取り戻し、動きはじめている。

時計を見る。五時三五分。ぼくは、一度ホテル街の上空を見てから瞼《まぶた》を閉じ、数秒、街が息づく音を吸い込み、それを出来るかぎり静かに吐き出し、次に思いっきり瞼を開くと、緩やかに登る道の先へ視線を移して歩きはじめた。

21

通信販売で、ついに小型の盗聴器を手に入れた。マリコにどの機種がいいかを相談して購入した。使い方も細かく教わった。

「どうするつもりかは聞かないけど、男らしくないんじゃないかしら」

と彼女はぼくに忠告した。

「それに、前にも言ったけど、そういうのは犯罪というのよ」

ぼくは言い返せなかった。分かっている、と呟いてしずしず彼女の前から姿を消すしかなかった。

盗聴器を、フミが忘れていった子熊《こぐま》のぬいぐるみのお腹《なか》に縫い込んだ。それから、フミがぼくのところに置いたままにしていたCDや本などと一緒に、そのぬいぐるみを彼女の家へ郵送したのだった。

自分が何をしようとしているのか分かっての行動だった。留守番電話を聞いているだけでは我慢できなくなっていた。はっきりと彼女の動向を摑みたかった。

郵送してから五日ほど経って、深夜、ぼくはフミのアパートまで出掛けた。窓に明かりが灯っていた。時々人影がそこを横切った。高鳴る胸を抑えながら、イヤホンを耳に嵌《は》めると、彼女のアパートから五〇メートルほど離れたドブ川沿いの木陰で、ぼくは無線機を操作した。

二万円ほどで手に入れた受信機だったが、感度は良かった。はっきり一つ一つの音がとてもリアルに聞こえてきた。床をする足音や、鼻をすする音など、まるですぐそばに彼女がいるみたいだった。体中が切なく疼いた。あまりの現実感に、思わずその辺を歩いていく人々に聞かれているのではないかと辺りをきょろきょろ見回したほどだった。

目を瞑《つむ》り、想像してみた。クローゼットを開ける音がした。明日着ていく洋服を選んでいるのだろうか。あの男とデートをするための？　遠くからテレビの音も聞こえてくる。子熊のぬいぐるみはそうするとキッチンか寝室に置いてあるに違いない。冷蔵庫を開ける音が大きく聞こえたので、キッチンのテーブルの辺りにあるのだろう。

ぼくはドブ川の欄干に腰を下ろし、行き交う人々の後ろ姿を目で追いながら空想を続けた。頭の中に、彼女の部屋が次第に出来ていった。そこにいる彼女をぼくは俯瞰《ふかん》しているのだ。彼女が立ち上がって歩くのを、机の引出しを開けるのを、掃除機を掛けるのを、ベランダを開けて洗濯機を回すのを、寝室のシーツを取り替えるのを、トイレのドアをあけるのを、包丁で何かを輪切りにしているのを、雑誌を捲《めく》るのを。……

そして明かりが全て消え、彼女が眠りにつくまで、ぼくはそこから一歩も離れず、盗聴し続けたのだった。

翌日も、そのまた翌日も、夜の九時過ぎくらいにフミのアパートへ出掛けた。時間のある限りぼくは、彼女のアパートへ出掛けていき盗聴を続けた。まるで探偵のようだった。盗聴をしている自分が恥ずかしかったが、燃える気持ちを押し止めることはできそうになかった。

盗聴をはじめて四、五日が経っていた。十一時を過ぎてフミが帰ってきた。少しアルコールを入れているようだった。足取りが揺れていた。

それまでに掛かってきた電話が二本あり、いずれも彼女が外出しているのが分かると切れた。

フミが帰ってきて暫くしてから、また電話が掛かった。『はい……』ぼくは耳に神経を集中させた。

『私です。ええ、大丈夫、全て順調です。この間はとても楽しい一時でした。時間があっという間に流れてしまって、いろいろ有り難うございました。……はい、……はい。もうそんなに時間がないから冷静にことを進めないと。私のことなら心配しないで。それよりそちらは順調ですか？　奥さんは？　そうですか。それは仕方ないですね。私の方はやっと決心がつきました。……今まで何度も彼に打ち明けようとしたのですが、できなかった。彼の性格は、よく知っていますから。これでよかったんだって今は確信しています。……はい、そうです。そのつもりです。あの人のことはこうなる運命だったのだと心を決めました。これも神様が与えてくださった試練なのかもしれません。私、強くなりましたよ』

　ぼくの心臓は激しく脈打っていた。留守番電話だけでは知りえなかった新しい事実が飛び込んできて、フミが口にした何気ない言葉たちはぼくの体を激しく揺さぶるのだった。

『この電話大丈夫？　……ええ、もちろんそうです。でも、万が一ということもあるでしょう。大事な時期だから、用心にこしたことはありません。奥さんなんかが怪しんで探偵とかを雇ったら厄介じゃありませんか？　盗聴されているかもしれないし。もうすぐなんですから、余計な電話はお互い慎むようにしましょう。必ず留守電は聞きますから、何かあったらそちらへ入れておいて下さい』

　フミは、信頼しております、と応えると、電話を切った。

　冷静に判断ができなくなっていた。イヤホンが耳から落ちないように手で押さえたまま、その場にうずくまってしまった。いったいフミはその男と何をやらかそうとしているのだろう。盗聴を恐れているなんて、どういうことだろう。ぼくが盗聴しているのを知っているはずはないのに。

　いろいろなことが頭の中で錯綜《さくそう》して、ぼくの一つしかない心は引き裂かれそうになった。

　暫くして、イヤホンからガサガサっという音がした直後、サッシ窓を開ける音がしたので、慌てて顔を上げると、フミが自分の部屋の窓から顔をだして空を見上げていた。

久しぶりに見るフミの顔だった。遠くてはっきりとは分からなかったが、涼しげなすっきりした顔をしていた。

見つからないように木の陰から目を凝らしてみた。長かった髪を三つ編みにしていた。手を胸の辺りで合わせて、何かを祈っているようだった。

彼女は十分ほど空を見上げていた。そして窓を閉めるとすぐに明かりが消えた。

22

ぼくはいつものようにフミの部屋を盗聴していた。

フミは八時少し前には既に帰ってきていた。暫く食事を作って食べたり、シャワーを浴びたりしていたが、九時を少し過ぎた時に、ドアホンが鳴った。大きな音が耳の中で鳴り響いた。思わず背筋が伸び、ぼくは木の陰から飛び出して彼女のアパートの方へ視線を向けた。

玄関に男が立っているのが見えた。場所を移動して男の顔を覗き込んでみた。例の男ではない。若い男だった。背が高く、ほっそりとした青年だった。ぼくより四、五歳若いようだ。体の奥底で神経のシナプスが激しく揺らぎはじめる。

『……はい』

フミが様子を窺うように応えた。男の声は聞こえなかったが、男が名を名乗ったようだった。

『黒沢さんですか？　どうしたんですか？　こんな時間に』

フミが抗議をするようにやや強い口調で言った。男が何か言い訳をしているようだった。彼女の吐き出す息がやや神経質に室内に響いていた。

フミは迷ったようだったが、少しして玄関のドアを開けてしまった。思わずぼくの喉元で息が止まった。男が玄関の中に消えた後も、どうしていいのか分からず、ただ地団駄踏むことしかできなかった。

部屋に消えた男は、無言だった。フミの様子を観察しているのか、男の視線がじっとフミの全身を舐《な》めているような感じがした。座っているのか立っているのかも分からない。静まり返った室内の静寂が、ぼくの胸をただ不安にさせるのだった。

フミはぼくの知らないところでいったい何をしてきたんだろう。この黒沢という男はいったい何者なんだろう。こんがらがる頭をなんとか冷静にさせようとぼくはイヤホンを嵌《は》めた方の耳に神経をさらに集中させた。

フミと黒沢の声は全く聞こえなかった。二人が室内で激しくキスをしているのではないかとぼくは想像した。男の手が静かにしかし激しくフミの肉体を弄《まさぐ》っているのではないかと想像した。しかし服が擦れあったり、床が軋《きし》む音は聞こえてこなかった。

五分ほどして、黒沢が口火を切った。

『今のぼくは君のことしか考えられないんだ。君に誘われた時も、誘ってくれたのが君だったからこそぼくはついていったんだ。それが最近になって人から聞いた話によると、君はぼくを置いていこうとしているそうじゃないか。どうしてなんだ。君はいったいどこへ行こうとしているんだ。ぼくが君をこんなに好きなのに。君のためならなんでもするのに……』

『それはとても嬉しいことなんですが、もうどうしようもないことですので……』

『相沢さんと行くのか？』

『相沢さんは関係ありません』

『でも、あいつと行くんだろ。そんなこと今まで一度も教えてくれなかったじゃないか』

『言う必要もないですから。そういう必要は一切ないんだと、教わったはずですよ。この世は仮りの世界なんですし』

『ばかな。仮りの世界なものか。そんなのは逃げ口上にすぎないじゃないか。君はずっとここへは戻ってこなかったけど、相沢とどこかに部屋でも借りてるんじゃないのか？ ぼくはいつも外で君の帰りを待っていたんだ。君はぼくのことをどんなふうに思っていたんだ？』

『黒沢さん、どうしたんですか。そんなことでは、あなたの魂はいつまでもここで苦しんで止まるだけですよ』

静かになった。長い沈黙だった。ぼくの体は煮えたぎる熱湯の中に押さえつけられているような感じだった。血液が、静寂に耐えられそうになって、耳の奥深くがじんじんしていた。

まもなく、フミの押し殺した声がぼくの鼓膜を引っかいた。

『……やめて。お願いだから』

揉《も》み合っているのが伝わってきた。大きな音が突然耳の中で暴れ出した。リアルすぎてどうすることもできなかった。いったい何がなんだか全く分からないのだ。フミがぼくに隠れて何人もの男たちとこういう関係を持っていたのではないかという疑念が、ぼくを金縛りにしていった。

『黒沢さん、お願いだから冷静になって下さい』

『フミさん』

机の物が下に落ちて、大きな音をたてた。がたがたという音が次第に大きくなっていく。フミは抵抗しているようだった。

なんとかしなければ、と我に返った次の瞬間、フミの部屋のドアが開き、フミが叫び声を上げながら外に飛び出してきた。

『さあ、黒沢さん、帰って。そうじゃないと私もっと大きな声をあげますよ』

黒沢と呼ばれた男は、しばらく迷っていたが、まもなく無言のまま部屋の外へ出てきた。肩で二人とも息をついていた。彼女のアパートの前を通りかかった通行人が、二人の方を不審気に覗き込んでいった。

フミは扉を閉めた。同時にぼくの耳の中で音が沈み込んでいった。彼らは玄関の外で向かい合って何かを話し合っていたが、その声は盗聴器で拾うことのできない大きさだった。

彼らのシルエットだけがぼくには見えていた。

気がついたらマリコの家の前に立っていた。他に行くべきところがなかった。合鍵で中に入ると、彼女は電話をしている最中だった。会話は相当弾んでいるようで、マリコは珍しく若々しい声を出していた。ぼくの顔を見つけると、微笑みながらベッドを指さした。ぼくは静かにそこに横になった。全身から力がすっと抜けていった。そしていつのまにか深い眠りに落ちてしまった。

23

会議の翌翌週には早くも、ぼくが作ったS区の鐘の音の地図が印刷されて区内の全ての掲示板に一斉に貼り出された。

NHKのニュースで取り上げられたことも区民に広まる役割を果たした。そのせいもあってか、連日のように環境保全課に問い合わせがあった。私の家でも鐘の音が聞こえました、という趣旨の手紙が区役所に沢山届けられた。

反響の大きさに区役所は応対に追われた。区長が、できれば区を挙げて音の環境モデル宣言をしたい、と館内放送の冒頭で告げた。来年の春を目処《めど》に大きなイベントを組み、より多くの人達に音とともに暮らしていくS区の未来図を伝え、区のイメージアップを図ろう、と声の調子は明るかった。

ぼくの手を離れた鐘の音の地図は、思わぬ業績をあげて主人を戸惑わせていた。掲示板に地図が貼り出されてから一週間ほどたった日の夕方、郁夫が調律の仕事で区民会館にやって来た。ぼくは呼び出され、仕事を中断して下へ降りていった。

ホールからピアノの音が溢れていた。覗くと郁夫はピアノに向かっている。曲はバッハの練習曲だ。久しぶりに聞くソロだったせいもあるが、一心不乱にピアノに向かう彼の姿を目にして、驚いた。猫背になりながら身体を左右にゆさぶり、鍵盤を力強く弾いている姿には、気迫が漲《みなぎ》っていた。

会場の中段ほどの席に腰を下ろし、暫く声をかけないで彼の演奏に耳を傾けた。弾《はじ》ける弦が会場中を震わせる。低音弦の辺りを彼の指先が跳ね回るたびに、ぼくの背筋はみるみる伸びていき、肺の中には新しい空気が満ちて、肋骨《ろっこつ》は外へ向かって開かれていくのだった。

フミがプラットホームの上で手を振っている姿が突然頭の中に浮かんだ。ぼくは思わず胸の辺りを押さえた。頬を伝うものが涙だと分かって慌ててぼくはそれを拭《ぬぐ》わなければならなかった。

曲が終わると、自分でも信じられないくらい感情が高ぶって手を叩いていた。腫《は》れ上がるほどに力を込めて。叩けば叩くほど、不思議と苛立ちが引いていくような気がした。郁夫が振り返り微笑んでも、ぼくは暫く叩くのを止《や》めなかった。

咽《むせ》ぶ気持ちが落ちつくのを待ってから郁夫に気づかれないよう掌で涙を拭った。彼の方からは、ぼくの顔は暗くて見えていないはずだった。

「明日の土曜日は忙しい?」

郁夫が暗がりに立ったままのぼくに向かって声を掛けた。

「また武に会いに行くんだけど、……」

郁夫の声が少し低くなり、語尾はあやふやになった。それからぼくに背中を向けると、再び鍵盤をゆっくりと弾きだした。

夜、ぼくたちは半地下のバーにいた。客は疎《まば》らで、静かにトランペットのソロがスピーカーから流れていた。照明が、暗い店内を漂う細かい塵《ちり》を捕らえては、浮かび上がらせていた。

郁夫もぼくも黙って飲み続けた。いつも介抱役のぼくもその日はとことんつきあうつもりだった。できるかぎり余計なことは考えず、胃袋の中に雑念を仕舞い込み、それをアルコールでゆっくり溶かし、こなれてからいずれ排泄《はいせつ》するつもりだった。

「いいのか。ここのところ、よく俺につきあってくれるけど。どこかで泣いてる女がいるんじゃないのか？」

郁夫は笑った。フミのことを郁夫に相談しようかとも思ったが言葉にはならなかった。堪《たま》らなくなって、残っていたウィスキーを一気に飲み干した。

「俺のことはいいよ。お前はどうなんだ」

郁夫の顔から笑みが消える。視線がカウンターの上を落ちつきなく移動した。少しの間があいた後、郁夫が遠い昔の過《あやま》ちを語るように淡々とした口ぶりで呟いた。

「正式に離婚することにした」

見ると、郁夫の薬指に納まっていた指輪が消えている。

「本当は離婚させられるんだけどな」

郁夫の顔を覗き込む。自分の顔を見ているような不思議な気分がした。

「武君は？」

「もちろん、母親の方についていくだろ。俺なんかと暮らしたいわけがない」

わからないさ、と言葉にしたが、郁夫は、ありえない、と言下に否定した。

「一人になりたかったし、これですっきりだ。養育費も払わなくていいことになった。

だってさ、あいつの方が稼ぎがいいんだから」

郁夫はグラスを握りしめながら、顔を背《そむ》けた。

それからぼくたちは随分長い間、酔いの中をそれぞれ浮遊した。店が暇なので、女主人はカウンターの奥でうたた寝をしている。ぼくたちの話を聞かないようにわざと狸寝《たぬき》入りをしているのかもしれない。

「ピアノは調律した途端に、音が狂いだす」

相当酔っぱらった頃に郁夫が声を強めて呟いた。彼の方を見ると、瞼が閉じかけている。

「あれだけの力で弦を引っ張りあっているんだからな。どんなに調律したって端から狂っていくんだ」

ひとり言のように喋っている郁夫の横顔をぼくは必死で見ていた。アルコールが頭の中を駆けめぐっていて、ちょっと動かすとくらくらした。

「すぐにまた狂うと分かっていながら、俺たちはしょっちゅう奴らを調律するんだ。狂っては直し、狂っては直しさ。いたちごっこだな」

郁夫は頭を左右に揺すりながら、言った。その目は今にも閉じてしまいそうな状態だった。

「完全な音しか許せない。前にも言ったけど、本当は完全な調律なんて存在しないんだ。なのに、少しでも音が外れていると感じたら、もう駄目さ。納得するまで、とことん調律をしてしまう」

　ぼくは何か言いかけたが口を噤《つぐ》んだ。郁夫が続ける。

「天才的なピアニストだって、俺にいわせりゃ、みんな音感ゼロだね。調律師がいなければ、満足にバイエルも弾けやしないんだから。だってそうだろ。狂った音で演奏したら、それはどんなに指が滑らかに動いたとしても本当のバイエルではない。狂ったバイエルだ」

　くすくすと笑いだした郁夫を、ぼくはじっと横目で見ていた。郁夫は空のグラスに自分でウィスキーを注ぎはじめる。まるで麦茶でも注ぐようになみなみと。

　頭の裏側が熱を持っていた。そのぼんやりとする思考で、ぼくは郁夫が調律する宇宙というものを想像してみる。巨大なチューニングハンマーが、宇宙空間に張りめぐらされたピアノ弦を調律している。ハンマーを握りしめる者の腕の先は霞《かす》み、仄《ほの》かな輝きに包まれている。手首に力が入るたびに、ぎっ、ぎっとピアノ弦が軋む。ピアノ弦にぶら下がっている大勢の人々が、振るい落とされていく。そこにはぼくもいる。必死で弦にぶら下がるぼく。突然、弦が弾かれる。振動がして、ぼくも宇宙に投げ出される。完全な音しか、そこには存在できない。

「俺も狂っているから一緒だ」

　ぼくがそう言うと、郁夫は頷いた。

「人間はやり直せないけれど、ピアノはいいな。郁夫みたいな調律師がいるから、また完全なピッチに戻ることができる」

宥《なだ》めたつもりだったが、郁夫は眉根を寄せた。真剣な顔つきになっている。

「チューニングしてほしいのは、俺の方だ」

言葉を返せなかった。

「誰か俺を調律してくれないかな。昔のような綺麗な和音をまた出したいよ」

それから郁夫は、カウンターの上で指を広げ、ピアノを弾く真似をした。ぼくは彼の指先の方へそっと耳を傾けた。

24

ぼくたちはその後数軒梯子《はしご》して飲み歩くと、その足でマリコのアパートへ向かった。明かりが消えていて彼女は寝ているようだった。合鍵を取り出し、こっそり忍び込んだ。郁夫が玄関で服を脱ぎだし、着ていたものをその辺りに放り投げた。ぼくはそれを拾うと、マリコを脅かすために、抜き足で彼女の寝室の襖《ふすま》を開けた。郁夫がばたばたと音をたててそこへ飛び込み、明かりをつけた。

ところがベッドの上には、ぼくたちの全く知らない男が寝ていた。男の毛深い腕がマリコの体を包み込んでいた。裸の郁夫とぼくは何度も目を凝らし、彼らを見下ろした。まもなく男が目覚め、続いてマリコが起きた。

ぼくたち四人は電球に照らされて狭い部屋の中でじっくりとお互いを見つめあってしまった。マリコは何か言いかけたが、すぐに観念すると男の胸に顔を埋めて眠ったふりをした。男はどうしていいのか分からず、ぼくたち二人組をただ見上げているだけだった。数秒して、郁夫がぼくの肩を叩いた。仕方なくぼくたちは部屋を出ることにした。

彼女のアパートを出ると、ぼくは急におかしくなって笑いだしてしまった。郁夫もつられて笑った。月に雲が掛かっていた。暫く二人で見上げていたが、郁夫が先に歩きはじめた。ぼくはずっと、その猫背を見つめていた。昼間の熱が、まだ地表に残っていて、足先が気だるく、いつまでも歩き出せなかった。

25

郁夫と別れた後、ぼくは家には戻らず、フミのアパートへと向かった。水量の少ない川沿いをどこまでも歩き、町工場が立ち並ぶ一角に入った。幾つかの路地を曲がり、アパートの前に出た。フミの部屋は一階の角部屋だった。

呼び鈴を鳴らしたが、返事はなかった。カーテンの隙間から中を覗いたが、帰ってはいなかった。ぼくは彼女のアパートの周辺を歩いて時間をつぶすことにした。フミのアパートが見える場所に、街頭の明かりで浮かび上がったテレビドラマのセットのような電話ボックスが一つあり、思わず足が止まった。

中に入り、受話器を握りしめると、指先がすっかり覚えてしまった数字をまたなぞった。

メッセージが入っていた。黒沢からだった。声はくぐもっていて、聞き取りづらかった。

――……黒沢だけど、いないんだね。あの、この前は、随分と理性を失ってしまって、すまなかった。でもこのままじゃいけないって悟ったんだ。君からはいろいろと教えてもらったけど、正直言ってぼくはあの会には君がいたから参加したようなものだった。君に嫌われてしまった今は、もう未練がない。別に天国なんかへ行けなくたっていいさ。……死のうかなって考えている。電話をくれなければ、きっとそうする。……会社でも自宅でも構わない。妻が出ても気にしないで。君からの電話を待ってます……。

ぼくは発信音が鳴り響く前に、電話を切った。それから電話ボックスの中でしゃがみこんでしまった。自分の力ではどうすることもできない圧力に押さえ込まれ、がんじがらめだった。起き上がることもできず、瞼を開けることもできず、息を潜めた。抱えた膝の上に頭を凭《もた》せかけて、口腔の中で疲れ切るまで名前を唱えた。フミ、フミ、フミ……。

裸のフミが寝ているのが見える。それほど大きくはない胸が見える。胸の辺りがほんのりと赤く腫れている。その横には例の男が寝ている。フミと比べると、かなり色白で細い。頭が大きく、体形のバランスも悪い。顔だけが老けていて、少ない頭髪は乱れ、眉毛はだらしなく額に張りついている。二人は手を繋いで寝ている。あらゆることが終わった後なのだ。それをぼくは天井にへばりついて、見下ろしている。まるでビデオカメラで撮影をしているように、じっと。ぼくは尻から糸を垂らして、フミの上に下りていく。彼らを起こさないように用心しながら、するすると糸を吐き出して。フミの胸が唾液で光っている。臍《へそ》や、その下を隠している毛の形もはっきりと見える。唇や鼻の穴が迫ってくる。近づくと、フミは一つの島のようだ。艶《つや》やかな彼女の皮膚がここからだと、砂丘のようになだらかな稜線《りょうせん》を描いているように見える。ぼくは興奮してくる。こんな間近に、しかも怯《おび》えずにフミの裸体を観察したことはなかった。横たわる裸体の島に着地を試みる。吐き出す糸の量を加減しながら、そっと慌てず足を伸ばしていく。フミの肉に、ぼくの尖った足がくいこむ。弾力があって非常に柔らかい皮膚。ぼくの足は一本一本、地面に下りたつ。全部の足が着地を終えようとしていると、彼女が突然寝返りをうった。足元が波うつ。体が揺さぶられ、ひっくりかえりそうになる。彼女の内臓が地面の奥の方で揺れているのが伝わってくる。

ふと、視線を感じた。見上げると、丘陵の向こう側から男が目を細くしてぼくを睨《にら》み付けていた。

目が覚めると既に明るかった。全身汗をかいていた。息苦しくて、慌てて電話ボックスから這いだした。夢を反芻しながら、自分がいる場所を確認する。現実が戻ってくるに従って、再び居たたまれなくなっていく。

目の前に彼女のアパートがあった。それは紛れもない現実だった。ぼくは受信機を取り出し、中の様子を窺ってみた。物音はしなかった。ぼくが寝ているうちに帰ってきて、寝てしまった可能性もあった。

ぼくは大きく二、三度深呼吸をしてから、意を決し、フミのアパートを目指して歩きだした。そして玄関前に着くと、震える指先で呼び鈴を押してみた。返事はなかった。裏に回って窓から中を覗いてもみたが、戻っていないようだった。

階段の下が自転車置場になっていて、ぼくはそこに、捨てられていた段ボールの切れ端を敷いて座った。

時間だけが容赦なく、また意味もなく流れていった。自分に関係のないところで世の中が動いていることに苛立ったが、どうしようもないことだと自分に言い聞かせ、目を閉じた。

どれくらいの時間が経っただろうか。人影がぼくの足元のコンクリートを過《よぎ》った時、ぼくの意識は、肉体から離れてずっと遠くにあった。その人影がフミの影だとすぐさま認識できるだけの気力は残っていなかった。

派手な恰好をした彼女の後ろ姿を見ながら、少しずつ、現実にぼくは引き戻されていったのだ。手を伸ばせば届くほどのところに彼女がいるという現実を、受け入れるのは容易なことではなかった。

フミはぼくに背中を向けたまま玄関前でバッグから鍵を取り出そうとしていた。髪はやや乱れていて、口紅が剝《は》げ落ちていた。

「フミ」

彼女は驚き、後ずさりした。身体を引いたまま、目を大きく見開き、その場を取り繕う間もなく硬直した。朝の幾らか冷えた風がぼくたちの間を流れていった。

フミは少しして、何しに来たの、と消えるような言葉を捻《ひね》り出した。ぼくは首を左右に振ってから、言葉を返した。

「あの男と別れてくれないか？」

その響きは力強くぼくの麻痺《まひ》した頭骨を振動させた。

風船が萎むようにフミの顔の表情は、元の冷静な顔に戻っていた。眉毛が時折痙攣する以外は、全く能面のように表情が消えている。もう一度ぼくは言った。

「頼む、あの男と別れてくれないか？」

「頼むってどうして？　あの男って誰のこと？」

フミは不可解な者を見る目でぼくを見た。

「いつも会社帰りにお前が会っている男だ」

「知らないわ」

「知らないはずはない」

彼女の唇に切れた跡が痛々しく残っていた。暫《しばら》く跡が残りそうな傷だった。

「ぼくはずっと知っていたんだ。フミがぼく以外の男と付き合っていたことを。後をつけたんだ。この前だってホテルへ消えていくのを見た」

「へんよ」

「どうしてぼくと付き合っているのに、そういうことができるんだ」

容赦なくフミの目を睨み付ける。フミもぼくから視線を逸《そ》らさず真っ直《す》ぐにこちらを見ている。後ろめたいものを隠している感じではない。堂々としていた。ホテルのことを突き出したにもかかわらず、彼女はまるで動じなかった。

「私、あなたのものじゃない」

ぼくはフミが発した言葉の意味が、意識が集中できないせいか瞬間分からなかった。身を半歩乗り出し、彼女が何を言おうとしているかを、必死で分析しようとした。

「勘違いしてるんじゃない。私は誰のものでもない。あなたと付き合ったこともないもの」

「そんな、……それじゃあ、今日までの生活はいったいなんだったんだ？」

フミは、ぼくから視線をゆっくりと逸らした。右目が赤く充血していた。

「あなたとはね、そんなことをしたくなかった」

あっさり犯行を自供した犯罪者のように彼女は呟いた。しかしその声は、次第に意味を失っていき、風のようにぼくを通過していった。そんなことをしたくない。そんなこと……ぼくはフミとどんなことを今までしてきたのか。

「あなたは、そういう人じゃないの。他の男の人と同じようなことはしたくないのよ」

耳穴からどろっとした液体のようなものが流れだしている気がした。それは今までに聞いてきたこの街の音の死骸《しがい》だったのかもしれない。ぼくは手で耳を塞いで、それらが零《こぼ》れていかないようにした。

「あなたは、私にとって、ただの帰るところで良かった。私がいつも帰る場所でいてほしかった」

ぼくは耳を塞いだまま、言った。

「ぼくとは抱き合えないのに、他の男となら、抱き合えるんだな」

「あなたのところに帰ると安心できたから、それで良かったのに」

「ぼくのことは汚らしく思っていたんだろ。あんな親爺《おやじ》とはできて……」

「何を言ってるの？」

フミはぼくを睨み付けた。赤く腫らした目が今朝まで見ていたものが何か、ぼくはそれを聞き出そうとしていたのだ。

「黒沢とはどういう関係なんだ」

「黒沢さん？　どうして？　いったい何を調べたの？」

「相沢って言うんだろ。あのホテルへ一緒に行った男の名前は」

ぼくたちは向かい合ったまま、お互いの顔をいつまでも見ていた。太陽の光のせいで、彼女の顔が白く溶けていくような錯覚に陥った。いや、彼女の顔は実際溶けだしていたのかもしれない。

「そうよ、相沢さんと言うのよ」

フミの声は風に乗って、耳の中で膨らんだり縮んだりしていた。まるで盗聴の続きをしているような感じだった。耳の中が壊れてしまったのかもしれなかった。

「探偵ごっこでもしたのね」

「ずっと知っていたよ」

「どうして今まで黙っていたの？　だからあんなふうにしたの？」

「俺を弄《もてあそ》んでそんなに面白いのか？」

ぼくが興奮気味にそう言うと、フミは半歩前に出た。そして真剣な表情で漏らした。

「あの人とは、別れるとかくっつくとか言う間柄ではないのよ。あなたがげすな想像を働かせて考えているような関係ではないの」

フミの発している言葉が、遠くで囀《さえず》る鳥の鳴き声のように耳の中で鈍く反響した。

「じゃあ、いったいどんな関係なんだ？」

「前世からの繋がりなの」

「悪い宗教にでもひっかかったんだな」

「……」

フミの視線がきつくなった。唇を噛みしめながら、言葉を探している。

「どうしてそういう風にしか想像する事ができないの？」

捻り出した言葉の勢いに押されるように、彼女は一歩前へと踏み出した。

「いい？　私たちのこの今という生は、限りがあるわ。でもね、魂は永遠に流転《るてん》しているの。過去から未来へ、人はみんな何度も生まれ変わっている。何億という人がいるにも拘《かかわ》らず、私たちが一生のうちに出会える人間の数に限りがあるのを変だと思わない？　出会わない人の方が圧倒的に多いんだから。本当に出会った人達は数えられるほどでしょ？　その人達はみんな前世からの関係なのよ。私にとって彼は、そういう人達の中でも特別な存在なの。前世のある時は夫婦だったり、兄弟だったり、親子だったり、常に私の身近にいて私を見守ってくれている……そういう魂を持った人なの。彼と会ったからといって、あなたに悪いとか誰々に悪いとかそんなことを心配するような間柄ではないわ。次の世界でもまた出会う人なんだから」

ぼくは、言い返せないまま、フミの目を見ていた。フミは一気にまくし立てたせいで、興奮していた。小さな胸が上下している。

彼女と出会った頃のことや、暮らしてきた日々のことがうっすらと記憶の中に降ってきたが、それらは、ぼくの見ている前で掌に降りた雪のように溶けては蒸発していった。

「あなたみたいに現実にだけへばりついていたら決して見ることのできない尊い世界が、この同じ世界に平行して存在してるのよ」

「……そんな下らないことで俺とのこの何年かを失っても平気なんだな」

フミは視線を落とした。

「あなたも本当は誘いたかった。いえ、実際今までに何度か声を掛けたわ。私なりにあなたを導こうと、努力したつもりよ。でもあなたには、私が見ていた尊い光は見えないようだった。いつも交じりあわなかった。あなたとは魂の種類が違うんだってある時気がついたの」

彼女に導かれた記憶などなかった。宗教的な勧誘を受けたこともなかった。いや、なかったとぼくが勝手に思い込んでいるだけで、フミはフミのやり方でぼくを誘っていたのかもしれない。ぼくが鈍感すぎるのか、それとも二人の間に見えない段差が存在するのか？　フミの言っていることは何一つぼくには理解することができなかった。

「説明しても無駄なのはわかってる。あなたはいつも足元しか見てない。だからあんなふうに私を物としてしか扱わないの。あなたの優しさは本当の優しさじゃないんじゃない？」

「結婚したいって思っていたよ」

「残念だけど、無理だわ。私、暫く旅に出る。こういう世界から少し離れた場所に行くつもりよ。結婚なんて、今はまるで信じていない。ＯＬもお終《しま》い。もっと大切なものが存在しているんだもの。私は生きることの真実の意味を体得するために出掛けるの」

「あの男とか？」

「あの人だけではないわ。現世のまやかしを見抜いた者たちと一緒よ」

ぼくたちは見つめあった。長い間見つめあったが、それ以上の議論をする気にはなれなかった。彼女の瞳の中には、もうぼくは映っていなかった。気がつかなかっただけで、最初から映っていなかったのかもしれない。ぼくにしたって、本当の彼女を見つめていたのかどうか疑わしい。付き合いだした頃はよく見つめ合ったが、あの頃の二人は何を見て微笑みあっていたのだろう？

彼女の視線は、ぼくの身体を突き抜け、後方に横たわる別の次元の広大な空間を見つめていた。振り返っても、その空間はぼくには見えなかった。

ゆっくりと彼女の脇を通りすぎ、ぼくは、降り注ぐ光の中に晒《さら》された。


途中、橋の上から、持っていた盗聴器の受信機を投げ捨てた。

どこをどう歩いたのか分からなかった。歩きながら、ぼくは区の掲示板に貼られていた音の地図を一枚一枚剝がしていった。見つけては不法に貼られたポスターを剝がすように破り捨てて回った。

気がつくと、郁夫と待ち合わせをした駅のロータリーに立っていた。土曜日だった。時計を見ると、約束の時間を一時間も過ぎていた。辺りを見回したが、郁夫の姿はなかった。

改札の横に区の掲示板があり、そこにもぼくが作った鐘の音の地図が貼り出されていた。立ち止まり、眺めた。赤い点が沢山ちりばめられていた。その一点一点は日数をかけて、自分の足で区内を歩き回って収穫したものだ。しかし、ぼくは画鋲《がびょう》で止めてあるその地図をボードから剝がすと、躊躇《ためら》わずに丸めた。

「何してんだ」

振り返ると、郁夫がすぐ後ろに立っていた。

「ちぇっ、遅いと思ったら、こんなところにいやがった」

大男は酔っていた。あのままずっと飲んでいたのだ。目の縁は真っ赤で、肩で呼吸をしていた。環状線を無理やり横断してきたあの時の泥酔状態にそっくりだった。

郁夫は肩を竦《すく》めてから、ふらふらと歩きだした。ぼくは丸めた地図を力任せに投げ捨ててから、彼の後を追いかけた。

マンションに着くと、ここで待っていてくれ、と言い残して郁夫は階段を一段一段踏みしめるようにして登っていった。ぼくは街路樹の下で陽を避けながら待つことにした。日陰に入り、大きく深呼吸をした。目眩《めまい》がした。光の粒が視界の周辺を飛び交っている。秋なのに、突き刺すような日差しが地上に達している。世界が白く浮き上がって見える。このまま何もかもが溶けてなくなればいいのに、と心のなかで思いながら、どこを見るというわけでもなく辺りを見回した。落ち葉が風に舞いながら数枚、目前を優雅に横切っていった。ふっと鼻孔を秋の冷気が掠《かす》める。

女の叫び声が響いた。階段の上の方を見上げたが、声はどんどん大きくなっていった。慌てて階段を駆け上がってみると、玄関の前で郁夫と女が小競《こぜ》り合《あ》いをしていた。

「助《すけ》っ人《と》を連れてきたのね」

女はぼくを確認するなり、抗議の声を張り上げた。

「あなたはいつだってそういう人よ。自分一人では何もできない。情けない。どうしようもなく弱い男よね」

郁夫が一瞬ぼくの方を振り返った。酔った目は病気の犬のような目をしている。半開きの目がとろんと落ち込んでぼくに訴えている。郁夫は、ちぇっ、と舌打ちしてから、女の方に向き直った。酒の力で、強気になってはいるが、こめかみの辺りが痙攣を起こし、女の言葉に体の方が勝手に反応していた。

武が玄関の奥の方からこちらを窺っている。ぼくと目が合うと、唇を尖らせて目を逸らした。自分がどっちについたら得か心得ている態度だった。

「もう来ないでって言ったじゃない。迷惑なのよ」

いいじゃないか。郁夫の声は上擦っている。

「自分の子に会いに来るのがいけないのか。武は俺の子でもあるんだから」

女は眉間に皺を寄せた。

「何言ってるのかしら。よく言えるわね。あなたみたいな屑《くず》は、この子の父親なんかじゃないわ」

女は郁夫を激しく威嚇《いかく》している。前に会った時よりも一段と神経質になっている。冷静さが失われ、子供を守ろうとする動物の目をしている。ぼくが顔を出したことで防衛本能に火をつけてしまったらしい。

郁夫は壁に凭《もた》れて、肩で息をつきながら、何度も舌打ちを繰り返した。女の剣幕は収まるところを知らず、玄関に並べられていた靴を蹴飛ばした。

「もう近づかないでくれない。仕送りも養育費も一切いらないから、親じゃなくなってくれない。あんたなんかが付きまとうと、この子が本物にならないのよ。あなたの狂った音感を植えつけられて、駄目なピアニストになったらどうするの？」

ぼくは慌てて郁夫の横顔を見た。顎を引いて、口は力が入りすぎて真一文字になっていた。焦点が定まらない二つの目が、窪《くぼ》みの奥で燻《くすぶ》っている。

「ねぇ、どうするのよ。どうする？　あなたみたいになったら。今が一番大切な時期なんだから」

女は後ろから覗き込んでいた武の腕を捕まえて、前に引っ張りだした。そして、ぼくの方を睨み付けて言葉を叩きつけた。

「丁度いいわ。お友達に証人になってもらいましょう。この子に父親が必要かどうか聞いて」

郁夫は背筋を伸ばして、突然大声を上げた。

「何、馬鹿なこと言ってるんだ。お前は……」

「さあ、武。言ってごらん。こんな人、お前のお父さんじゃないでしょう？　こんな駄目な人、いらないよね。ほら、言うのよ。いいから遠慮しないで言いなさい」

武は母親の剣幕に怯えているのが分かる。子犬は、猿ぐつわを嵌《は》められて吠《ほ》えることもできない。母親の目尻《めじり》がぴくぴくと波うっているのがはっきりと分かった。

「さあ、言ってごらん。ぼくには父親はいらないって。いいから、言うの」

女は武の耳元に口を近づけて、小声で強要し続けた。武は目を大きく見開いて、じっとぼくの方を窺っている。父親の顔を見つめることができないのだろう。ぼくに助けを求めているのだ。母親が摑んだ二の腕が痛いらしく、体をくの字に捩《ねじ》っている。

堪らなくなって、両者の間に割り込もうとした次の瞬間だった。突然郁夫が、女の肩を小突いた。女が反射的に悲鳴を上げる。郁夫はポケットからもぞもぞと鈍く光る物を取り出した。ぼくも女も凝固する。それが小型の果物ナイフだと分かるや、女は武を楯《たて》にして、さらに大きな声を張り上げた。そんなことして、そんなことして。やっぱりあなたはどうしようもない馬鹿だわ。ぼくは慌てて郁夫を後ろからはがい締めにする。取り乱していて、郁夫は体中に力が入っている。意思が動かしている筋肉ではないため、力をいれないと押さえ込むことができない。ぼくは汗だくになった。郁夫の右手の先で持ち慣れないナイフが光を放った。爆発しそうな郁夫を両手で押さえつけたまま、階段を一段ずつ後ずさりした。まるで巨大な丸太を運んでいるような重さがあった。

「ドアを閉めて。後はなんとかするから、とにかく早く閉めるんだ」

ぼくは郁夫の両手を固めたまま、叫んだ。郁夫はちくしょう、ちくしょう、と繰り返し言い続けている。今まで押さえ続けてきた箍《たが》が外れたのだ。女は郁夫を睨み付けていたが、まもなくドアを閉めた。

ばたん、という音が階段中に響きわたると、それが合図となって、筋肉の根元が切断されるように突然郁夫の全身の力が萎《な》えた。ぼくたちは倒れ込むように階段の踊り場にしゃがみこんだ。コンクリートの硬さと冷たさが、尻を押し上げ、いきなり現実にバウンドする。ぼくも郁夫も手を後ろについて、肩で息をつく。郁夫の手からナイフが離れ、コンクリートのたたきの上で硬質な音を上げた。

風が下の方から吹き上がってくる。拍子抜けするような爽《さわ》やかな風だった。

家族連れが目の前を何組も過ぎていった。人々の穏やかな顔を見ながら、ぼくたちは公園のベンチに腰掛けて、気持ちが落ちつくのを待った。彼は呆然とうなだれていたが、酔いが完全に覚め、肉体の奥深くから痛みが浮上してくるに従い、自分がしたことに驚愕《きょうがく》し青ざめていた。ほとんど会話のないまま時間だけが悠然と流れていった。既に太陽が沈みかけている。西の空が仄《ほの》かに赤く染まりだしていた。

何度も励まそうとしたが、喉元まで出かかった言葉はついに口を押し開けることがなかった。

「……すまなかったな。……とんだところを見せた……」

自分の頭を叩きながら、そう呟く郁夫は、一〇歳も二〇歳も一気に老《ふ》けこんでしまった顔をしていた。

郁夫の背中越しに、子供にサッカーを教える父親の姿が目に止まった。郁夫が見ないように、と気をつかい、ぼくはその親子とは反対の方に立ち上がった。郁夫が頭を上げ、ぼくの方へ首を捻る。青白い顔が、無理して微笑もうとするのだが、それは笑みにはならず、ひきつったまま、泣きそうな表情になって固まってしまった。

なんといえばいいのか分からず、突っ立っていると、子供が蹴ったサッカーボールがぼくたちの方へ転がってきた。ぼくは慌ててそれを蹴り返した。ところがボールは思わぬ方へ飛んでいってしまう。ボールを必死に追いかけてきた少年が、ぼくたちの前で立ち止まった。それからぼくではなく郁夫を睨み付けた後、ボールの飛んでいった方へと踵《きびす》を返した。

ぼくは声を強めた。

「もうすぐ日が暮れる。いつまでもこんなところにいないで、飲みに行こう」

郁夫は、少年を目で追いながら、力なく首を左右に振った。

郁夫の横顔をぼくはしばらく眺めていた。彼は放心した顔で公園の先を見ていた。その充血した目が見ている先をぼくもなぞった。木々が揺れているだけだった。

ぼくは郁夫の肩を叩くと、少し躊躇《ためら》った後歩きだした。

緩やかに傾斜する公園の緑地をぼくは登った。歩くに連れ、自分の身体が地面の中へ沈んでいくような錯覚を覚えた。公園に面する寺の敷地に立つと、一度郁夫の方を振り返った。ベンチに座って俯《うつむ》いていた彼が、ゆっくりとこちらに顔を向けた。そして、何か呟いた。口だけがパクパクと動いているのが見えた。ぼくはゆっくりと手を振った。郁夫は口を噤《つぐ》むと再びうなだれ、正面を向いてしまった。

林の向こう側に造成団地が見えた。更にその上空で、傾いた太陽が、空をオレンジ色に染めていた。

体の中に新しい空気を取り入れようと、深呼吸をしたその時、ふいに耳の奥に誰かが息を吹き掛けたような温もりが走った。生暖かい刺激が耳の内側の神経を駆けめぐり、それはすぐに耳鳴りへと変化した。多量の空気が狭い耳穴の中で行き場を失っているような感じだった。

ぼくは寺の方へ体を向けた。境内の奥の鐘楼で、住職が鐘を撞《つ》いているのが見えた。確かに鐘を撞いている姿が見えているというのに、ぼくにはその音が周囲の音と聞き分けられなかった。鐘楼の方へ数歩踏み出してみたが、聞き分けられないのは鐘の音だけではなかった。あらゆる音、木々の葉が擦れ合う音や、自動車の騒音や、公園で遊ぶ子供たちの声などが、ぼくの耳の中で混ざりあい、一枚の響く板となって頭の中に浮かんでいた。地球の奥の方で地層のプレートが小刻みに擦れ合っているような鈍い振動が、脳の内側に広がるもう一つの世界に降り注ぎ、ぼくを包囲していた。
住職は撞木《しゅもく》を握りしめ、数度反動をつけた後、もう一度梵鐘《ぼんしょう》を撞いた。

グラスウールの城

1

また幻聴が聞こえた。

聞こえてきたのは飛行機の爆音だった。何もないガランとした室内を横切っていく旅客機のエンジン音。幻聴の感じからすると、飛行機の音は前方の壁を突き抜け、更に僕の身体《からだ》を通り抜け、後方へと過ぎ去っていったようだ。僕が感じたのは聴覚だけで、幻視はなかった。それも実際に飛行場か何処《どこ》かで聞くものよりもずっとハッキリとした音の形をしていた。旅客機の金属的な硬さに触れたような気がしたほどリアルで、生々しいものだったが、割と習慣化してしまったせいだろうか驚きは少なかった。

何の脈絡もなく、幻聴は多いときは日に数度現れた。それも、仕事から帰ってきた夜中に集中して。それは家具が移動する音だったり、銃声だったり、まあもっとも頻繁《ひんぱん》に現れたのは仕事がら楽器の音——エレキギターの歪《ひず》みきった和音だったり、ミュートの効いていないスネアドラムの音だったり——。大抵、それらの音は突然現れ、そして数秒後忽然《こつぜん》と消えていった。高校時代の友人がたまたま精神科の医者をやっていて電話で簡単に相談したこともあったのだが、一度検査をしに来いよと言われたきり、忙しさにかまけてそのままになってしまっている。初めて幻聴を体験した五年前から今日まで、とくに日常生活に支障をきたすこともなく、幻聴とはうまく共存してきてしまった。そのせいか今さら、医者に行く気にもなれない。

レコード会社の制作ディレクターをはじめて一〇年という月日が経《た》とうとしている。昼と夜が完全に逆転した不規則な生活が毎日続いていた。一人で大勢のアーティストを担当しているので、一年中スタジオで暮らしているようなものだった。ジャンルも様々で、ロックから歌謡曲まで多岐にわたっている。一人のアーティストのレコーディングが済むと次のアーティストが控えているといった具合で、ひどいときはレコーディングの時期が重なり、二つや三つ同時に掛け持ちすることもあった。しかも仕事が深夜に及ぶのは当たり前で、作業が終わって外に出たら次の日の正午だったなんてこともざらだった。そして幻聴はこの一〇年に及ぶ不規則なスタジオ生活の不摂生に原因の一端があることはまず間違いなかった。それでも続けてこれたのは、やはりこういう世界が好きだったからだと言わざるをえない。

僕はカギ束をソファの上に放り投げてから、散らかった自分の部屋を歩きはじめる。家具らしきものがほとんどないので、フローリングの床を歩く音や、カギ束がはねる音が室内に虚《むな》しく反響する。いつもと何処も変わらない部屋。がらんとした、寝に帰るだけの部屋である。八年も一緒に暮らしていた亜希子と別々に暮らすようになってから、部屋は急に無機質さを取り戻してしまった。

僕はジャケットを脱ぎ、冷蔵庫から缶《かん》ビールを取り出して一口飲み込むと、ソファの下に転がっている留守番電話機の再生機能ボタンを押した。二件です、と機械の声が告げた後、最初の伝言が流れはじめる。

「あ、あたしだけどね。まだ、帰ってないの……いつも遅いのね、あんたは。忙しいのはいいけど、身体だけは気をつけなさい」

母の声だった。僕ははきはきとした母の声を聞きながら、暖房のスイッチを入れる。ランプが点滅しはじめ機械が設定温度を調節しはじめた。吐き出す息が僅《わず》かに白い。

「あのね、今日電話したのはね。実はさ、母さんね、再婚しようと思っているの。一人で女が生きていくのはやっぱり辛《つら》くて。子供はお前一人だし、親戚っていっても、この辺にはいないだろう。そしたら、ほら、あの集まりでさ、頼れる人が現れたんだよ。お父さんにそっくりな人で、きっとお前も気に入ってくれるよ。だからね」

メッセージは時間切れで、そこで切れた。たたみかけるような喋《しゃべ》り方は相変わらずで、相手に有無を言わせない強引さがあった。あの集まりというのは、きっと母が父の死後入信した新興宗教の会合のことである。再婚という響きに僕は少し戸惑ったが、母がいま住んでいる街との距離があるせいか、あまり実感がわかなかった。

そして、もう一つの留守録が再生された。

「継太、帰ってきたら、何時でも平気だから電話をちょうだい」

亜希子の声だった。反射的に時計を見る。午前の三時四四分を指している。躊躇《ためら》いはあったが、僕は受話器を摑《つか》むと亜希子の家の番号を押し始めていた。電話機本体にマジックでなぐり書きされた番号を目で追いながら。

暫《しばら》く呼び出し音が鳴り響いたあと、受話器の上がる音に続いて亜希子の声がした。俺《おれ》だよ、と返事をしてから僕は持っていた缶ビールを口に運んだ。味覚も麻痺《まひ》してしまっているのか、喉元《のどもと》を流れるビールに味は感じられなかった。

亜希子は黙っている。沈黙の向こうから、何か揺らぐことのない強い決意のようなものが伝わってくる。僕はじっと耳を澄ませて息を飲み込んだ。リズムダビングが続いたせいで鼓膜が疲れているのかもしれない。彼女の息遣いの向こう側に、微《かす》かに打楽器のような規則的な音が聞こえた気がした。担当している新人バンドのドラマーがリズム録《ど》りに随分と手こずったので、今度はその幻聴が現れたのかと思ったのだが、良く耳を澄ませてみるとどうも本当に鳴っている音らしい。懐《なつ》かしい硬さをした音。

「何の音？　君の後ろから聞こえてくる音は」

また幻聴が聞こえたのね、と笑われるのを覚悟で僕はそう訊《たず》ねてみた。

「メトロノームよ」

少しの間の後、彼女は耳奥に絡《から》みつくような甘い掠《かす》れた声でそう答えた。口許《くちもと》で発生するたびに分散する不思議な声。僕たちが付き合いだしたきっかけも、彼女のその声のせいだ。

「メトロノーム？　メトロノームって、あのメトロノームのこと？」

「そう、最近買ったの。テレビを買うつもりで出掛けたんだけど、楽器屋のショーウインドーに飾ってある可愛《かわい》らしい三角形のメトロノームを見つけて、なぜだか急に欲しくなったの」

やはり彼女の声はこうやって聞くのが一番いい。長い電話線を通っているうちに彼女の声は、薄くディストーションをかけたような歪みが加わり、さらに彼女の部屋の自然なルームエコーも効いて、頭骨のうちがわで囁《ささや》かれているようだ。

僕は彼女と初めて会話した時のことをよく覚えている。僕がまだディレクターになったばかりの頃《ころ》のこと。突然彼女から僕宛《あて》に電話が掛かってきたのである。「注文して下さっていた本が届いてますけど、とりに来て下さいね。届けてもいいんだけど、今、人がいなくて。六時までやってますから」その不思議な声を聞いた次の瞬間、僕はもう本のことなどどうでもよくなっていた。僕の頭の中にしっかりと彼女の声が焼きついてしまっていたのだ。声質というものに特に敏感になっていた職業的な習性のせいもあったに違いない。そして気がつくと僕はその声に手繰《たぐ》り寄せられるように本屋へ出向き、注文していた本などそっちのけで声の主を探すことになるのである。

「でも、どうしてメトロノームなんだい？」

メトロノームの音に耳を澄ませながら、僕はそう聞き返した。

「ここって静かすぎるのよ。駅からも随分歩くでしょ。音を出すものが欲しかったんだけど、でもテレビやラジオではないような気がしたの。テレビやラジオは感情の中に入ってこようとするからいや。恋愛ドラマとかラブソングとかそんなのばっかりで滅入《めい》りそうだったしね。それでたまたま見つけたメトロノーム。メトロノームはたんたんとテンポを刻むだけなんだもの」

硬質な振り子の音が、彼女の声の後ろで控えめだけど力強くビートを刻んでいる。

「今は寝る前だから一番遅いテンポの四〇にしているけど、朝はね、テンポ一七六ぐらいにするの。そうすると目覚めが良くって」

僕は、さっきまでスタジオで悪戦苦闘していた新人バンドの曲を思い出していた。髪の毛を金色に染めたメタル系のバンドで、ドラマーが曲を作るのだが、叩《たた》けもしないくせにやたらどの曲もテンポが速いのである。その日、彼が持ってきた曲のテンポが丁度一七六だった。クリックに合わせて叩こうとするのだが、身体がスピードについてこれず、間奏の手前でいつもリズムが遅れてしまい、中断が続いた。たった一曲を録るのに、まる一日が費やされた挙げ句、気に入ったリズムテイクが録れないからといって、結局その曲のリズムレコーディングは日を改めることになった。

「そうか、メトロノームか。それならいいんだ」

思わず笑うと、彼女もつられて笑った。

「幻聴かと思ったんでしょう」

「ああ、実はそうなんだ」

「幻聴まだひどいの？」

「さっきも帰ってきたらいきなり部屋の中で飛行機のエンジン音が聞こえたよ。凄《すご》い音だった。よっぽど頭がもつれているんじゃないかな」

テンポ四〇のメトロノームが、規則的なリズムを刻んでいる。眠たくなるような遅いテンポ。テンポそのものを手で摑むことが出来そうな速さである。

「病院に行った？」

「いや、行ってないよ。行く暇もないし、行く気もない」

亜希子はそこで、神経質なため息をついた。苛立《いらだ》ちを隠しながらお互い話していたのに、その嘆息のせいで流れが少し変わった。別れたわけでもない、付き合っているというには離れすぎている曖昧《あいまい》な二人の関係を、僕たちはそろそろ迂回《うかい》できない状態になっていた。本題に踏み込まなくてはならないことを二人察していながら、僕も彼女もその話題に触れることさえできないでいた。

「まるでその幻聴は私のせいみたいね。私と付き合ったからそうなったみたいじゃない」

彼女はひとり言のようにそう呟《つぶや》いた。しかし、僕はそれには答えず黙っていた。

「ちゃんと治さなくちゃ。幻聴が聞こえるなんてのは普通じゃないわ」

「分かってる。でも、もう慣れたんだ。幻聴が普通ではないのは分かっているけど、こうやって付き合ってみると幻聴もなかなか刺激的だよ」

亜希子の歪《ゆが》んでいる顔が見えたような気がした。

亜希子とは付き合いだして一〇年になる。一緒に暮らすようになって八年。結婚の話も、毎年年中行事のように出てはいたが、形にならなかった。彼女に言わせれば、それは全《すべ》て僕の仕事のせいなのだそうだ。そしてこの数年は結婚式いつにするの、という彼女の質問攻めから逃げ回る毎日だった。会話の沈黙が苦痛だった時期が続いた。間があくと、話題がそのことにならないかと神経を使った。暫く別々に暮らさないかと僕が言いだしたのも、結婚という二文字から解放されたかったからだろう。しかし、彼女が嫌いなわけではなかった。整理できない自分の心の所在に僕は少し疲れ果てていただけのことかもしれない。

「やっぱり今の継太に何を言っても無理そうね。今夜はもう少しちゃんとした話が出来るかなって期待してたんだけど。私たちこのままでいいはずないよね。このままでいいはずないわ」

メトロノームの音をバックに聞く亜希子の声は、催眠術師が術をかける時の声のようで、僕は急に眠気に襲われた。ここのところまともに寝ていなかったせいもあった。そしてふと気を緩めた次の瞬間、僕は大きな欠伸《あくび》をしてしまった。

「眠そうね、切りましょうか?」

亜希子は不服そうに聞き取りにくい低い声で呟いた。……タック……タック、とメトロノームのテンポを刻む音だけがいつまでも耳奥に残っている。高い音なのに耳につかない不思議な響きである。

「そうだな、もう遅いし。早く帰ってきたときにでも、こっちから改めて電話を入れることにするよ」

悪意はなかった。しかし、僕が欠伸をかみ殺しながらそう言うと、一拍の間があいた後、電話が突然切れてしまったのだ。鋏《はさみ》で感情を切断されたような、あっけない終わり方だった。プー、となる連続的な電話機の信号音だけが何時《いつ》までも聞こえていた。

2

僕が鹿島《かしま》に会ったのは、スタジオの地下にあるマスタリングルームだった。馴染《なじ》みのエンジニアが腹膜炎を患《わずら》って急に入院してしまったので、ピンチヒッターとして彼が選ばれた。鹿島という変わったエンジニアがいる、あんまり変わりすぎているんでミキサーたちからは嫌われているんだ。つまり折角《せっかく》やったミックスを彼は強引に変えてしまうからなんだがね。でも最近君が取り組んでいる現代的なサウンドには合っているかもしれないよ。それに僕は彼の才能を認めているんだ。一度機会があったら彼とも仕事をしてみるといい……馴染みのエンジニアは前からよくそういって僕と鹿島とを会わせたがっていた。変わり者という響きが記憶の中に残っていて僕は興味を抱いていた。

「変わり者っていう評判なんで、楽しみにしてきたんだけど」

開口一番挨拶《あいさつ》代わりにそう切り出すと、鹿島は苦笑しながら僕に椅子《いす》を勧めた。吸音材グラスウールで囲まれたがらんとした室内にはレコーディングルームのコンソールほどではないにしても、様々な専門的な機械が並んでいる。並べられた椅子の正面の隅《すみ》には巨大なJBLのスピーカーが左右に一つずつ、置いてある。僕が勤めるレコード会社では、マスタリングのエンジニアは一人ずつ自分専用のマスタリングルームを与えられていて作業をしている。鹿島のルームは室内自体が神聖な祠《ほこら》の中でもあるかのごとく霊的な空気の流れを感じる。音の反響や吸音が科学的に計算され尽くしているからそう感じたのだろうが、それにしても真四角なその部屋はスタジオの中でも異空間である。そこの主である彼自身が醸《かも》しだす、学者風な雰囲気と相まって更にそう感じるのかもしれない。

「誰が言っているのかは見当がつくな。どうせ最先端を気取っているセンスの悪いミキサーたちだろう」

その言い方が可笑《おか》しくて、つい吹き出してしまった。鹿島もつられて笑っている。その笑顔を見るかぎりでは、取っつきにくそうな感じはしない。

マスタリングはレコーディングの最終作業のことを意味する。一般的には録音した各チャンネルの音をL（左）とR（右）の二つのチャンネルに纏《まと》めるミックスダウンが、レコーディングの最終段階だと思われているのだが、さらにその後マスタリングという作業が残っている。ミックスダウンされた音が、本当に商品として大丈夫なのかどうかを検査する作業だ。問題がある場合はそれを矯正《きょうせい》することも出来る。ミックスダウンほどの派手さはないが、マスタリングはレコーディングの最後の締めとしてそれまでの段階の成果を意味づけるとても重要な作業なのである。特殊なコンデンサーやイコライザーを使うため、オリジナルのミックスを根底から変えてしまうこともあり、ミキサーたちは出来るだけ癖のないマスタリングエンジニアを望む傾向が強い。鹿島はその矯正が他のマスタリングエンジニアたちより多かった。ミックスダウンされたものを勝手に変えてしまう彼のやり方に反感を持つミキサーたちが大勢いたのである。勿論《もちろん》その反対に、彼の仕事に好意的なミキサーたちも少数だがいた。彼を支持するミキサーたちは、ミックスではだせない音の温度を鹿島は持っていると主張していた。海外のアーティストからカシマと名指しで仕事の依頼が来ることもある。実際僕も彼がした仕事を何度か聞いた事があるのだが、どれも彼のカラーが出た不思議な温かみを持った仕上がりになっていた。

「さて、今日はどんなサウンドなんだろう」

鹿島は僕が持ってきたデジタルテープをデッキにセットしながらそう言った。

「説明は難しいな。不思議な感じのサウンドだよ。これはね、あまりいい表現ではないけど環境音楽っぽいところもあるね。ただ、ちょっと違うのは、インテリアとしての音楽ではなくてさ、そのなんて言うのかな、精神を癒《いや》すための音楽なんだ。ストレスレスミュージックって僕は呼んでるんだけど」

納期が迫っていたその原盤は、僕が一年ほど関《かか》わって制作してきたライフワーク的な仕事である。シンセサイザーやコンピューターを駆使して自然界の音に似たイメージのサウンドを作りだし、それらの組み合わせによって、様々な音世界を構築するもので、サウンドヒーリングシリーズと銘打った僕の提案による企画物である。

「精神を癒すための音楽ねぇ」

彼はそう言うと、デッキのプレイボタンを押す。スピーカーから音が流れはじめる。

鹿島は無表情にじっとスピーカーの方を見ている。僕は彼の反応が知りたくてこっそり横目で、痩《や》せて骨ばった彼の顔を盗み見る。

ゆったりとしたシンセサイザーのリフレインが流れている。それははじめ一本の糸のように漂っているが次第に旋律らしきものへと変化していく。複雑にならないよう、急ぎすぎないようにそれは動いていく。しかし決して同じ旋律を繰り返すことはない。流れる雲の形が一定ではないのと同じだ。勿論一連の流れは人間のバイオリズムを基にコンピューターによって計算され尽くしたものだ。そしてそれに心臓の鼓動を模して作ったリズムが重なり、安定感は増し、心地よいアンビエントの世界を作り上げる。更にコンピューターで合成した自然界の音が、それに効果音として重なっていく。波の音に始まり、風の音が加わり、蠟燭《ろうそく》が燃える音や、野鳥が飛び立つ羽音、イルカの鳴き声、小川のせせらぎ、雨音、蟬《せみ》の鳴き声、風鈴、旗が風ではためく音、木が燃える音、さらには母親が赤ん坊をあやす声をわざと逆回転させたもの等が次々に現れては消えていく。メロディらしきものが中心にあるわけではないのだが、聞くものに自然界の波動のようなものを連想させる効果を狙《ねら》っている。普通の音楽のように構成があるわけではない。勿論楽譜もない。それらは終わりのないパズルのように組み合わさっていき、脳の中に湧《わ》いてくる情景を刻々と変化させていく。それは長い時間かけてシンセ奏者やコンピュータープログラマーたちと、時間をみつけては繊細な模型細工のごとく、こつこつと作りあげてきた音のパノラマだった。

今まで僕が携わってきた、たんに売れることだけを目的とした商品とは少し意味が違っていた。僕自身、一〇年という音楽ディレクター歴の中で、自分もアーティストとして何か作品を残したくなったのだ。節目になる時期に、位置づけとなるような仕事をしたかった。そういう欲求がこの仕事を始めた動機でもあった。勿論、売れるという確信はあったし、時代が必要としている新しいニーズを満たしているとも考えていた。何処かで聞いたことのあるようなメロディを焼きなおす作業や、外国の音楽を微妙にパクって作る日本的なポップスセンスに不満が出てきたことも関係していた。

「面白いね」

一五分ほど聞いたあたりで彼が、僕の方を振り向いてそう言った。

「そう、ありがとう。随分苦心したんだ」

彼が気に入ってくれたのだろうと早合点《はやがてん》してやや興奮気味にそう返事したのだが、彼は小さく鼻で笑うと僕の前の椅子に腰を下ろした。僕がポケットから煙草《たばこ》を出して吸おうとするのを遮《さえぎ》って、壁に張られた禁煙のステッカーを指さす。

「このCDを聞くとストレスがなくなるわけ？」

「いや、そう言い切ることはできないけど、まあ精神的に気分がよくなれるんじゃないかと思ってさ。都会にいるとなかなか自然に浸る機会がないじゃない。だから仕事から疲れて帰ってきたサラリーマンたちの間で受けるんじゃないかと思ったんだ。現に、こういう音楽を聞きながら瞑想《めいそう》をするクラブが巷《ちまた》では流行《はや》っているらしいしね」

「なるほどね、でもどうかな、この音じゃ残念だけどいい気分にはなれないかもしれないな」

彼がはっきりそう言い切ったので、驚いた。一年もかかって作ってきた作品をほんの一五分ほど聞いたくらいで、そう言い切る彼の神経が信じられなかった。

「どうして、そう言い切れるんだ」

むっとした顔をしてそう言うと、彼は頭を掻《か》きながら苦笑した。

「いや、失礼。そういう意味じゃないんだ。君たちの作品の出来が悪いというわけではない。音楽の問題じゃなくて、音の方の問題さ」

「音の方の問題？」

彼は、僕と会話しながらマスタリングの準備を始めている。アンプの裏側に回って、何やら太いケーブルの接続を変えたりしている。

「そうだ、音の問題さ。まあ、デジタルレコーディングの限界というか」

僕は黙って作業をする彼の背中を見ていた。

「可聴周波数って分かるよね」

「ああ、人間が聞き取ることの出来る範囲の音の幅のことだろ」

「そうだ。下は二、三〇ヘルツで、上は大体二〇キロヘルツぐらいかな。僕たち人間にはそれ以外は聞けないことになっている。今市販されているCDはさ、つまりこのデジタルレコーディングの機械の方に問題があるんだけど、僕たち人間の耳に合わせて二〇キロヘルツの所でフィルターをかけてあるんだ」

「フィルター？」

「そう、つまりそれ以上の周波数はカットしてあるんだよね。いらない音だからってさ」

彼はそういいながらも、作業を続ける手をやすめようとはしない。スピーカーから流れている音楽の展開が変わる。「反復」と題した曲が始まっている。ピンポン玉が跳ねる音をディレーで処理したもので、無数のピンポン玉が果てしなく続くタイル床の上で跳ねつづけているように聞こえる曲である。雨音のようなたんたんとした世界を作りだしている。生命の誕生をイメージした作品だ。

「アナログのレコード盤は可聴周波数以外の音も録音されているけれど、CDは人間の耳では聞き取れないからって、二〇キロヘルツでカットしてしまった。でもね、厳密に言えば、聞こえているんだ。脳とか皮膚は聞いているんだよ。自然界には人間が聞き取ることの出来ない音が無限に存在しているんだ。例えばコウモリの鳴き声はだいたい四〇キロヘルツから六〇キロヘルツぐらいだと言われているしね」

僕は黙って彼の話を聞いた。

「音楽を聞くと気持ちいいだろう。ちょっと言い方が雑だけど、それはね、音楽を聞くと脳から精神を安定させるとされるα波がたくさん出るからなんだ。ところが最近いろんな学者たちが研究して分かりつつあることなんだが、システムがレコードからCDに変わって、同じ音楽を聞いてもα波は極端に減ってしまったらしいんだな。α波が出なくなったと言い切る学者もいるくらいさ。何故《なぜ》だか分かる？」

僕は唾《つば》を飲み込んでから答える。

「二〇キロヘルツで音をカットしてしまったからかい？」

鹿島はにやりと笑いながら頷《うなず》いた。

「そのとおり。あちこちの科学者がそう言いだしているからまず間違いないだろう。文部省も慌《あわ》てて研究を始めているらしいしね。勿論一〇〇パーセント証明されたわけではないんだけど、エンジニアならみんな知っている定説さ。つまり、これってストレスミュージックだろ。デジタルで自然界の音を作るということは面白いとは思うけど、認識のレベルでは心地よくても脳のレベルでは心地よくないという可能性もあるわけだ。環境音楽のように表面的に気持ち良ければそれでいいというのなら構わないが、精神を癒すための音楽と銘打つなら話は変わってくる」

彼は僕の方に向き直ってそう言った。瞳《ひとみ》が真剣だった。僕はスピーカーの方へ目を逸《そ》らした。コーン紙を通して流れ出て来る音たちが一瞬薄っぺらい安物のコピー製品のように感じられた。

「脳のレベルでは心地よくないストレスレスミュージックなんて、そんなの意味がないじゃないか」

僕が力なくそう言うと、彼は肩をすくめてからこう呟いた。

「現状ではどうしようもない。世界はデジタルを選んでしまったんだから」

僅かに耳鳴りがした気がした。

3

マスタリングの作業は昼過ぎに始まって、夕方の早い時間には終わった。マスタリング自体のできはとても気に入ったのだが、しかし僕の心の中はすっきりとしなかった。鹿島の言う、脳まではリラックスさせることのできない今のデジタルシステムのことが気になって仕方なかったのである。

マスタリングの終わったテープを持ってそわそわしていると、鹿島に少し酒でも飲みながら話さないかと持ちかけられた。

僕たちが入った店は、スタジオのすぐ裏手にあるカフェバーだった。僕も鹿島も初めて入る店で、最近流行りのハウス系のサウンドがかなり大きな音で垂れ流されていた。二人は店の一番奥のテーブルについた。まだ早い時間のせいか店には他に客はいなかった。注文したアルコールがテーブルに並ぶまで、僕たちの会話はそれほど進展しなかった。取《と》り敢《あ》えず乾杯しよう、という鹿島の一言で僕はやっと気を抜くことができた。いつものビールのはずなのに、美味《おい》しくはなく、苦みばかりが舌先に残った。

「α波か、そんなことまで思いもつかなかったよ」

そう切り出すと、鹿島は頷いた。

「それは仕方ないことさ、まだそのことに気がついているのは、エンジニアとか一部の人間たちだけだもの。それにα波自体まだ研究の途上だからね」

僕たちは、静かに飲んでいた。マスタリングを終えたテープを明日の会議で聞かせなくてはならないのに、失敗作を聞かせるようで心が晴れなかった。

「この企画、一年もかかったのに、何だかショックだよ」

僕はそう言うと、ポケットから煙草を取り出し、口にくわえて火を付けた。吐き出した煙が、店内に漂いはじめる。

「いや、君たちの音楽が作りだしている世界は悪くはない。人間の能力が組み立てた音楽としては上出来だと思うよ」

思いがけない返事が返ってきたので、彼の顔を覗《のぞ》き込む。そして僕は鼻息をこぼして自分自身に抗議するように言った。

「でも、脳がリラックスできないんじゃ、意味がない」

鹿島が小さく頷く。僕はそこでビールをぐいと胃に流し込んだ。苦みで喉がしめつけられる。鹿島は意外にはやいペースでビールを飲んでいる。彼は既にジョッキのビールを飲み干しかけていた。

「かつてアナログのレコード盤で音楽を聞いて育った僕たちは気がつかなかったけれど、かなりの恩寵《おんちょう》があったんだ。レコードを聞いていればそれだけでα波が出ていたんだもの。今はどんなにいい曲を聞いても、認識としてはいい曲でも、もしかしたら深層の部分では何も感じていないことになるかもしれないんだからね。涙がでるような曲を聞いても、表面だけが悲しいということもかんがえられるわけだ。CDで育っている今の人たちは可哀相《かわいそう》だよ。表層だけが心地いいんだもの」

鹿島は僕の顔を覗き込んだ。

「レコードからCDに変わった時、よくレコードマニアたちの間で議論になっただろ。CDは冷たい感じがするって。レコードの方が温かい音がするってさ。まだあの頃は学者たちも気がついていなかったからね。その違いが耳で分かるはずはないって、そういう意見は鼻であしらわれていたんだけど、それは正しかった。僕もずっとそう信じつづけてきた人間の一人なんだ」

店員がスピーカーのボリュームを上げたらしく、店内に垂れ流されているハウスミュージックが更に大きくなった。打ち込みのドラムが途切れることなく正確なビートを刻み続けている。ニューヨーク辺りで流行っているサウンドなのだろうが、馴染めなかった。この音楽も二〇キロヘルツでフィルターがかかっているのだろうか。魂を揺さぶることのできない音楽。鹿島は一度天井に括《くく》り付けられているスピーカーに目をやってから続けた。

「実は、僕はもともとミキサーだったんだ」

鹿島の声がそのサウンドに絡まるように発せられる。

「君は知らないかもしれないけれど、僕はもともとミキシングエンジニアだった。入社して暫くは多くのヒット曲を手掛けていたんだ。ところがある日、世界はデジタルを選んでしまう。街のレコード店から完全にレコードが消えてなくなったんだ。君も覚えているだろうあの日を。ショックだったな。僕はレコードマニアだったからね」

イコライジングしすぎているせいか、スピーカーのせいか、途切れることのないハウスミュージックは高音域がやたらと出すぎていて耳障りだった。しゃりしゃりと鳴るハイが店内を駆けめぐっていて、耳を塞《ふさ》ぎたい気分だった。

「初めてCDを聞いた日、僕はその音の冷たさに馴染めなかった。自分がミックスしたものが、デジタル化されることで死んでいる気がしたんだ。スタジオで六ミリのテープで聞いた印象とCD化されたものとの印象が全然ちがうんだもの。商品になった自分の作品に僕はうろたえたよ。温《ぬく》もりが全く感じられなくてさ」

僕にも同じ経験があった。鹿島ほどのショックではなかったにせよ、確かにその変化には気がついた。何か音が整理されてしまった淋《さみ》しさを感じたものだ。

「そして僕はある日、ミキサーを辞めることにした。自分の仕事に生き甲斐《がい》がなくなってしまったからだ。本当は音楽とは全然ちがう仕事へ変わるつもりだったんだけど、技術者の宿命ってやつだな。他では働けない。それで僕は食うために会社に残ってしまった。それからはずっとマスタリングエンジニアをしているよ。皆が作った音を少しでも、活《い》き活《い》きと瑞々《みずみず》しく世に送りだすためにね。まあ、根本では無理だと分かっていながらだけど」

鹿島はビールをぐいと飲み干し、通りすぎようとしたウェイターにそれを掲げて見せた。ジョッキの縁が光を放つ。

僕は言葉を探した。胸の奥で何かが激しく波うっている。抑えきれない憤《いきどお》りが沸き起こっていた。自分自身とも重なる思いがあったからかもしれない。

「しかし、例えば、今のデジタルシステムの設定をちょっと変えるってわけにはいかないのかい？　二〇キロヘルツではなくてさ、上限を五〇とか六〇キロヘルツに上げるとか。そうすれば、レコード以上に高周波をカバーすることになるじゃないか」

僕の意見に対して、鹿島は笑いながらそれを否定した。

「無理だね」

「どうして？　どうしてそういいきれる？」

「いま世界中の家庭に出回っている全てのＣＤ機器を変えることは不可能だろう？　一軒に一台はＣＤ機器があるじゃないか。そういうことなんだ。もう世界は今のシステムで動きだしてしまった」

僕たちは沈黙した。グランドビートのアップテンポなナンバーに合わせて、入口付近に立っているウェイターが身体を僅《わず》かにくねらせている。α波がそれほど多く出なくても、気持ち良ければそれでいいじゃないかと言う人たちもいるかもしれない。ビートやメロディにだけ反応していられれば、それで構わないと思う人たちもいるかもしれない。たとえそれが理解という範囲のものであろうと、たとえα波が出なくとも、表面だけが気持ち良ければそれでいいような気もする。そこにこだわるのはエンジニアや一部の人間たちの片意地なのだろうか。僕は自分の脳に聞いてみたかった。ちゃんと音楽が届いているのかどうかを。ＣＤとレコードの違いを。アナログの時とデジタルの今の違いを。

それから暫《しばら》く僕たちはそれぞれ黙って、飲んでいた。鹿島は新しいビールを飲み始め、僕は二本目の煙草に火を付けた。可聴周波数よりも更に高い音がどれくらいなのかと、僕は想像していた。人間の耳では聞き取れない音の高さ。大空の遥《はる》か上空を飛ぶ鳥を地上から見ることができないように、それは聞き取れない高さを飛び交っている。

気がつくと、店の天井に括り付けられたスピーカーから流れ出る、途切れることのない打ち込みのハイハットが僕の頭の中で突出して立ち上がって聞こえだしていた。それは次第に膨れ上がり、僕の鼓膜にまとわりついて聴覚を麻痺させた。その時だった。キーン、と一筋の音の形が頭骨の内側に出現したのだ。それはしゃりしゃりと鳴っているBGMの真ん中を食い千切《くちぎ》るような勢いで現れ、見えないのだが確かに眼前に音の壁となって立ちふさがったのである。巨大な滝壺《たきつぼ》の中にでもいるような物凄いノイズ音のシャワーだった。僕は思わずテーブルの端を手で押さえ、身を屈《かが》めていた。押しつけられるような重たい音の落下だった。何百トンもあろうかという水を全身で浴びているような重圧。もう少しで声をあげそうになる、今までで最大級の幻聴だった。

「どうしたんだい？」

幻聴が消えると、鹿島の低い声が聞こえてきた。時間にしたら数秒のことだったのだろうが、心臓が激しく鳴っているのが分かった。

「いや、ちょっと、いつものやつが」

僕はそう言って、ビールを口の中に無理やり流し込んだ。

「いつものやつ？」

「ああ、時々、幻聴が聞こえるんだ」

僕は心が落ちついてからそう答えた。

「幻聴？　幻聴が聞こえるのかい？」

僕は少し呼吸を整えてから、頷いた。

「時々だけどね。もう何年もずっとなんだ。突然ヘッドフォンステレオをフルボリュームにしたようなばかでかい音が耳の中に現れるんだよ」

鹿島はじっと僕の顔を覗き込んでいる。僕は笑って誤魔化した。

「今日はどうやら滝の音だったようだな。滝なんて行ったこともないのにさ、おかしな話だ」

鹿島は何か言いたげだったが、言葉にはならない様子だった。僕は掌《て》で顔を拭《ぬぐ》ってから続ける。

「毎日毎晩、スタジオで缶詰なんだもの。デジタルの音に抗議して脳が反乱を起こしたのかな」

僕がそう言って笑うと、鹿島は唇《くちびる》を真一文字に結んだまま視線を僅かに逸らした。

それから僕たちはその店でその日は徹底的に飲みまくった。次々にビールを注文し、二時間もすると僕たちはまるで昔からの友達みたいに打ち解けていた。同世代だったことで話がいろいろ重なることも多かった。聞いてきた音楽の趣味が似ていたり、育った環境が近かったり、考え方も共通点が多かった。入社したての頃、初めてアナログ盤のディスクカッティングに立ち会って、まるで精密な旋盤機を見ているみたいな感動を覚えた話や、初めて関わった仕事が一枚のレコード盤になった時の喜びなど、話はどれもレコード時代の思い出ばかりだった。

「この間も、二百年前のオルゴールのレコードっていうのをさ、偶然見つけて買ったんだ。中古レコード屋の片隅に飾ってあった奴《やっ》で、五千円もしたよ」

「二百年前の、オルゴールのレコード？」

「ああ、それを蓄音機で聞くんだ」

「蓄音機を持ってるの？」

「買ったんだよ、わざわざそれを蓄音機で聞きたくて。方々探し回って、やっと見つけたんだ。ちょっと壊れてたりしたんだけどね、自分で直したよ。温かい音だった。毛布にくるまったような優しさがあるんだ。降り注ぐように聞こえてくるんだな、音が」

僕は想像していた。降り注ぐように聞こえるという、二百年前のオルゴールの響きを。耳の奥の原野に、雪が積もっていくような、呼気で直《す》ぐに曇ってしまう小さな窓越しに、それをじっと見つめているような気分に包まれていった。

「神がいるのさ」

そして突然、鹿島はぽつりと言った。

「神？」

僕が驚いて聞き返すと、彼は大きく頷いた。

「音の神様だ。全ての音に神が宿っているんだよ」

僕は笑ったが、彼は笑わなかった。

「二百年前のオルゴールのレコードにはちゃんと神がいる。でも、今のＣＤには神はいない。神が生きられる場所がＣＤにはないからだ」

僕は笑うのをやめた。

「神か」

「そうだ、神だよ。あらゆる自然界の音には神が宿っている」

鹿島はそう言ってアルコールを一気に胃に流し込んだ。

「君が幻聴を聞いてしまうのは、神の怒りに触れたからだ。あるいは君の耳が、神の不在に反乱を起こしているんじゃないか。どっちにせよ、神を締め出そうとしている今の音楽システムには問題がある」

僕はじっと鹿島の目を見た。潤《うる》んでいるような気もする。

「そして、それは今や音楽だけのことではないんだ」

鹿島の声は更に力強く響いた。

「今世界はあらゆることがデジタルへ向かっている。一例を挙げれば教育もそうだ。センター試験なんてその最たる例さ。○か×でしか答えがでない学問なんておかしすぎる。先生の持っている答えに当てはまらなければ落第というシステムはデジタル教育の歪《ひず》みだ」

鹿島の声はまっすぐ僕を捉《とら》えている。

「どんな問題でも考え方によって、答えはいろいろ出てくる。正解はいっぱいある。といっても真理がいっぱいあるわけではないがね。真理は一つだろうけど、そこへ向かう道は無数にあっていいはずなんだ。それがアナログのよさじゃないか。ところが、僕たちの世界はデジタルを選びつつあるんだ。この世界でも、もうじき神自体の居場所がなくなってしまうかもしれない」

はっきりとそう言い切る彼に、僕は賛同するわけではなかったが、しかし反論することもできなかった。じっとジョッキを傾け、照明があたって輝いているビールの色を見つめ続けていた。

僕たちはそしてまた沈黙した。

神か。僕は心の中でそう呟き、目を閉じた。そして降り注ぐ二百年前のオルゴールの音を想像していた。

4

定例会議で発表したサウンドヒーリングシリーズは意外なことに好評だった。制作本部長は試聴が終わると上機嫌《じょうきげん》で僕に向かってこう言った。

「ストレスレスミュージックか、いいね、まさに今の時代に合っているよ」

本部長のお墨付きが貰《もら》えたことで、シリーズ化そのものに反対する意見は出てこなかった。もし会議に鹿島がいたら、きっと手放しで賛成はしなかったに違いない。僕は会議室に集まっていた制作部の連中に、制作の動機や戦略的な展開に関してのアイデアを発表しながら、もうひとつ煮え切らない自分自身と対峙《たいじ》していた。

昼過ぎ、僕は新人バンドのレコーディングのためスタジオへと向かった。いつもの通い慣れた道順の中を、僕は自分の歩幅を守って歩いていた。

地下鉄の中では、僕はウォークマンをつけている若いサラリーマンのすぐ隣に並んだ。相当大きな音で聞いているのか、地下鉄の中にもかかわらず、しゃりしゃりと鳴る高域のノイズがヘッドフォンからこぼれて聞こえてきている。耳障りな音だった。男は身体をビートに合わせて揺さぶるわけでもなく、音量の割には無表情なのだ。彼の心は音楽の世界に浸って飛び跳ねているのかもしれなかったが、表層は心から完全に切り離されていた。僕はじっと彼の耳の辺りを見つめた。ヘッドフォンの先端が耳の中に埋もれていて、彼の頭部と一体化して見えた。まるで耳から生えているコードから、サラリーマンの青年は点滴をうけているようでもある。

電車が駅に停車した僅かな瞬間、しゃりしゃりと鳴る高音のノイズの中から聞き覚えのあるフレーズが一瞬耳を掠《かす》めていった。口の中でそのこぼれてくる旋律のぼやけたフレーズを反芻《はんすう》してみると、まもなくそれは一つの記憶と重なった。その男が聞いていた曲は自分がかつて担当した女性ロックシンガーのヒット曲なのだ。耳障りな音の原因が自分だったことが可笑《おか》しくて、僕は場所がらもわきまえず吹き出してしまった。前の席に座っていた人たちは僕の笑い声に気がついたようだったが、しかしヘッドフォンのサラリーマンだけは動じなかった。

都心の一等地を占拠するかたちで建つ巨大なスタジオは、壁に窓もなく見ようによっては古代文明の遺跡のようでもあり、音を閉じ込めるために作った刑務所のようでもある。ビル群の谷間にそこだけぽつんとのっぺりした建物が視界を遮る形で立ちふさがっている姿はなんとも異様だった。

コルク材で囲まれたスタジオからは既に音がこぼれだしている。僕は一度スタジオの方へ顔を出し、ミュージシャンたちに挨拶をしてからコンソールルーム側へ回った。アシスタントディレクターが僕をみつけるなり、「おはようございます」と業界挨拶をしてくる。大学を出たばかりの新人で、勉強のためこの数カ月僕の仕事について回っている。

僕は、黙々と調整を続けるミキサーの顔を覗き込み、挨拶代わりに調子はどう？　と聞いてから席についた。四八チャンネルのレコーディング卓はイギリス製で無数のフェイダーとつまみが一面に犇《ひし》めいていた。卓の上部に突出したインジケーターや様々なピンライトは、スタジオの中でミュージシャンが演奏をする度に赤や青や黄色に点滅し、まるで宇宙船の操縦席にでもいるような気になる。僕は卓の前にエンジニアと一緒に並んで座っていた。卓の向こう側は防音硝子《ガラス》で仕切られていて、その先はスタジオになっている。エンジニアが操縦士で、僕は、船長といったところか。

ディレクターになりたての頃、僕は卓の前の席に座るのが好きだった。大学を卒業してすぐの頃のことだ。ミュージシャンになりたくてずっと頑張《がんば》ってきたのだが、結局ミュージシャンの夢は諦《あきら》めた。ぬきん出た才能があったわけでもないし、何の保証もない道を選ぶほど自分に自信がなかった。丁度大学三年の冬に父親が亡《な》くなってしまったことも、大きな要因となった。後悔はあったが、卓の前に座ると何故か気分も晴れた。演奏をする側ではなくなったにもかかわらず、不思議と違った興味が僕の中に沸き起こってくるのだった。卓の前に座り、レコーディングの進行を指示しながら船長のような気分で船を動かすのがいつしか快感となっていた。ミュージシャンにはなれなかったが、かわりに様々なスターやヒット曲を生み出すことが自分の勲章のようなものへと変わっていったのだ。

しかし、一〇年という歳月が経つうちにその気持ちも幾分くぐもりだしてきた。大好きなはずのポピュラー音楽でさえ何故かこのところ苦痛に感じられて仕方なかった。かつては毎年ミリオンセラー級のヒットを出していたのに、ここ二、三年ヒットらしいヒットを出していない。そのことで、内心焦《あせ》っている部分もあった。連日の徹夜が肉体と精神に悪影響を及ぼしていることも事実だった。とにかく、僕はスタジオにいても、ディレクターになりたての頃のようなミュージックビジネスに向かい合う気迫みたいなものを欠いていたのである。

レコーディングはまただらだらと長くなる気配があった。こりゃあ、朝までパターンですね、とミキシングエンジニアは僕に耳うちした。スタジオの中ではミュージシャンたちがリズムがかみ合わないアレンジの手直しで、アレンジャーを囲んで苛々《いらいら》している様子が窺《うかが》えた。何度も同じ箇所を演奏し続けていたが、彼らがぶつかっているアレンジの壁が僕らのほうには見えてこなかった。本来なら彼らのところへ出向いていって、何らかの指示をだす必要もあるのだろうが、気乗りしなかった。僕はすっかりそういう状況に慣れっこになっているせいか、コンソールから出ることもなくまるで他人事のように見物していた。ミキサーの肩越しにふと、新米のアシスタントディレクターがコンソールルームの端の席から身を乗り出すようにスタジオを覗き込んでいる姿が目に飛び込んできた。輝いているその目つきを一〇年前には自分も確かに持っていたはずだ。

スタジオに来て二時間もした頃、僕宛に電話が外部からはいった。コンソールルームの脇《わき》に作られた防音のテレフォンブースに回してもらうと、相手は亜希子だった。僅か半畳にも満たないブースには、電話機が一台と椅子があるだけだ。僕はコルクの貼《は》られたドアを閉め、その椅子に腰を下ろすと彼女の声に向かい合った。

「ごめんね。仕事中だってのは分かっていたんだけど、こうでもしなければ継太は私の話をちゃんと聞いてくれないでしょう。夜に電話すると、眠そうだし。昼間なら必ずスタジオでつかまえられると思ったの」

僕は脂《あぶら》の浮いた頭皮を搔いた。

「この間はすまなかった。疲れてたんだ」

彼女が電話の向こうで、ふっと小さく笑うのが聞こえる。

コルクのドアを通して、演奏が漏れてくる。防音材のため、高音域がすっぽりとカットされ、楽器が一つ一つ独立して良く聞こえた。同時にリズムのずれが良く分かった。ドラムが走っているのだ。コンソールルームで聞いていた時は、スピーカーから出ている音が大きすぎたせいもあり、ベースがもたついているものだとばっかり思っていたのだが、そうではなかった。

「ねえ、私たちはこれからどうなるの？　逃げないでハッキリさせてほしいの」

薄幕を張った受話器の向こう側から、彼女の声が響いてくる。

僕はすぐに返事が返せなかった。二人がいつからこんなふうになったのかを思い出そうとするが、思い出せなかった。彼女の何から僕は逃げだしているのだろう。それが分からないかぎり僕は彼女の問いに答えることができない。

「すまない、逃げているわけではないんだが、自分の気持ちが見えないんだ。いまは自分を見失っている時期なんだ。もう少し答えを急がせないでくれないか」

彼女のため息が聞こえる。甘く切ない響き。苛々と同時に何かをつなぎ止めたいという彼女の焦りも僅かに感じ取れる。

「それは構わないけど、でもね、私たちの答えはもう○か×しかないのよ」

僕は思わず聞き返した。

「○か×？」

「そう、このままの中途半端な関係はいやよ。いくらファジーな時代だからって、私はちゃんと生きているんですから」

〇か×か。僕は言葉にしないでぽつりと心の中で呟いてみた。ふっと可笑しさがこみ上げてくる。「正解はいっぱいある。といっても真理がいっぱいあるわけではないがね。真理は一つだろうけど、そこへ向かう道は無数にあっていいはずなんだ」鹿島が熱弁をふるったあの瞬間が僕の頭の中に蘇《よみがえ》っていた。僕は真理までのもっとも遠回りな道を選んでいることになるのだろうか。

コルクのドアを一枚隔てた所で、レコーディングの作業が進んでいるかと思うと妙な気になった。ドアから漏れてくる音は、まだリズムがかみ合っていなかった。出たらすぐそのことを中に指示しなければ、と僕は考えていた。

「明日、会えない？」

亜希子はきっぱりとそう言った。その声には、もうこれ以上私は待てないのよ、という強い決意が感じられた。

「明日はだめだ。まだスタジオが」

「そんなことといってたら一生会えないじゃない。それとももう一生私とは会わないつもりなの」

僕は唾を飲み込んだ。鼓膜が脈打っているような気がした。

「……分かった。それじゃあ、遅くなるけど。仕事帰りに君の家に寄るよ」

僕はそう言うと、椅子から立ち上がり、悪いけど仕事に戻るよ、と言って電話を切った。閉塞《へいそく》されたテレフォンブースの中で、一度大きく深呼吸してからそこを出た。

コンソールルームに戻ると、鹿島がいた。彼は一瞬僕の方に向かって微笑《ほほえ》んだが、またすぐにスタジオの中へ視線を戻した。

「さっきロビーを歩いている君を見かけたんで寄ってみたんだ。随分煮詰まっているようだな」

僕は卓のマスターフェイダーを絞って、スピーカーの音量を下げてから返事をした。

「ああ、毎度のことだよ。彼らのそこがいいとこでもあるんで放任しているのさ。アーティストによっては、こうやって煮詰まりながら作っていく場合も必要なんだ」

若いエンジニアは俯《うつむ》いて笑いを堪《こら》えている。鹿島は微笑み、再びスタジオの中を覗き込んだ。ギタリストが弾くフレーズを他のメンバーが気に入らないらしいのだが、ギタリストは譲ろうとしない。彼らは何度も同じ箇所を演奏し、それを毎回録音させ、その度にヘッドフォンからモニターしている。しかし、そこに変化は見いだせないでいた。

「これじゃあ、さっきと同じじゃないか。同じなんだよ。リフが綺麗《きれい》すぎるんだよ、迫力がないんだ。もっとこうリズムをバックアップしてほしかったのに」

誰かがそう叫ぶ。もう喧嘩《けんか》ごしだった。鹿島は真剣な目でスタジオの中を見つめている。ギタリストが弾くフレーズを耳で追っているようだ。まもなく演奏が始まった。結局最初のアレンジに戻してみようということになったようだった。ボーカルは仮歌を歌いすぎて喉が嗄《か》れている。歌というよりは悲鳴に近い。

演奏が終わると、鹿島はミキシングエンジニアの隣に行き、手を伸ばすと卓の中央辺りにある小さなつまみを一個、ちょいちょいといじくった。若いミキサーは鹿島がしたことの合点《がてん》がいかないようで、理解に苦しんでいる。

「再生してあげて」

鹿島はアシスタントエンジニアにそう命じる。テープが巻き戻され、スタジオに演奏が再生された。コンソールルームのスピーカーからも演奏が流れだす。何がどうなったのか僕には分からなかったが、同じアレンジなのに演奏がまるで違う曲のように聞こえてきた。硝子の向こう側のミュージシャンたちの顔色がさっと変わる。ミキシングエンジニアはますますその理由が分からず目を丸くしている。演奏が終わると、スピーカーから、いいじゃん、という声が上がった。僕は驚きを隠せず鹿島に尋ねた。

「何をしたんだい」

鹿島は照れ笑いをしている。

「別に、錯覚だよ」

「でも、同じ演奏なのに明らかに違う印象になっているじゃないか」

僕の声は上擦《うわず》っている。鹿島はポケットに手を突っ込んだまま、スタジオの中を覗きこんでいる。

「定位を変えたんだ。問題になっているのがギターのリフのようだったから、ギターの定位を左側に完全に振ってみたんだ」

「定位を」

僕は聞き返す。

「そうだ。右脳と左脳の違いの問題さ。中の様子からすると、問題はギターのリフをもっとリズム寄りにしたいみたいだったから、ギターの定位を左に振ってあげたんだ。左の耳で聞くということはね、つまり右の脳で感じていることになるんだよ。右脳はリズムを強調する仕組みになっているんだ。簡単なトリックだよ」

「なるほど、そういうわけか」

僕とミキサーはお互い目を見合わせて頷きあった。スタジオの中は、こちらで操作したことなど全く気がついていないようで、最初のアレンジで良かったんだ、と納得しあっている。

「後で、ちょっと寄ってくれよ。君に見せたいものがある」

鹿島はそう言うと、僕の肩をぽんぽんと叩いて、コンソールルームを出ていった。

5

レコーディングは結局深夜に及んだ。思っていたとおりに進まないレコーディングの疲労が全身を包み込んでいる。節々が痛く、目の焦点がずれている気がする。細かい片付けをして鹿島のマスタリングルームへ顔をだした時には既に二時を回っていた。

「なんだ、随分と手こずったみたいだな」

グラスウールで囲まれた室内は、深夜だからだろうか、いつもどこか雰囲気が違う。室内自体が音を食べて生きている動物みたいに、あらゆる音を吸い込んでいくような感じがする。

「すまない、遅くなって。もういないかと思ったよ」

「いや、まだいろいろとやることがあってね」

鹿島はそう言い、僕に椅子を勧めた。二人の声が途切れると、急に無音に近づいた。

「それにしてもここは静かだね。さっきまでの作業が嘘《うそ》のようだ。喋らなければ無音状態に近いんじゃないかな」

鹿島はにやりと笑う。

「静かだけれど、無音じゃないよ」

僕は少し黙ってみた。グラスウールが全ての音を吸収していて、僕には無音状態のように感じられる。

「今は、無音じゃないのか？」

鹿島は微笑みながら首を左右に振る。

「厳密に言えば、違うだろうな。壁がある限り何らかの反響はあるはずだ。空調の音とかも余所《よそ》の部屋よりは幾らか減らしてあるだろうけど、それでも鳴っているはずだよ。君は今さっきまででかい音を聞いていたから、無音のように感じるのかもしれないけどね」

そう言うと彼は思いっきり手を叩いた。パン、というクラップ音が響く。

「確かに残響は少ないように設計してあるけど、ゼロではない。反響しているんだ」

真似《まね》して手を叩いてみた。音が吸い込まれていくのが分かる。

「不思議なことだけど、僕らはこんなに多くの音楽を作っているというのに、本当の無音だけは作ることができないんだ。単純に耳をふさげば音は消えるけど、それは少し違う。皮膚を伝わったり頭骨を伝わったりして完全な無音にはなっていないのさ。自然界が無音になるということは様々な条件が重なった場合にのみ起こるんだ。音の神が沈黙するときに起こるんだよ」

「神が沈黙？」

「ああ、僕はまだ完全な無音に出会ったことがないから、そう言っているんだけどね。きっと、完全な無音というのは神が沈黙しているようなことを指すんじゃないかと想像しているんだ」

鹿島はそう言うと、ゆっくりと立ち上がった。

「ところで、君に見せたいものがある。いや、聞かせたいものと言った方がいいかもしれないな」

鹿島は暫く間を置いた後ぽつりとそう告げた。彼の指さすほうを見ると、正面の壁のところにコピー機ほどの真四角な装置が置いてあった。地味な機械なので前に来たときには全く気がつかなかったが、前からそこに置いてあったものかもしれない。彼はそこまで歩いていき静かにその機械の電源を入れた。僕も興味にかられて立ち上がり、彼の方へ近づいてみる。アルミのシャーシが全体を覆《おお》っていて、鈍い光を放っている。

「まだ実験の途中なんだけど、これは周波数を一〇〇キロヘルツにまで上げてある再生アンプさ。耳では感知できない音まで流すというわけだ」

「一〇〇キロヘルツだって。可聴周波数の五倍じゃないか」

静かに機械が作動している音が聞き取れた。僕が驚いた顔をしていると彼は続けた。

「僕はマスタリングエンジニアに転向してからずっと、この研究をしているんだ。勿論会社には内緒でね。君に話すべきかどうかも悩んだんだけど、君には何故だか最初のリスナーになって欲しくなった。幻聴が聞こえるほど今の音に苦しんでいる君にはこれを聞く資格が十分あるよ」

鹿島は喋りながら、つまみを調節している。

僕は高揚している心をできるだけ抑えながら、椅子をスピーカーの前に持ち出し、そこに座ってみた。鹿島はテープをセットしてから、やはり僕の横に椅子を持ち出してきて座った。

「聞いてほしいんだ。この音を」

まもなく左右のスピーカーから、静かに音が溢《あふ》れだしてきた。最初に流れてきたのはたんなる山奥かどこかの、人里離れた場所で収録してきたと思われる音だった。何かが始まるイントロなのかと思っていたがそうではなかった。ずっとその音が流れているだけだった。僕は何も始まらないことに疑問を抱いて鹿島の方を見た。しかし、彼はじっと目を瞑《つむ》ったままだった。仕方がないので、僕も目を瞑ってみることにした。一、二分も集中して聞いていた頃だろうか、急に僕の目の前に音像が立ちはじめた。木々の揺れる音、葉と葉の擦れ合う音、鳥の鳴き声、風の音、水の音、等。判別できる音はそのくらいだったが、でも信じられないほどリアルに録音されているそれら自然界の音は、瞼《まぶた》の裏側に一つ一つ浮き出るようにはっきりと存在していた。吸い込んでいるスタジオの空気の酸素濃度さえも変わったかと思うほど、それは僕の中で響いていた。僕はいつの間にか木々の中を通りすぎていく風のような気分になっていた。下意識の中に眠っていた森の記憶が、訪ねたことのない森林へ僕を誘ったのだ。僕が作った人工のストレスミュージックなんか全然及びもしない自然の力がそこにはあった。

鹿島がボリュームをやや上げると、音像はより鮮明に耳の前に形を現していった。少しずつ、音は形を変えながら、時間の経過とともに動いているのだ。はじめは風が止まっただけなのかと思ったのだが、そうではなかった。聞こえている音の色が移り変わっていっているのである。目を瞑っていると完全に浮かび上がる森の景色が、刻々と変化していくのが分かった。心の奥が、自分の意思ではない何者かの力によって勝手に動かされているような感じである。

「これは、蓼科《たてしな》で録ったものだ。改造した古いドイツ製のマイクを使って録ったんだ。古いドイツのマイクは軍需目的で開発されたものが多くて、レーダー音とか、可聴周波数以外も集音するんだ。それを一対《つい》は空に向けて、一対は人間の耳の高さに、そしてもう一対は地面に埋めた。地球自体が発している心音みたいなものを録るためにね。勿論録音機も一〇〇キロヘルツまで録れるようにしてある。低域も限りなくゼロヘルツに近いところまで録音できる」

一五分ぐらい聞いた辺りで鹿島はそう説明した。

「何だろうこの心地よい心の揺れは。森の環境音を聞いているだけのはずなのに、僕の心はさっきから移り変わっていく時間の流れの中にいるみたいだ」

僕がそう言うと、鹿島は口許で微笑み、その仕組みを説明しだした。

「うん、実はこれは蓼科の四季を通して集音されたものなんだ。それに集音場所も少しずつ移動させてある。春はもっとも緑豊かな時期に、秋はもっとも淋しい頃に、それを人間のバイオリズムに合わせて複合してあるんだ」

僕はもう一度音に耳を傾けてみた。葉と葉が擦れ合う音など、聞こえていないはずの高音域まで聞こえている気がした。空を隠すほど繁《しげ》った木々の上で、風に靡《なび》いて擦れ合う葉と葉の囀《さえず》りが聞こえていた。樹木が笑っているように僕の耳は感知している。吹きつけてくる山の風の風圧まで、僕は感じることができた。山全体が交響楽団のようなのだ。自然の音をそのまま録音したものなのに、音楽としてのハーモニーを見事に奏《かな》でていた。ふと、奏でているのが神であるような気がして、それは神が作った交響曲のような気がして、僕は鹿島の顔を慌てて振り向いて見た。鹿島は僕がすっかりその音に心を奪われていることを感じ取っていたようだ。彼は僕の顔を見て、小さくこくりと頷いた。

「目を瞑《つぶ》って、このスピーカーの前に一時間いるだけでいい、僕らの神経は随分と癒される筈《はず》だ。実際に脳波のデータを採ってみるとね。これは僕の脳波の場合だけれども、一秒間に一〇振動というデータが出ているんだ」

「一秒間に一〇振動？」

「そう、つまりそれはα波のことさ。この音源を聞けば、僕らは間違いなくリラックス出来ることになる……君が名付けたストレスレスミュージックというのは、こういう音世界のことを指すんではないかな」

僕は頷いた。まさしくその世界は僕が目指していた音の安らぎだった。安らぐ音を目指していくということはそういうことだったのか。

「蓼科に行ってそこで過ごした人と同じリラックスをこの音源で味わうことができるわけだ。いや、周波数を少し操作してあるし、集音したものをより人間のバイオリズムに合わせてミックスしてあるので、それ以上の効果があるかもしれない」

鹿島は微笑みながら続けた。

「僕らは今これをもっともストレスの多いこの都会の真ん中で聞いている。蓼科に出掛けていって聞くのと、この環境でいきなり蓼科へ意識だけでも持っていかれるのとでは、感じ方も違うはずだ。コンビニで売っているおいしい水っていうやつと同じだよ」

　僕は嘆息をついた。

　鹿島はじっとスピーカーの方を見ている。僕らはスピーカーから流れ出ている音を暫《しばら》くじっと聞いていた。夜中だということなど忘れてしまうほど、それは優しく瑞々しい臨場感に溢れている。

「これをCD化してはどうだろう。CDにすれば今の音楽シーンに革命が起こる」

　僕は暫く彼が録音してきた蓼科の音を聞いたあと、やや興奮気味にそう言ってみた。しかし、鹿島は鼻で笑うように僕の意見を一蹴《いっしゅう》した。

「だめだ。何度も言っているように、今の世界のCDシステムでは結局二〇キロヘルツでフィルターがかかってしまう。もっとも世界のシステムを変えることが出来たら可能だけどね。しかし、そんな無駄なこと企業がやるわけはない」

　僕は鹿島の方へ身体を向ける。

「でも、今のシステムとは別にもう一つ、例えばこれと同じように一〇〇キロヘルツ位まで周波数を読み取り再生できるデジタルのシステムを作ってみてはどうだろう。生まれたばかりの赤ん坊をこのサウンドで育てたら、まだ意識が芽生える前からこんなサウンドを聞かせて育てたら、きっと感受性の豊かな子供に育つんじゃないか？　二〇キロヘルツでフィルターをかけてある今のシステムでは、α波がでないことを説明すれば、新しいシステムで子供を育てたいという人たちは大勢出てくると思うが」

鹿島は腕を組んで目を閉じた。

「これこそ今の時代に必要な商品じゃないだろうか。デジタルシステムの革命だよ。人間の生理にもあったシステムだ。これで音楽を再生したら、きっと世界は引っ繰り返るぞ。精神治療やストレス解消等の、音楽以外の分野にも道が開けそうだ」

鹿島の目が開く。

「確かに、それは面白いアイデアだけど、残念ながら僕には興味がない。君はやっぱりディレクターだな。すぐに商売に結び付けてしまう」

鹿島は声をあげて笑いだした。僕は口を真一文字に結んだ。

「商売と言われればそうだけど……。理想みたいなもんじゃないか、こういう仕事をしている僕たちの。折角君はこれだけのものを作ったのに、それを商品化しないのは何だか淋しいじゃないか。企業だって、ほっとかないさ。不完全だったCDを完全にするんだもの、世界のシステムの流れなんてすぐに変わるさ」

僕は声をやや強めて彼にそう言ったが、しかし、鹿島はそれには答えなかった。僕たちは、そのサウンドを聞きながら暫く口を噤《つぐ》んだ。

「僕は自分のためにこのシステムを作ったんだ。これで金儲《かねもう》けをするつもりはない」

三分ほどして鹿島の口をついてでたのは、そんな言葉だった。僕は真剣な鹿島の目をじっと見ていた。揺らぐことのない強い意志が光る。

「自分のためにか」

「ああ、そうだ。神と出会うためにさ。このシステムを極めていって、僕は神の声を聞くんだ。自然界には神からのメッセージが溢れているとは思わないか。犬や鳥等の動物たちはもっと高周波を聞き取ることができるだろう。風の音のような低周波の中にだって、神からの信号が隠されているような気がする。人間は脳が発達したことで地球上で最も知的な動物であるという傲《おご》りがある。でも、実際は違うんじゃないか？　僕らだけが神の声を聞くことのできない落ちこぼれなんじゃないのか。可聴周波数だけで十分だと判断したことが、ますます僕たち人間を孤立させてしまったんだ」

鹿島はそこで一息入れた。落ちこぼれという響きが僕の耳をついた。

「君のアイデアは所詮《しょせん》ビジネスだ。今の僕にはまったく興味はないね。もし君のアイデアに会社がのったとしても、それはそれで構わない。でも、お金が絡むと、純粋な部分が失われてしまうのは時代が証明している」

鹿島は声のトーンを落として続けた。

「君にこれを聞かせたのも、単純な理由からだ。君にもいつか神の音と出会って欲しいからなんだ。僕は君の作品を聞いて、そして君と話をして、君の中にある僕と共通の何かを感じたからだ」

僕たちはそれからスピーカーに向かって黙った。彼が録ってきた蓼科の音を聞きつづけながら。僕の心の中は複雑だった。しかし、この音を聞いているうちに僕は、だんだん彼が言っていることの意味を理解しはじめていた。

僕は下腹に溜《た》まっていた空気を口から吐き出した。

「神の声か？」

「ああ、そうだ。神の声だ」

スピーカーからはまだ鹿島が録った蓼科の音が溢れでている。人間の手では決して作ることのできない交響曲。

「君に手伝って欲しいんだ。僕にはエンジニアとしての知識はあるけれど、音楽を作るほうの知識はそれほどない。どういうふうに君の力を拝借できるか分からないけれど、是非力を借りたい。更に音楽的要素を組み込んでいけば、もっと神の音に近づいていけるはずなんだが」

僕はすぐには返事をしなかった。鹿島は僕の口許を暫く見て、そして微笑んだ。

「返事はいつでもいい。君の気が向いたときで。神様は逃げやしないからね。実は今週末、明後日になるけど僕は北海道へ行くんだ。もし君がオフならば、息抜きがてら一緒にどうだい？」

「北海道？」

「そう、北海道の紋別《もんべつ》だよ」

僕は鹿島の方へ身体を向ける。鹿島はこくりと小さく頷く。

「流氷鳴りを録りにいくんだ。今の時期は流氷がオホーツクを一面包み込んでいる。流氷と流氷が擦れ合うときに生じる軋《きし》み音が、流氷鳴りさ。神秘的な音らしい」

「リュウヒョウナリ？」

僕は聞きなれない言葉を彼の後になぞって繰り返す。

スピーカーから流れている蓼科の音は僕を包囲している。それらはじりじりと鼓膜に向かって押し寄せてくる。自分自身のために作る音楽。僕のイメージの中を様々な旋律が流れだしていた。

鹿島は彼が作ったデジタルの装置のところまで行き、音を止め、テープを抜き取った。電源を消すと静かに装置は終息する。マスタリングルームは再び静寂を取り戻す。僕は黙って正面の壁を睨《にら》み付けていた。

白い流氷が眼前に見えた気がした。

6

その日、僕は仕事を終えると亜希子のマンションへまっすぐ向かった。時計を見るともう朝に近い時間だった。冬だからまだ外は暗かったが、後一時間もすれば東の空が白むほどだ。タクシーを降りるとマンションは彼女の部屋だけ明かりがついていた。駅から随分歩かないといけない場所に彼女の住むマンションはぽつんとあった。周りは空き地になっていて、いずれビルでも建つのだろうが、今は足元を隠すほどの草に覆われている。冷たい風が吹くと、遮るものがないせいか、風が身体に染《し》みた。僕はゆっくりと階段を登り彼女の部屋の前に立ち、暫く迷った後、ドアをノックした。静かにノックしたはずなのに、鉄製のドアは大きな音をたてて辺りに響いた。そしてまもなく、チェーンのはずれる音がして、ドアは開いた。パジャマの上にセーターを被《かぶ》った亜希子がそこにいた。

「遅くなってすまない」

僕がそう言うと、彼女は首を左右に力なくふった。別々に暮らすようになってから、四カ月ほどが過ぎている。その間一度も会っていないので、彼女が自慢の長い髪を短く刈り揃《そろ》えていたことも知らなかった。少年のような髪形に変わっていて、それは僕を驚かせた。うなじに、黒子《ほくろ》があるのが目に留まった。前からあったような気もするが、長髪の頃は意識しなかったものだ。

僕は暫くそのなれない髪形から目を離せないでいた。

「髪切っちゃったの。ごめんなさいね。継太長いの好きだったのに」

彼女の声は、冬の冷たい空気を震わせる。亜希子の声。あの不思議な響き。僕は彼女の後について部屋の中に入りながら、二人が初めて顔を合わせた時のことを思い出していた。彼女の声に呼び寄せられるように本屋へ行ったあの時のことだ。亜希子は地下の文庫コーナーのレジに立っていた。僕が伝票を持って彼女の前に立つと、彼女の方から先に声をかけてきた。

「本を注文されていた方でしょう。さっき電話でお話しした」

その声は確かに電話で話した声だったが、しかし声の主は僕が勝手に想像していたイメージと僅《わず》かなずれがあった。僕は本屋へ向かう曲がりくねった坂道を走りながら、ずっと彼女の顔を想像していたのだ。笑顔の似合う丸い顔だちをしている人じゃないかな、という想像は僕が顔を上げた瞬間、一瞬で崩れてしまった。目の前の女性は大人びた顔だちをした人だったのである。銀縁の眼鏡をかけていたのでそう感じたのかもしれないが、既に目元や眉毛《まゆげ》の辺りに、しっかりとした人格ができていた。瞳も鼻も口許も、顔の中にすっぽりと収まったそれぞれの部位は子供っぽい丸みが取れ、それぞれが独立した存在感を放ってバランスを保っていた。それまでの僕の女友達といったら、皆何処《どこ》か幼稚で、まだ人間としての顔ができてはいなかった。眉間《みけん》が開いていて、あまりに幼く少女漫画から抜けきれていない感じの女性ばかりだったのだ。しかし、あの時亜希子は、二十歳そこそこだったはずなのに同世代にはない知的な雰囲気が滲《にじ》んでいたのである。実際彼女は当時芸術大学の油絵科に通う学生だったのだが、腰辺りまで伸びた黒髪を持ち、凛々《りり》しい眉毛と大きな黒い瞳の彼女の顔は、まるでヨーロッパの街角に立つ中世の彫刻のような美を湛《たた》えていた。

僕は亜希子の後ろ姿を見つめながら、あの時の不思議な戸惑いを思い出していた。一〇年も前のことだとは思えない、新鮮な記憶が残っていた。顔と声の印象にずれのある女。少しの間、距離を置いたせいか僕の心の片隅にあの時の不思議な感情が蘇っていた。

僕は引っ越しの時に一度だけ来たことのある彼女の部屋の中にいた。二人で一緒に暮らしていたときに使っていたソファが真っ先に目に留まった。もっとも四カ月も経つというのに他に家具らしい家具はなかった。がらんとした室内にはテレビさえもない。僕は彼女に勧められたわけでもなく、つかつかと部屋の中を横切りソファに腰を下ろした。

「紅茶でいい、それともビールか何かにする？」

亜希子は部屋の隅に立ち、じっと僕の顔を覗き込んでいる。やっと会えたということが彼女の感情を昂《たか》ぶらせているのだろう。自分の気持ちをコントロールしようと必死になっているのが声の震えでわかった。僕は、熱い紅茶が欲しい、と言ってソファにもたれ掛かった。ソファから僅かに亜希子の匂《にお》いがした。懐かしい匂い。

同棲《どうせい》していたころ僕は亜希子に随分と甘えていた。何でもかんでも、自分でやれるような些細《ささい》なことでさえ、僕はいちいち亜希子にしてもらっていた。あの大きな黒い瞳に覗き込まれたら、子供の気分が沸き起こって来るのだった。それに亜希子はそうすることが好きな女でもあった。僕より年下なのに、自分を犠牲にしてでも包み込もうとする姉貴のようなところがあった。時々亜希子はふざけて、姉のようなものを言う時もあった。僕は黙ってそれに従い、いい弟を演じた時期もある。反抗期の少年のふりをしながら、じゃれて、そのまま抱き合うこともしばしばだった。そしてその行為の中で彼女を見上げるのが僕は好きだった。亜希子の長い髪の毛の先が、僕の裸の胸を撫《な》でる時、僕はそのくすぐったさに唇を結ぶのだった。

ソファに染みついていた彼女の甘い匂いを感じながら、僕はお茶の用意をする亜希子の後ろ姿を見つめては、それなりに楽しかったはずの日々を思い出していた。刈り揃えられた髪は後ろから見ると、別人のようだった。細い首の線を見ていると、彼女を苦しめている自分の責任にいまさらながら胸が痛んだ。そして僕の心の中に、あの頃の感情が蘇ってきていた。八年も一緒に暮らしたのだ。染みついているものはまだ消えてはいなかった。しかし、僕はその感情を顔に出さないよう必死で堪えた。僕は何故、亜希子から離れようとしているのか、まだ自分の中で整理がついていないのである。

「はい、アップルティー」

亜希子はそう言って、僕に紅茶を出してくれた。そして彼女は僕の隣に腰掛ける。あの頃の僕は不機嫌そうな顔をして、壁を見ながら紅茶をすすり、彼女は今日起こった出来事をひとり言のように僕に語る。それが僕たちの会話だった。僕は彼女が喋っているのを聞いているときもあったが、大抵は聞き流していた。時々亜希子は僕の顔を覗き込んで、

「聞いているのちゃんと？」

と呟いたが僕が適当に返事をするとまたぼそぼそと話しはじめるのだった。八年間、僕たちはそんな風に付き合っていた。結婚こそしていなかったが、夫婦同然の関係だっ

たと思う。

別々に暮らそう暫くの間、と僕が言った日、彼女は僕の知るかぎり初めて涙を流した。整った顔だちの上を、涙が一筋流れ落ちていくのを見ながら、自分がした暴力の効果に僕は少しだけ驚いた。今でも良く覚えているのだが、歯を磨《みが》きおわった後で僕はそう言ったのだ。歯茎を鏡に映していたら、急に一人になりたくなったのである。動機らしい動機のない別居だった。

別々に暮らそうと初めて言った日からずっと、僕は亜希子にその理由をちゃんと話したことがなかった。理由らしい理由がないのだから話せなくて当たり前だが、彼女にしてみれば八年も一緒に暮らしたのに、罪状も分からないまま死刑を宣告されたようなものだったに違いない。「嫌いになった」と一言言えばそれで彼女はそれなりに理解したのに違いない。しかし、僕はそう口にする事ができなかった。彼女を嫌いなわけではなかったからだ。だからこそ、僕は彼女から逃げるようにしていたのである。宙ぶらりんの状態の中で、僕は自分の本当の気持ちを探しつづけていたのかもしれない。

真理は一つだろうけど、そこへ向かう道は無数にあっていいはずなんだ。僕はアップルティーを運んできた亜希子の顔を見ながら、鹿島の言葉をまた思い出していた。僕と亜希子のこの関係もまた一つの真理へ向かう道なのだろうか？

アップルティーの香りが鼻の奥をくすぐる。彼女の淹《い》れてくれるアップルティーは苦くなく丁度いい濃さだった。この四カ月、あちこちの喫茶店で僕はアップルティーを注文したのだが、彼女が淹れてくれる紅茶が一番美味しかった。

亜希子は紅茶には手を付けず、ずっと黙っていた。足を組んで、手を膝《ひざ》の上にのせ、自分の指先を見ている。僕は視線のやり場に困った。仕方なく何もないがらんとした室内をぐるりと見回していると、本棚の陰に隠すように置かれた黒い三角形の置物を見つけた。

「ねえ、あれ、メトロノーム？」

僕がそう亜希子に尋ねると、彼女はふっと顔を上げて、少し微笑み返した。

「ええ、そう。この間買ったって言っていたのはあれのことなの」

這《は》うようにしてメトロノームの方へ行き、観察するようにじっと覗き込んだ。亜希子も僕の傍《そば》にやって来て腰を下ろした。

「動かしていい？」

亜希子の返事も待たずに、振り子を振り子止めから外し、指先で軽く押してみる。振り子はゆっくりと左右に揺れはじめる。重りが振り子の一番上にのっているため、振り子は止まりそうなほど遅いテンポで動きだした。

タック……タック……タック……

メトロノームの音が、何もないがらんとした室内に反響し始める。家具がないせいでルームエコーが効いていた。音は意外に大きく、不思議な響きだった。鉄と鉄がぶつかり合う音でもなく、木と木がぶつかり合う音でもなかった。古い柱時計の、あの時を刻む音に似ている。そして僕たちは並んで、それを眺《なが》めていた。振り子が、右へ左へ傾く様子は見ていて滑稽《こっけい》だった。

「夜のテンポよ」

亜希子は少し落ち着いたのか、声が安定しはじめている。

「夜のテンポか。なるほど聞いていると眠くなるな」

スタジオでメトロノームを見たことがなかった。探せば何処かに一つぐらいはあるのだろうが、スタジオでプロのミュージシャンが使うのはクリックと呼ばれるデジタルのリズムボックスだった。メトロノームのようにネジを巻かなければならないこともなく、誤差もなかった。じっと聞いていると僕の身体は自然にメトロノームの叩きだすリズムに合わせて揺れ始めた。正確さにもデジタルとは違う温かさがあるような気がした。まだ、こんなもの売っていたんだな、という驚きが僕の目をその旧式のリズムマシーンに止めさせた。

「昔、僕が高校生だった頃、よくこれを使ってリズムの練習をしたんだ」

僕の声に反応して、彼女の表情が一瞬明るくなった。

僕はブラスバンド部でトロンボーンを吹いていた。一つ上の先輩が、リズムの練習になるからとメトロノームを使ったリズム練習を後輩たちに指導したことがあったのだ。

「ほら、こうするんだ」

僕は亜希子の眼《め》の前に掌《て》を出して、振り子がタックと刻むたびにそれを一度叩いた。

リズムがぴったり合っていれば、タックというメトロノームの音が手を叩く音と重なりあって、消えたように聞こえる仕組みである。最初の一発は見事にリズムから外れ、メトロノームの音と手の鳴る音が二つそれぞれ室内に響いた。

「だめだな。リズムがピッタリ合うとさ、メトロノームの音が消えるんだけどな」

僕はもう一度やってみた。今度は二つの音は重なっているように聞こえたが、メトロノームの音は消えてはいなかった。

「おしいな。まだ、メトロノームの音が聞こえているだろう。これがさ、もう少し合うともっと聞こえなくなるんだ。僕が学生の頃はね、二分位、メトロノームの音を消せたんだけどな」

亜希子は僕の顔を覗き込んでいる。

「音が消えるの？　二分も。どういうこと？　良く分からないわ」

彼女はまだ僕の言っていることが飲み込めていないようだった。

「だから、手を叩く音の方が大きいだろう。それでメトロノームの音を包み込んでしまうんだ。僕たちには音が一つになったように聞こえるのさ。いいかい、ちょっと待ってて。一度消してみるから」

何度か手を叩いてみた。パン、という音がその度に室内に響きわたる。振り子の先の重りを睨み付けて、息を止めて打ちつづけた。僕があんまり真剣なせいか、亜希子は笑いを押し殺しているようだった。

しかし、僕の拍手はなかなかメトロノームが刻むテンポにヒットしなかった。それより、やればやるほどテンポがずれていくのが分かった。二つの音がハッキリと僕の耳には届いていたのである。僕の手に力が入った。

「おかしいな。年をとったせいで、リズム感が悪くなってしまったのかな」

亜希子はメトロノームが容赦なくテンポを刻んでいるのをみて、ついに声を上げて笑いだしてしまった。

「継太、あなた今日変よ。まるで子供みたい」

僕は小さくため息をついた。ブラスバンド部の部室で確かに僕らはメトロノームの音を消していたのだ。僕たちはメトロノームを囲んで、いつもその練習をしていたのだから。ゲームのような感覚があって、すきな稽古だった。同じクラスにいた打楽器担当の男は、それを三分も五分も消すことが出来た。僕らは彼が表情も変えずに消しつづけるのを見て、目を丸くしあったものだった。

「そうか分かったぞ、テンポが遅すぎるんだ」

そう言ってメトロノームを摑むと、重りの位置を下げてテンポを上げてみた。

「テンポ一一二だ。これなら消えるぞ」

もう一度タックタックという音に合わせて、手を鳴らしてみた。最初はやはり音がずれていたのだが、暫くするとメトロノームの音が少しずつ消えはじめた。

「継太、今消えたよ。ねえ、今メトロノームの音が、ほら、また消えた。本当だ、消えるのね」

亜希子は声をはり上げて、驚いている。僕は構わず手を鳴らしつづけた。まもなく、手のリズムとメトロノームのテンポが一致しだしてきて、音が次々に消えはじめた。室内には僕が手を叩く音しか響いていなかった。

「ほら、消えてるだろう。メトロノームの音の方が」

僕がそう言うと、亜希子は凄いわ、と叫んだ。

僕はすっかり向きになっていた。手はこわばっていて、筋が痛かった。いつのまにか亜希子は僕の膝の上に手をのせている。彼女の体温が伝わってくる。

「ああ、もうだめだ。随分やっていなかったから、きつい」

掌《てのひら》は真っ赤になっていた。それを見て亜希子は嬉《うれ》しそうに笑っていた。随分久しぶりに聞く他人の笑い声だった。

窓の外が静かに白みだしていく。寒い冬の朝だった。

7

目が覚めると、僕の横で亜希子が眠っていた。

亜希子は僕の腕にしっかりと手を回して眠っている。手を引き抜こうとすると彼女は眠ったまま更に僕にしがみついてくる。僕の右腕はびくともしない。彼女の体温がその腕を伝わって僕の元へ届く。横目で彼女の顔を覗くと、悪い夢でも見ているのだろうか少し苦しそうな顔をしている。きっと夢の中でも僕は亜希子を苦しませているのだ。何《な》故《ぜ》だか、自分のわがままにやり切れない気分になる。

カーテンの隙間《すきま》から強い日差しが差し込んでいる。暫くそのままでいることにする。冬の日差しが天井に描く光の模様を眺めながら、僕は亜希子を起こさないようにじっとしていた。午後からスタジオに行かなければならなかったが、ベッドから出たくはなかった。人肌《ひとはだ》の懐かしい温もりは、僕の足先までも体温を通わせている。外で犬がなく声がする。時々、子供の笑い声も聞こえてくる。黙っていると、普段聞き落としている日常の響きが聞こえてきた。邂逅《かいこう》の淵《ふち》にでも立たされたような、ゆったりとした時間の蛇《だ》行《こう》の中にいた。

「起きてたの?」

随分とたって、亜希子は光に目を細めながらそう言った。

「うん、ぼーっとしてた」

そして僕たちは沈黙した。彼女は僕の腕を摑んだまま、顔を僕の肩に埋めている。僕は一度小さくため息をついてみたが、彼女から離れるわけではなかった。泊まってしまったことを僕は少し後悔しはじめていた。彼女と本当に別れるつもりなら、そういうことはするべきではなかった。ちゃんと話し合って、帰るべきだった。ところが僕は別れ話をするどころか、彼女のベッドで一緒に寝てしまったのだ。冷えきった自分の部屋に戻る力が残っていなかった。彼女の優しい声を聞いているうちに、僕の心はしっかりとそこに錨《いかり》を下ろしてしまっていたのだ。

「何時かしら、仕事は平気なの？」

暫くして亜希子がそう言った。

「スタジオに行かなくちゃならないんだ。夜は、湾岸のディスコでコンベンションがあるし」

亜希子はしがみついていた手の力を緩めた。そして僕から離れる。二人の間に朝の冷気が割り込む。

「ごめんなさいね。引き止めてしまったわね」

彼女の声は低く震えていた。僕はもう亜希子の方を見ることもできなくなっていた。仕方がないので身体を起こし、窓際へ立った。カーテンをひき開けると、容赦なく光が室内に飛び込んでくる。白黒写真のような街の風景。マンションのすぐ下にある空き地では、子供たちが遊んでいた。足元を隠す雑草の中を、元気に飛び回る子供たち。笑い声が微《かす》かに部屋まで届いていた。

振り返ると白いシーツの上に、光に晒《さら》された彼女の肌が浮かび上がっていた。ふくよかな胸を隠そうともせず、むしろ僕を見つめ返す彼女の瞳は、差し込む光のせいか茶色く輝いていた。それは初めて会った時のあのまっすぐな視線だった。僕はこぼれる光の中で、彼女に近づきその胸の中へ顔を埋めてみる。耳を彼女の胸と胸の間にあててみた。温もりと同時に亜希子の心臓の鼓動が伝わってくる。僕は目を瞑って耳を澄ませてみた。生命の響きが届く。どくっ、どくっというゆったりした流れ。ふいに亜希子は僕に腕を回し、そして僕たちはベッドの上で反転した。亜希子の手が僕の胸を押さえつけ、僕は再び反抗期の少年になっていく。もう彼女の長い髪が僕の胸を撫でることはなかったが、僕は亜希子のまっすぐな視線に動けなくさせられていた。見上げる僕の視線の先で、刈り揃えられた彼女の髪は跳ねている。彼女が揺れるたびにそれは振り子のように揺れた。僕はじっとしていた。僕たちは一点で強く支えられ、時を刻んだ。僕たちは胸を合わせて、まどろむ冬の日差しを浴びて、打ち鳴らされるお互いの心臓の鼓動を感じていた。

そして僕は亜希子の腕のなかで少年時代の夢を見た。

暗闇《くらやみ》を突っ切る一本の道。その先にあるのは踏切である。僕は、母に頼まれて買い物へ向かう途中だった。どうしてもそこを通らないわけにはいかなかった。しかしそこは、数カ月前同じ町内の双子の兄弟が轢《ひ》かれて死んだ場所だった。仲良しだった双子の兄弟はその日を境に僕の前から姿を消した。それが死との生まれて初めての出会いだった。そして踏切は人が死ぬということを初めて知らされた場所でもある。僕はそこを通るのが怖かった。死の世界へ友達を引っ張っていってしまった入口がそこにあるような気がしたからだ。僕は目を瞑って一気に渡りきるつもりでいた。それなのに、僕がそこを渡ろうとすると、突然警報機が鳴りはじめたのである。カンカンカンカン。見上げると、遮断機《しゃだんき》が下りはじめている。警報音に合わせて、赤いシグナルがちかちかと激しく点滅を始めている。僕は躊躇《ためら》った。飛び出そうとしたのだが、足は動かない。轢かれたら死んでしまうという意識が働いて僕はこちこちになっている。そうしているうちに遮断機は下りきり、僕は渡ることができなくなってしまった。警報音はだんだんと大きくなっている。カンカンカン。鼓膜を破りそうなほど恐ろしい響きだった。心臓を突き破りそうな響き。しかし、いつまで待っても電車が来る気配がない。警報音は鳴りつづけているのだが電車はいつまでも現れなかった。僕は震えながら遮断機越しに線路の先を覗き込むが、まっすぐ伸びる線路の先は、暗闇に吸い込まれている。行き止まりのトンネル。カンカンカン。更に警報音は大きくなる。耳のすぐ傍で打ち鳴らされているようだ。耳が壊れそうなくらい激しい音を上げて警報音は鳴り響いていた。

汗だくになって目覚めると、短針が三の所を指していた。

夕方、スタジオに着くなり僕は、突然人事異動があったことを待ち受けていたアシスタントに告げられた。彼もその内容は知らされていなかったが、僕が制作を離れることが社内で噂《うわさ》になっているとのことだった。僕は慌ててスタジオの電話から本社に連絡を入れた。電話に出た上司は、残念だけど急な体制替えが決まったんだ、と僕にたんたんと告げる。口調からすると、前もって彼は知っていたふうでもあった。

「それで、僕は制作を離れるんですか？」

僕がやや強い口調でそう言うと、彼は少し言葉を濁した。

「残念だが、我々は所詮サラリーマンだ」

僕は受話器を耳に押しつけながら、唾を飲み込んだ。

「僕はずっと制作でやってきた男です。制作以外の仕事はできない。それは本部長も知っているでしょう。それに僕はこの仕事が好きだ。会社にだって随分と貢献してきたじゃないですか。ヒットレコードも随分作ったつもりです。それにまだこれから育てなくてはならないアーティストを沢山抱えています」

一度そこで唾を飲み込んだ。上司は黙っている。

「この間会議を通過させたばかりのサウンドヒーリングシリーズはどうなるんですか？本部長だって、ＯＫを出してくれたじゃないですか。あれは、僕の企画です。人に渡したくはありません」

僕の口調が強すぎたのか、一瞬上司の鼻息がこぼれるのが聞こえた。長いこと彼の下で働いてきたのでつい、馴《な》れ馴《な》れしい口をきいてしまっている。しかし、僕はたとえ相手が社長だろうと、やはり同じようにくってかかったに違いない。僕にとって制作は人生の全てを傾けてやってきた仕事だと言っても過言ではなかったからだ。

「お前の気持ちは分かるけどな、会社には沢山の人間がいて、皆制作を希望しているんだ。一〇年もこの仕事ができただけでもいいじゃないか。他にもお前の才能を必要とするセクションがあるんだ。制作以上にお前がはりきれる仕事はうんとあるはずだ。頭から、決めつけないほうがいい。後進に道を譲るのも、また仕事さ」

僕はそれ以上、なにも言うことができなかった。この数年、成績が振るわなかったことで、会社は僕の進退を検討していたのかもしれない。上司は、ゆっくりと今後の話をしたい、と言い、僕は、話すことはありません、と語気を強め電話を切ってしまった。

そして僕はアシスタントに、暫く出てくる、と吐き捨て、落ちつかない気持ちを抱えたままスタジオを出てしまった。

イルミネーションが輝く夜の通りは、仕事帰りのOLや、遊びにやって来た外国人たちでごった返していた。タクシーが道を塞《ふさ》ぎ、クラクションがむやみにならされていた。僕はポケットに手を入れたまま、人々のゆったりした夜の流れの中を漂っていた。ブティックのショーウインドーに映った自分の顔は、いつまでも若いと思っていたはずなのに、どこか生彩がなくくすんでみえた。僕はその顔に唾を吐きかけ、そしてまた下を向いて歩き始める。

交差点で僕は大勢の人たちと、信号が変わるのを待っていた。

小さく舌打ちをし、それから目をつむった。何だか、何のために今日まで仕事をしてきたのか分からなかった。自分が、一体どんな形で報われていくのかと考えると、やり切れなくなった。毎日スタジオを往復し、それも深夜まで時には朝まで、不規則な時間と肉体の限界まで働いて、何が自分に残っているのかと言えば、ストレスと脈絡のない幻聴だ。自分の中にある不満は自分自身の中途半端な位置のせいだったのか。会社員でありながら、その思考は限りなくアーティストに近い。アイデアやコンセプトを出したり、時には詞が書けないと悩むシンガーに代わって作詞まですることもあるというのに、印税がはいるわけではなく、ジャケットに顔写真が載るわけでもないのだ。会社から給料を貰《もら》い、人事異動があれば仕事の途中でもそれを人に譲らなければならない立場は、とてもクリエイターの位置ではない。ブックレットに自分の名前が掲載されたことを喜んだのは、入社して間もないころのことだけで、今はもうそこに新鮮な喜びはなくなってしまった。会社が僕を制作から外そうと考えたのも、冷静に考えれば、正しい判断なのかもしれない。何処かで、新鮮さを失ってしまっているディレクターに時代を読み取る力はないと判断したまでのことだ。

信号が変わり、僕は人込みの中に混じって、巨大なスクランブル交差点を歩きはじめた。あてはなかった。前を行く人の背中をただ、見て歩いていた。

交差点の中心に辿《たど》り着いた時だった。また幻聴が現れた。それは何かが軋む音だった。僕の耳にだけハッキリと聞こえているのだ。行き交う人々は平然と僕の前を素通りしている。ぎー、ぎー、とそれは何処からともなく鳴り響いていた。街が軋んでいる音のようにも聞こえたし、人々の魂が軋む音のようにも聞こえた。あらゆるものが存在の重みに耐えきれず、軋んでいるのが聞こえてくる。それは僕の内側からの叫び声のようでもあった。

「僕は自分のためにこのシステムを作ったんだ。神と出会うために」

点滅しはじめる信号機を見上げながら、僕の脳裏に鹿島の言った言葉が蘇ってくる。走りだしていた。軋む音を聞きながら、交差点を渡りきった。そして一番近くにある電話ボックスに飛び込んだ。ポケットの中をかき回し、コインを探し出すと、鹿島のいるマスタリングルームへ電話をかけた。暫く呼び出し音が続いた後、受話器が上がる。

「どうした、今日はスタジオじゃないのか？」

鹿島の声は軋みの向こう側から聞こえている。夢の中で話をしているみたいに、彼の声は遠い。まるで異国へかけているみたいだ。

「なあ、この間の話、手伝わせてくれないか？」

僕は鹿島の問いには答えずそう言った。自分の声もよく聞こえない。耳の内側が塞がれてしまったような感覚だ。

「ああ勿論、君が手伝ってくれるなら百人力だ。しかし、どうした。何か変だぞ。一体どこから電話をしているんだ？」

鹿島の声がだんだん軋みに消されていく。電話ボックス自体が鳴っているようだ。

「例の、流氷鳴りを聞きにいくのはいつだ？」

僕は、少し声のトーンを上げる。自分の声が頭骨に反響している。間があいたあと鹿島が告げる。

「明日だ。午前一〇時の飛行機で行く」

「僕も行っても構わないか？」

僕の声が強すぎたのか、鹿島は、ああ、と言ったきり少し間をとった。

「しかし、仕事があるんじゃないのか？」

「いいんだ、なんとかなる。どうしても流氷の音を聞きたいんだ。いままで休まずやってきたんだ。一日や二日僕が休んだからといって、スタジオの作業が変化するわけではない。僕はただのディレクターだ」

僕の言い方に鹿島は一瞬躊躇《ためら》っている様子だった。言葉が途切れる。

「なあ、つれてってくれよ。君に迷惑はかけない。どうしても流氷が鳴る音を聞いてみたくなったんだ」

鹿島は黙っている。ビルで囲まれた交差点の上には首都高が走っていて、電話ボックスの中から見上げると、空は隠されている。僕は電話ボックスの硝子《ガラス》に顔を押しつけ、空の隙間を探しながら、軋む音を聞きつづけている。

「わかった。じゃあ、明日一緒に紋別へ行こう」

鹿島の声はもうほとんど僕には聞き取れなかった。彼の声は途切れ途切れになりながら、僕の意識の淵へと消えていった。

気がつくと、僕のいる電話ボックスはいつの間にか流氷に囲まれてしまっていた。電話ボックスの四方の硝子に流氷が迫ってきていたのだ。僕は慌てて振り返る。前も後ろも、氷の世界だった。

8

翌日、僕と鹿島は北海道の紋別にいた。網走《あばしり》まで飛行機で飛び、そこからタクシーを走らせて紋別に入った。紋別に着いた時は既に夕方近い時間だった。オホーツク海から吹きつける粉雪を含んだ風に耳を千切られそうになりながら、僕らは外海に近い小さな旅館に宿をとった。そこは地元の漁師が副業で始めた民宿で、部屋数も少なく僕らの他に客らしき姿はなかった。ドアの立て付けがよくないせいで、吹き込んでくる風の音がピッチ感の悪いリコーダーのようで耳についた。

「流氷鳴りを聞きに、東京から来たんだって？」

宿の主人は、僕らを部屋に案内する途中、そう言った。僕が黙っていると、鹿島は小声で、そうです、と答えた。階段を登った突き当たりに僕らが泊まる部屋はあった。もう随分長い間、客など泊まったことがないような印象の部屋だった。主人は部屋の窓を開けて空気を入れ換えながら、少し自慢げに話をしはじめる。

「ほら、見てごらん。もうそこは海なんだ。でも、流氷が海岸線まで来ているからね、陸のようだろ。行ってみると分かるけど、見渡すかぎりの氷の海さ」

僕は鹿島の後ろから、窓の外を覗き込んでみる。ふぶいていて、視界が曇ってはいたが一面白銀の世界だった。想像していた海に浮かぶ流氷とは違い、海面が完全に結氷していて、まるで陸地のようだ。砂嵐《すなあらし》が吹き荒れる砂漠を見ているみたいだった。それも塩の砂漠。

「どこまで、繋《つな》がっているんですか。この流氷は？」

鹿島がそう尋ねる。

「どこまでもだよ、ロシアまでも。ずっと繋がっているんだ」

「ロシアまでですか？」

鹿島がそう言うと、主人は大きく頷いた。

「ああ、行く気になればさ、ロシアまでだって歩けるんだ。北狐《きたきつね》はそうやって海を渡ってきたんだからな」

僕らは顔を見合わせた。

「じゃあ、歩けるんですか？　あの海の上を」

今度は僕がそう聞いた。窓を閉めながら主人は微笑んでいる。

「ああ、歩けるさ。行ってみるがいいよ。流氷鳴りも聞けるしね。まだ夕御飯まではたっぷり時間があるから、行ってみるといい。オホーツクの海の上を歩いてみなさい」

主人が出ていった後、鹿島は荷物を解き、中から録音の機材を取り出した。僕は鹿島が作業をしている間、ずっと窓越しに凍りついた海を見ていた。頭の中をいろんなことが渦巻《うずま》いている。仕事のこと、人事異動のこと、亜希子のこと、親のこと、そして自分という曖昧な存在のこと。僕が漏らした嘆息は窓硝子を白く曇らせ、視界を不鮮明にさせていく。

僕らは、それから一息いれる間もなく、外へ出ることにした。岸の傍に建っていた民宿を出て、浜へ向かって歩いていった。海も陸もその境界線はあやふやだった。一〇分ほど歩いたあたりで、鹿島に声をかけた。

「ここは、もうとっくに流氷の上なんじゃないか？」

鹿島は振り返りながら頷いた。彼は、僕らが辿ってきた道のりを目で追っている。

「どうもそうらしいな。ここはもう海の上だ」

粉雪が降っていて、視界がいま一つハッキリとしなかったが、流氷はどこまでも続いているようだった。ぐるりを見回すと、まったく何もない世界である。空も陸も海も区別がつかず、しかも雪が降っているせいで僕らは距離感もそして存在感さえ不鮮明な位置にいた。天地が分からなくなるほどの白一色の世界で、まるで平均台の上でも歩いているようなバランスの悪い感覚の中にいた。微かに、宿の明かりが歩いてきたと思われる方角にぼんやりと見えてはいたが、それも見失いそうなほど薄く、今にも消えてなくなりそうであった。もしもその明かりを見失ってしまったら、方角も分からなくなって僕らは遭難してしまうかもしれない。

「これ以上、先へ行くのはやばいな」

鹿島は僕に向かってやや声を張り上げてそう言うと、バッグの中から、録音機とマイクを次々に取り出し、セッティングを始めている。マイクロフォンはガンマイクのような形をした機種だった。改造をくわえてあるのだろう。あまり見たことのない形をしている。一対を氷の中に埋め、もう一対を風の向きにセットしている。まもなく彼はヘッドフォンを頭に被ってつまみを調整しはじめる。防寒帽からはみ出ている彼の髪の毛は既に凍りついている。ヘッドフォンに直《じか》に触れる耳の部分が痛そうだった。オホーツク海を渡ってきた風が、僕らの頬《ほお》を叩く。引っかくような痛さを伴った風のせいで、言葉さえうまく喋ることができない。僕には唸《うな》るような風の音のためか、流氷鳴りは全く聞こえなかった。鹿島は、メーターを睨みながら、流氷の上に腰を下ろし、長い時間調整していたが、それらしき音はキャッチできないようだった。更に一〇分ほどが過ぎた。シベリアから吹きつける風の寒さを僕らが少し甘く見ていたせいもあり、身体はすっかり麻痺してしまい、録音どころの状態ではなくなっていた。

それでも暫くの間僕らはじっと流氷の上に立ち尽くしていたが、結局収穫のないまま翌日に持ち越すことになった。

「今日はどうも無理なようだな。鳴っているんだろうけど、こう風が強くてはね。それに耳が千切れそうだ。凍傷にならないうちに今日は引き揚げたほうがよさそうだね」

耳を澄ませていた僕に向かって、鹿島はそうこぼした。確かに風の音しか聞こえなかった。太陽が沈みだしているせいか、少しずつ暗くなりはじめているような気もした。そのため急に温度が下がりはじめている。鹿島はヘッドフォンを外して、目をそばめながら小声で告げた。

「明日、起きてからもう一度トライしよう」

僕らが宿に戻ると、主人は夕御飯の用意をしてくれていた。僕と鹿島は風呂を借り、食事を済ませ、部屋に戻った。

夜になると、風が一段と強さを増し、隙間から吹き込んできた。僕たちはテレビもない部屋で、男二人向かい合った。鹿島が空港で仕入れたウォッカの瓶《びん》が僕らの間にどんと置いてある。僕らは流氷から採取してきた氷を適当な大きさに砕いてグラスに入れた。ストーブは赤々と燃え上がり、僕たちはその炎を見ながらウォッカを飲んだ。すきま風の音がひゅーひゅーと室内に吹き込んできていたが、室内は旧式の大型石炭ストーブのせいで暖かかった。

鹿島はテープレコーダーを取り出し、部屋の隅に置くと、プレイボタンを押した。まもなくスピーカーからオルゴールの音と思われる柔らかい音が響きはじめる。

「例の、二百年前のオルゴールかい？」

僕がそう尋ねると、彼は頷いた。

「ああ、君に聞かせたくてね。いい響きだろう。十八世紀のヨーロッパで作られたオルゴールさ」

僕はウォッカを一口含んだ。強いアルコールのせいで、胃がぐっと熱くなるのを覚えた。鹿島は目を瞑って、オルゴールの音を聞いている。僕も彼を真似てそうしてみた。音の柔らかさが染み込むように伝わってくる。

「噂で聞いたんだけど、人事異動の件は本当かい？」

暫くして、鹿島が突然そう切り出した。僕は鹿島にまだそのことを伝えていなかったので、少し驚いた。彼は目を瞑ったまま、じっとオルゴールの音を聞いている。

「ああ、本当だ。僕も驚いたよ」

そのうち彼の耳にも入ることではあったが、何故か自分の口から鹿島に言うつもりはなかった。へんに慰められたくなかったからかもしれない。僕はもう一口ウォッカを呷《あお》った。

「やめるつもりか？」

鹿島の一言は僕の耳の中を無理やり通りすぎようとした。僕はまだ自分の中で結論を出していなかったので、正直言って彼のその一言には驚いた。

「そうか、その手が残っていたな」

僕がそう言うと、鹿島の目は開いた。

「まだ何も決めていないんだ。ずっとスタジオで仕事をしてきた。いまさら違うセクションで仕事をやれるわけがない。随分と悩んでいる」

鹿島は僕のグラスにウォッカをなみなみと注《つ》ぎ足した。

「一〇年も制作に携わってきたのに、不思議なものだ。自分だけはずっと制作をやるものだと思い込んでいた。この人事異動は驚きだったよ。他の連中が人事異動で別の課に移っていっても、僕だけは制作を離れるような気がしていなかったんだからね」

「ああ、分かる。君は随分と沢山のゴールドディスクを作ってきたんだもの」

「いや、今はもう違う。今は会社にとって僕はただの古株の扱いづらいディレクターにすぎないんだ。何時《いつ》のころからか、僕は錯覚していたんだよ」

「錯覚？」

「ああ、そうだ。自分もアーティストのような気になっていたのさ。日本のポップスを支えているアーティストの一人だと思っていたんだ」

僕はそこで、一息入れた。鹿島は熱で赤くなったストーブを見つめている。彼の顔に炎の光があたって、顔が赤く染まっていく。

「ところが、そう思っていたのは自分だけだった。僕はサラリーマンだってことをすっかり忘れていたんだな。人事異動なんてものが降りかかってきて、初めて自分の立場を理解したようなものだよ」

「しかし、それはちょっと違うんじゃないか」

鹿島は僕の方へ身体を向け、少し強い口調でそう言った。

「いや、そうだ。残念だけど、そうなんだ。そうじゃなければ、こんなでたらめな人事異動なんてないさ」

つい語気が強くなっていた。向きになっている自分が恥ずかしくて、僕はグラスの中のアルコールを一気に胃に流し込んだ。胃の中に火が付いたような熱さが走った。そして僕たちは少しの間沈黙した。オルゴールの音にすきま風の音が混ざっていく。僕たちは暫くその音に耳を傾けていた。

「君の言うとおり、僕は会社をやめるべきなのかもしれないな」

鹿島は何か言おうとしていたが言葉にはならないようだった。

「丁度いい時期なのかもしれないよ。長いこと、制作に追われて生きてきて、本当の意味での音楽が見えなくなっていたのも事実だ。α波か。どうりで僕は苛々しているはずだ。ストレスレスミュージックなんてやろうと考えたのも、きっと、僕の中の本能がそうさせたんだ。長いこと音楽業界に浸りすぎた僕の精神回路が、ブレーキをかけたのさ。僕は今、やめるべきなんだろう」

僕はそう言うと声を出して笑った。一度笑うと自分の声につられて笑い声はなかなか収まらなかった。

「君と出会ったのも、大きなきっかけになった。もしかしたら、今度の人事異動は君が言っていた音の神様の仕業かもしれないな」

僕の笑いにつられて、鹿島も笑いだした。僕たちの声はオルゴールの音とすきま風の音に混ざって、小さな民宿の部屋に響きつづけていた。

その夜、僕は一睡もできなかった。長い時間、横で死んだように眠る鹿島の寝息を聞きながら、じっと天井を見上げていた。眠ろうとするのだが、意識が肉体から離れようとはしなかった。今日まで一生懸命に働いてきた自分が惨《みじ》めで、苦しかった。

どれくらい時間が経っていたのだろう、ふと気がつくと空が白みはじめていた。窓の向こう側が少しずつ明るさを増している。いつしか風は鳴り止《や》んでいて、明るい日差しが窓越しに差し込んできた。どうやら晴れているようだ。僕は掛け布団《ぶとん》をはいで起き上がった。呼気を吐き出すたびに白い息が長く伸びた。布団から起き上がると、着替えることにした。パジャマがわりのジャージを脱ぐと、腕から肩にかけて鳥肌がたった。僕は急いで服を着る。ズボンを穿《は》き、セーターを着て、そしてヤッケを被った。一度鹿島の寝顔を覗き込んでから、僕は外に出ることにした。

快晴だった。風もなく静かな朝だった。民宿の脇で飼われている犬が、僕に気がつき近づいて来る。尻尾《しっぽ》を振っている。お腹《なか》でも空《す》いているのだろうが、僕はその犬をほったらかしにしたまま流氷の上を歩きはじめた。ざくざくという雪を嚙《か》みしめる音が響く。何処《どこ》までも続く白銀の世界だった。眼前には何も遮るものがなく、空は昨日の吹雪がまるで嘘のように青々と晴れ渡っていた。地面は真っ白で、空は雲一つない。このまま、まっすぐ歩いていったら本当にロシアにたどり着けそうな気分になっていた。きっと、北極はこんな感じなのだろう、などと僕は考えながら歩いていた。くっついてきていた犬が途中で引き返していってしまった。彼の吠《ほ》える声が警告の如《ごと》く暫く続いていたが、まもなくそれも聞こえなくなってしまった。それでも僕は力の続くかぎり、歩いてみることにした。何も決めず、ただひたすら歩いていた。足が雪を噛む音だけが、ざくざくと僕の耳には届くだけだった。

三〇分ほど歩いた頃だろうか、僕がふと、それまで歩いてきた道のりを振り返った時だった。三六〇度、僕の視界には雪と青空しかなかった。そして風はぴったりととまっていたのだ。

音が何もないことに気がついた。無音。スタジオで作った偽物《にせもの》の無音ではない。これが鹿島が言っていた本当の無音だと思った。すると鼓膜が何もキャッチしていない怖さに急に僕は包み込まれてしまった。宇宙の存在感だけがじりじりと降り注ぐ畏怖《いふ》の世界に僕は引っ張りこまれてしまったのである。宇宙空間に取り残された宇宙飛行士の気持ちとはまさにそんな感じに違いない。生物的ではない死の領域に僕はいた。動かない海、突き抜けた空、流れない空気。僕の魂は押しつぶされそうだった。胸が圧迫され、心が砕けそうになっていた。そして、足は固まり、動くことができなかった。

その時だった。不思議なことにどこか遠くから、何かが軋む音がしたのである。ぎー、と動物が唸り声を上げているような音だった。流氷鳴りだ。しばらくすると別の場所からそれはまた響いてきた。ぎー、ぎー、確かに流氷が軋んでいる音だった。死の淵で、何者かに耳元で語りかけられたような優しい響きだった。
僕は、もう一度その音を聞き取るために必死で耳を澄ませていた。

ゴーストライター

君は今日もまた書けそうにない。

仕事机の脇《わき》のカウチにぐったりと横たわったまま、君はじっと窓ガラス越しに仲春の満月を見上げている。隣接したマンションの屋上で輝く月は、ガラス窓へ差し込む角度のせいか、光彩陸離《こうさいりくり》の美しさに満ち、もう何時間も君の心を捉《とら》えて離さない。八畳ほどの殺風景な室内の明かりを消して、君は降り注ぐ月光をじっと浴びている。皮膚に到達《すき》した月の光がそこから体内へ浸《し》み入り、少しずつ汚れた血液と混ざりあって、君の荒んだ魂を浄化させていくとでも君は信じているのだろう。

月は雲に隠れながらも、その位置を少しずつ変えている。マンションによって塞《ふさ》がれた狭い空にあって、囚《とら》われの満月のその目に見えぬ引力のせいか、君はまた今夜もそうして何もできずにいるのだ。

仕事机の上のテープレコーダーから、静まり返った深夜の室内にとぎれることなく少女のあどけない声が流れている。君はカウチに寝転ぶ前に、オートリバースモードに切り換えていたのだ。

時々笑ったり、鼻を啜《すす》ったりするその声の主の顔を、しかし君は思い出すことができない。アイドル顔のＳＭ嬢がいるから本にしたい、と中沢に連れられて行った目黒のホテルの一室で、君は五時間もの間、その少女と向かい合い取材をしたというのに、記憶の中の少女の顔はその輪郭の内側だけがぼやけてくすんでいるのだ。

君の記憶の中には、少女の背後に広がる窓の外の景色ばかりがはっきりと残っている。ホテルの部屋の窓ガラスの向こう側は、取り壊し作業が続くビルの剝《む》き出しになったコンクリートの痛々しい肌《はだ》が続いていた。クレーン車に吊《つ》り下げられた巨大な鉄の玉が、数分の間隔でその遺跡に容赦なく体当たりを繰り返し、その度に鈍い地響きをあげていた。その音はテープの中にも録音されていて、少女の早口な語りの後ろで、ふっと現れては消える既視感に似た悲響を残していた。あの時、崩されていくビルの更に後方の空は青く、君の視線は少女の顳顬《こめかみ》の数センチ横を素通りして、その空の一点にとどまっていた。

心の皮膚を剝《は》がされていく。君はそんな思いで、胸の奥の方から沸き上がってくる得体の知れない追懐の情に心を揺さぶられていたのだ。

君は額に手を押しあてながら、ゆっくりと身体《からだ》を起こす。血液が下がっていくのが分かる。少しフラフラしながら君はカウチに座り直す。今や少女の語る内容を認識する集中力も失《う》せつつあるようだ。接続詞ばかりが耳の中で立ち上がり、意味不明な単語が勝手に耳の中を横断していく。それは君が日頃《ひごろ》話す同じ日本語とは思えない。

朝も昼も夜も、中沢からの催促の電話が掛かってきていた。中沢はいつも、もしもしとは言わずいきなり、どう？　と聞いてくる。君はその度に、うん、けっこう調子いいよ、と答えてごまかしていたのだ。しかしそれも、締め切り日を二カ月も過ぎると効力がなくなってしまった。そしてこの一、二週間、中沢の態度は一変したのだ。

「いいかげんにしろよ。いったいどこまで書いたんだ。こっちはこっちでいろいろ話を進めているんだからさ。約束は守ってくれなきゃ、信用をなくすぜ」

そこで、気の弱い君はまた嘘《うそ》をつく。

「もうあと少しだから、本当にあと少しなんだ。絶対面白い本になるよ。最高傑作になるさ。だから頼む、もうちょっと待ってくれ」

中沢は、途中で怒って電話を切ってしまった。

床に転がっている目覚し時計は二時四五分を指している。君は小さく溜《た》め息《いき》をついた後、カウチから立ち上がり、机の前の回転椅子《いす》にかけ直す。眼前に書きかけの原稿用紙がある。数行埋められているが、もう何週間も前から一字たりと増えてはいない。あと少しどころか、まだこれからなのだ。

君の耳の奥で、またあの小人達が起きはじめる。眠りから覚めた彼らは君の頭骨の内側に、好き勝手な彫りものをするのだ。君は彼らと仲良くしたいのだが、その意思がうまく伝わらないのか、彼らはこの数年いつも好き放題だ。特にここのところ彼らの作業は急ピッチで進められているらしく、休まることがない。トンカントンカン、今日も彼らの鑿《のみ》が、君の頭の内側を削っていく。

君は机の上に肘《ひじ》をついて、掌《てのひら》の中に顔を埋める。数度ゆっくりと空気を吸い込み、そして吐き出す。小人達をなだめるように、ゆっくりと呼吸をする。いつまでたっても慣れない感覚。自分が自身の肉体から削り落とされていく感覚。

はじめて小人達が君の頭骨の内側に現れたのは五年前。もう今は離婚してしまった律子と、近所のイタリアンレストランで少し早い夕食を取っている最中だった。何についても雄弁に語る彼女のその負けず嫌いな話しっぷりが好きで、君はいつものごとく彼女の聞き役に回っていた。あの時、彼女が何について語っていたのか、もう今の君には思い出すことすらできない。二人で同人誌の編集を手伝っていた頃なので、あるいは仲の悪い同人に対する悪口大会だったかもしれない。

席について三〇分ほどたった頃だろうか。はじめは食前酒のせいかと思った。まず心臓の鼓動が気になりはじめた。鼓膜に心臓がくっついてしまったかのごとく、神経が立ち上がっていった。続いて肉を焼いている音やグラスのかちあう音、人々の笑い声や会話がシャリシャリと耳奥で回りはじめ、そのうちそれが自分に対して向けられているように思えだし、人前で激しくあがった時の状態になり、料理に手をつけることすらできなくなって、ついには席を立ってしまった。

深夜になっても動悸《どうき》は治まらず、翌日、君はたまらず近くの総合病院に飛び込んだ。精密検査の結果が出るまでの二週間、君の症状は悪化の一途を辿《たど》った。ちょっとした匂《にお》いや物音に怯《おび》えるようになり、きょろきょろびくびくして過ごすようになったのだ。二秒後には自分は死ぬという考えにつきまとわれるようになり、新聞の死亡欄や街の葬儀屋の看板がやたらと目につくようになった。

病いは気からよ、と律子に励まされたが、その甲斐《かい》もなく、君の精神はどんどん君自身を追い込んでいった。

結局。内科、耳鼻科、脳外科とあちこち渡り歩いた末辿りついた精神科の医者に、君は抑鬱《よくうつ》神経症だろうと病名を言い渡された。

暫《しばら》くの間、通院して下さい、とその医者に告げられた時、君は死刑の宣告に似た暗澹《あんたん》たる気持ちに包みこまれた。

少女の声の合間に突然中沢の笑い声が飛び込んでくる。中沢が少女の機嫌《きげん》をとるために冗談を言ってるのだが、その甲高い早口な声はティーカップがぶつかりあう雑音に混ざっていてよく聞き取ることができない。

君はほんの少しレコーダーに耳を傾ける。中沢と少女のやりとりの向こうに、間の抜けた咳払《せきばら》いが数度聞こえたからだ。テープ自体のヒスノイズかと思うほどその声は弱々しかったが、紛れもなくそれは君の咳だった。君は更に数センチ顔をひねる。すると、中沢のヒッヒッヒッと引《ひ》き攣《つ》る笑いの直後、テープの中で君が喋《しゃべ》ったのだ。

「へえ、そうですか、それはすごい」

君は慌《あわ》ててテープを巻き戻す。

「へえ、そうですか、それはすごい」

低くざらついた掠《かす》れ声。感情の欠落した、どこか遠くを彷徨《さまよ》う声。君は横目で合図を送る中沢に気を遣ったのだ。あの時の中沢の目を君は忘れることができない。コノヤロウ、ナントカ場ヲ盛リアゲロヨ！　とでも言いた気な鋭い目。そう、君は慌てて合いの手を入れたのだ。話の前後も分からずに入れたので、リズムに乗って喋っていた少女の顔が、一瞬ふっと真顔に戻った。

中沢はすぐに笑って場をつなぎ、君はわけも分からず祈るように何度も頷《うなず》いて調子を合わせ、白けた場のピンチを切り抜けたのだ。

君はあの時の情けない自分自身を思い返しては大きく溜め息をつく。そして小さく首をふりながら自分自身に対してこみあげてくる笑いを噛《か》み殺す。いつだって君はそうなのだ。君の人生において、君が一度だってカッコよかった例《ためし》はない。律子でもいい、中沢でもいい、君の周りの者達に一度でも敬われたことがあっただろうか。君はいつも言い訳ばかりしてきた。何か言われると反論もできず、頷いてばかりだった。

君は椅子に凭《もた》れて、じっと机の上を睨《にら》みつけている。自分を笑うこともできず今日までの君をまた卑屈に振り返るしかない。

目を瞑《つむ》るとそこにはまだ律子がいる。

含み笑いを浮かべ、じっと君を見下ろす律子。またしくじったどじな君を、窘《たしな》めるかのように彼女の突き出した顎《あご》は君を指している。確かに、君は律子に対して、まったくと言っていいほど頭があがらなかった。それは、離婚後二年が経《た》った今も、少しもかわってはいないのだ。君は今でも彼女のあの視線から解放されることはなく、律子の亡霊につきまとわれている。

律子のことがまだ好きなんじゃないのか。あんな仕打ちをされたというのに……君はそう考えてみるが、慌てて首を振る。まさか！　しかし君の心臓はドクドクと心に対して正直だ。

律子の機嫌を取って生きていたあの時期が、すっかり君に根づいているのだ。君は律子の亡霊から逃れられない自分に、今も苦しんでいる。ふいにどこかから現れる彼女の笑い声に、神経の先を嬲《なぶ》られる思いで。

そして君はたまらず、又今日も机の隅《すみ》の電話機を引き寄せてしまう。もちろん、君は今自分が何をしようとしているのか、ちゃんと理解しているつもりだ。そうだ、君は律子のうちへ電話を掛けて、この何年もの間、咽喉《のど》の奥深くに封じ込めていた君の本心をぶちまけようとしているのだ。

君は受話器をあげ、もう一方の手ですっかり暗記してしまった彼女のうちの電話番号をプッシュした。三時まであと五分。ぐっすり眠っているのはわかってのことだ。彼女は結婚する前に勤めていた出版社の伝手《つて》で、今は小さな編集プロダクションに籍を置き、女性誌の編集の仕事についている。校了の時期でない限り、律子は寝ているはずだ。

君の手は少し震えている。君は生まれつき人一倍臆病《おくびょう》な人間なのだ。人を殴ったこともなければ、剝き出しの怒りを表に出したこともない。誰かが笑うのを確認してから、くすくすとやるタイプなのだ。

君は飛び出しそうな心臓を必死に押さえて、律子が受話器を取るのを待っている。あのことを言おう、このことを言おうと、君の頭の中は普段使わない感情的な言葉達で錯《さく》綜《そう》している。

呼び出し音が一〇回ほど鳴ったあたりで、律子がでた。

「もしもし。——」

その瞬間、君の頭の中で血が逆流を起こし、本心をぶちまけるどころか反射的に君は、通話口を手で塞いでしまう。

「どなた、もしもし」

暗闇《くらやみ》の中で手探りをしながら時計でも探しているのだろうか。ゴトゴトと声の向こうで物がぶつかり合う音がする。

君は原稿用紙を見つめたまま息を殺している。律子の声を聞いて君は、すっかり自分を失ってしまっている。別れてから、二年もの歳月が経っているというのに、君はいまだに律子の亡霊から抜けきれていない。そして君はそっと溜まり始めた唾液《だえき》を飲み込む。

「ねえ、誰よ、こんな夜中に」

律子の声のトーンがあがる。電話なのに君はその声の調子に驚いてしまう。

「誰だか分かっているわよ。こんな時間にイタズラ電話を掛けてくるような卑怯者は」

力強く確信するように律子がそう電話口で言い放った後、数秒様子を窺《うかが》い電話は切れた。連続する機械音が君の耳の中で反響する。君は脱力感の中に残される。通話口を握りしめた手はそのままそこで固まってしまったかのように動かない。

離婚届の協議離婚のところに君達は一番最初に印をつけた。二年前の夏のことだ。朝っぱらから三〇度を超す暑さに東京はみまわれていた。君達は朝いっしょにフレンチトーストを作って食べてから、散歩のついでに区役所にたち寄った。途中二人は、数日前に見たヴェネックスの新作について意見を交わしていた。腕を組んで歩いているその二人がこれから離婚しようとしている夫婦だと、すれ違った誰が思っただろう。

君達はスマートにやってのけた。君達は離婚することぐらいで、泣き叫んだり、憎み合ったり、苦しんだりするのは古くさいし自分達らしくないと決めつけていたのである。おしゃれな仏映画のように、粋《いき》に終わらせようと話しあっていたのだ。もちろん、君は律子のアイデアに従ったまでだ。君の本心は泣き叫んだり、わめき散らしたって構やしなかった。いやむしろ、そうした方が何倍もすっきりしたはずなのだ。しかし君は自分を押し殺してしまった。ずっとそうだった。

君は律子の前では夫というより、ただの彼女の信奉者だった。律子がどこかから拾ってきては力説するＨＯＷ to ＬＩＶＥとやらに君はいつだって無条件で飛び乗っていた。君達はジョンとヨーコに共感していたし、サルトルとボーヴォワールに憧《あこが》れていた。生きるということより、生き方の方に引かれていたのだ。

君は律子を尊敬している、と友人達の前で吹聴《ふいちょう》して回ったことがあった。律子はパーフェクトな女だと、アメリカ人の夫達がよく使う言い方を真似《まね》て言いふらしたこともあった。彼女は君にそう言わせているくせに時々、よしてよ、等《など》とはじらってみせたりもしたものだ。

もちろん今の君は、律子の信者でもなければもう彼女を崇《あが》めることもない。君が抱いた律子という幻影は、ある時ふっと消え、そして君だけが何かを抱えたままそこに取り残された。

君達が描いた理想的な夫婦像というのが、長く続かなかった背景には、お互い弱いところを見せることができないという欠点があった。そんなの古いよ、なんて言わせないようにお互いつねに理論武装していたのだ。至極窮屈で仕方なかった。カッコつけすぎたのだ、と君は今になって反省する。

離婚しようか、と彼女が深夜、寝ていた君を揺さぶってそう告げた時も、君は反射的に頷いてしまった。どうしてだろう、と君は朝が来るまで一人悩んでいたが、律子はその横で鼾《いびき》をかいて寝ていたのである。おかしな話だと友人達にいつも笑われるのだが、君は離婚の理由を彼女からちゃんときいていない。

それからというもの、親戚や友人達に決定した事実をたんたんと伝えている律子を、君は他人事《ひとごと》のようにじっと見ていることしかできなかった。律子は時々涙ぐんだりしながら、共通の友人達にはそれらしい理由をでっちあげて語っていた。時々君も、電話口に呼び出されたが、二人で決めたことなら周りがとやかく言うことではないだろう、と友人達は皆口をそろえるように言った。

離婚の手続きは、一〇分程であっけなく成立してしまった。結婚の時のあの面倒くささに比べ、それはあまりに簡単で拍子抜けする内容であった。君は区役所を出ると、吹き出す汗を拭《ぬぐ》いながら律子に気づかれないように、そっと溜め息をひとつついた。


腹が減った。

突然身体が君にそう訴えかける。君は握っていた受話器を電話機に戻し、食べる物を探すために机を離れる。

律子と離婚してから、君は過食ぎみになった。一人になったさみしさと、不安定な神経とが要因となって、つい食べ物に手が伸びてしまう。大酒を飲んで帰った後などは特にひどい。朝目が覚めると床に、大抵空になったツナ缶が二、三個転がっている。

また例のやつを作って喰《く》ったか。——

君は学生時代から、ツナとネギを醤油《しょうゆ》とマヨネーズで練ったものが好きでよく作っては食べていた。かなり脂《あぶら》っこい料理なのだが、酒を飲むと必ず君の口はそれを求めた。律子と暮らしていた頃の君の唯一《ゆいいつ》のレパートリーでもあった。友達が集まると、君は得意になってそれを拵《こしら》えたものだ。一人になってからあまり作らなくなっていたが、泥酔《でいすい》すると次の日、必ず記憶にない空のツナ缶が床に転がっていた。

散らかり放題散らかったキッチンにツナ缶を求めていくと、わずか四畳ほどのスペースに、週刊プロレス情報の広告欄で見つけた油圧式のベンチプレスが、今や洗濯物干しと変わり果てて居座っている。見ようによっては水牛が身体を休めているようだ。購入してから確か二、三度、君は試してはみたのだが、もちろん長くは続かなかった。いつものことである。他にも放置されたものはある。テレフォンショッピングで購入した、家庭用万能ハシゴや脱毛機といった類《たぐ》いのものだ。

結婚していた頃君はよく律子に咎《とが》められた。どうしてこんなもの買ったのよ、ねえ、こんなものうちにあったってしょうがないでしょう。君だってもちろん分かってはいたのだが、テレビＣＭや新聞広告を見るとつい欲しくなってしまう。君の唯一の趣味と呼んでも構わないだろう。当然、律子に叱《しか》られるのも分かっているから、君もこっそりと電話を掛ける。商品が届けられてしまえば、どうとでもなるだろうという腹づもりだ。

君は冷蔵庫をあける。とりあえず飲みかけの牛乳の日付を確かめてから、それを勢いにまかせて胃に流し込む。半年ほど前、日付を確かめずに食べた竹輪があたり、三日間ほどひどい腹痛と下痢が続いた。最悪なことに原稿の納期が迫っていたので、君はトイレと机とを往復しながら仕事を続けなくてはならなかった。あれ以来賞味期限には神経を遣っている。人間にも賞味期限があるのだろうか。青春という賞味期限はとっくに過ぎているし、人間としての鮮度だってそろそろ危いかもしれない。君はそんなことを考えながら掌で溢《あふ》れた牛乳を拭う。

少女の笑い声がして、君の意識は再び机の上のテープレコーダーへと戻る。君は冷蔵庫から食べかけのソーセージを取り出すと、それを齧《かじ》りながら仕事机の方へ歩きはじめる。少女は時々感情的になって声が大きくなったり、ふいに大人びて低くなったり、笑ったり突然はしゃいだり、急に落ちこんだり、その情緒はかなり不安定である。君は部屋の中央で立ち止まるとその声に暫く耳を傾けてみる。

この世界に入ったきっかけなんてのはね、言葉にできないよ。やっぱ、好きだったんじゃないのこういうのが。えー、だからさ、縛ったり叩《たた》いたりするのがよ、やーね。

君は少しずつ思い出してくる。目黒のホテルで君は中沢といっしょにこの少女に会い、五時間もテープを回して取材をした。その後、実際彼女が勤めるSMクラブにも行き、本にするには体験しなくちゃ書けねえだろう、と中沢に半分おどされ、君はすごすご裸になって少女に縛られた。その間中沢はドアの外でずっと待っていた。

取材ということもあり、彼女も最初は型どおりのプレイをしていたのだ。「まずは、女王様に対する挨拶《あいさつ》がちゃんとできないとだめなのよね。いいからそこに跪《ひざまず》いてごらんなさい。手をついて、そう尻《しり》をつきだしてね。うん、そうそう、上出来じゃん」はじめのうち彼女の口調はまだホテルの時の、あのあどけない少女のそれだった。君もできる限り少女に従い、事なきを得ようとしていた。言われた通りに跪き、それらしい返事を二言三言返していた。

ところが、そうこうしているうちに突然背中に激痛が走った。君はあまりの痛さに思わずバランスを失い床につんのめってしまったのだ。鞭《むち》を持った少女は、背後から君の髪の毛を鷲摑《わしづか》みにすると低い声で、いたいの？　と囁《ささや》いてきた。少女は君の中に眠る弱さをすっかり見抜いていたのだ。

「ねえ、そんな中途半端な気持ちで、私の本が書けるわけないわよね」

君が取材の間中、上の空でいたことで、彼女の機嫌をすっかり損ねていたのである。少女の鞭が更に宙を舞った。縛られて身動きのとれない君は逃げることができずに、身体をくねらせて、泣きそうな声で中沢に助けを求めるしかなかった。しかし君は誰にも救出されることなく、一時間以上そこで少女に責め続けられた。そして君は情けないことに、最後は声を出して果ててしまったのである。

二十代後半、丁度律子と結婚したあたりから君は今の仕事を引き受けるようになった。音楽雑誌のライターをしていた君に、中沢が話を持ちかけたのだ。

「金になるし、ちょろい仕事さ。とりあえず一回やってみろよ」

あの頃から中沢はちっとも変わってない。君と同じ年齢なのに、語り口がどこか威圧的で、まっすぐに人を見ない目つきには、既に胡散臭《うさんくさ》さが漂っていた。音楽ライターとして行き詰まりを感じていた君にとって、しかし中沢の持ってきた仕事は十分魅力的ではあった。彼の提示した報酬も決して悪くはなかったし、何より自分のした仕事が一冊の本になることはうれしかった。

「俺達《おれ》はさ、言ってみりゃあ夢を壊させない商売だよな。書く才に欠けたスターさん達になりかわって、代筆するんだもの。その本を手にとったファンにしてみりゃあ、うれしい限りだぜ。なあ、皆ハッピーエンドだ。いい仕事じゃねえか」

飲むと必ず中沢は君に、この仕事の正当性を主張した。夢を壊させない商売というその呼び方も、君は悪くないと思っていた。

君達が最初に手掛けたものは、アイドル歌手の自叙伝だった。一五歳かそこらの子供の半生を、君は映画のようにドラマティックな文章に仕立てたのだ。ささいな事件に派手な色をつけ、涙を誘う感動物語に書き変えた。嫌われ者だった子供の頃を、人一倍孤独な幼年期に書き変え、おっちょこちょいだった性格は、行動力に満ちた活発な性格となった。君は取材も徹底してやったし、少女達の生態を研究するために少女マンガを乱読し、日曜日の原宿を歩き回った。その甲斐あってか、本は実によく売れ、君達のもとへは似たような仕事の依頼が、ぽつぽつとだが舞い込むようにもなった。

君達はそうやってこの一〇年間、次々にヒット作を生み出してきたのだ。AV女優の告白本、タレントのエッセイ、野球選手の自叙伝、ロックシンガーの小説、政治家のPR本……中には麻薬中毒患者の闘病手記というのもあった。

出版社へは多くの読者から反響が寄せられ、ほとんどの本がそこそこのセールスを記録した。

ただし、本が店頭に平積みになる時、そこに君の名前だけがなかった。

真夜中のランニングは一年ほど前から半習慣化している。

一日に一度はね、人間、脈を一一〇以上にあげた方がいいんですよ。例えばランニングとかして。

精神科の君の担当医は、運動等《など》滅多にしない君に向かってそうアドバイスをしたのだ。君は二十代の半ば頃から下腹あたりに溜まりだした皮下脂肪が気になっていた。その弛《たる》みは三〇を過ぎると、しっかり横腹から背中に至る全域に居座ってしまった。君は醜くなっていく自分の身体をなるべく見ないようにしていた。シャワーを浴びる度に、洗面台の鏡に映しだされる自分のその姿に愕然《がくぜん》とさせられたからだ。医者に言われるまでもなく、君は走らねばならないと考えてはいた。しかし、いつも思うだけのことだった。キッチンに放置されたままのベンチプレスしかり。君はいつだってぐずぐずしている。今度だって医者の根気強い忠告《チェック》がなければ、君の重たい腰はあがらなかったはずだ。

「走っていますか？　無理して毎日走ろうとせずに、気の向いた時に気分転換を兼ねて走るのが長く続ける秘訣《ひけつ》ですよ」

医者は問診が終わると、そう言って必ず訊《き》いてきた。ぐずな君がランニングの習慣化に成功したのも、彼のバックアップがあったからこそであった。

一年もランニングが続いたのには、別の理由もある。昼間走らず、真夜中、それも人が寝静まった時刻を選び人目を避けたことで君は気楽にやれたのだ。約二〇分ほどの真夜中のランニングの間、君は他の住人達とすれ違うことがほとんどなかった。深夜の都心の住宅街はまさにゴーストタウンだった。

君は、今夜はどうしたものか、と散々悩んだ挙句、六日ぶりにジャージに着がえる。軽く、いつもより短い距離を適当に流せばいいじゃないか。そう心の中で呟《つぶや》きながらマンションを飛び出す。

君の吐き出す息はまだ白く、空気は冷たく痛い。

君はいつものように大通りを避けて、裏通りの方へと曲がる。更に街灯の数も少ない暗い住宅街を選んですすむ。昼間だったら買物帰りの主婦達が、門の前で立ち話をしているようなほのぼのとした地区だ。しかし、この時間ともなると家々の明かりも消え、灯《とも》っているのは門灯ばかりである。人影はまったくなく、時折、停《と》めてある車のボンネットの上でネコの目がきらりと光る。

ここ一週間ほど走っていなかったせいで、ややエンジンのかかりが悪く、下半身に力が集中しない。調子が乗らなければ、町内を一周する程度で切りあげればいい、そう君は心にいいきかせて走っている。真夜中の東京を今、君はひたひたと走りだしたのだ。

律子が、別れようと言ってきた理由を、君は君なりに考えてみた。どうして別れたいのか教えてくれないか、と問い質《ただ》せばよかったのだが、君にできたことと言えばせいぜい別れた後にその理由を悶々《もんもん》と詮索《せんさく》するくらいのことだった。

いつもはっきりと自分の意見を言わない君に、律子が腹をたてているのを君もよく分かっていた。でもどうすることもできなかったのだ。そう、どうすることもできず、君はいつもこっそりと陰で、息を飲み込むように溜め息をついていた。

君は思い出す。いつだったかこんなことがあったじゃないか、と。……

深夜二時を過ぎて、律子は酔っぱらって帰宅した。律子だって働いているのだからとやかく言うべきではない、と君は心に決めて玄関に出たのだが、そこで君が目にした光景は知らない男に支えられている妻のだらしない姿だった。律子の髪は乱れ、頭は項垂《うなだ》れ、何とか意識こそあるものの一目で泥酔しているとわかる体《てい》だった。男もかなり酔っているようでネクタイは緩み、ワイシャツの第一ボタンが外れていた。支えているのか抱きしめているのか分からないほど、男は律子の腰に手を回し、そのせいで彼女のスカートはシュミーズが見えるほど捲《めく》れあがっていた。律子のブラウスの胸もとのボタンも外れていて、君の立っている位置から彼女が揺れる度に胸部の先が顔を覗《のぞ》いていたのだ。男の足元もかなり不確かで、ふらふらする律子といっしょに右へ左へステップを踏んでいた。どう見ても君には、男の手が君の目の前で君の妻の豊潤な身体をまさぐっているようにしか見えなかったのである。

君はただ呆然《ぼうぜん》と立ちつくし、よたよたと絡《から》み合う二人の男女を見ていた。

律っちゃん。大丈夫？　ねえ、律っちゃんってばあ、おうちだよ。おうち。もうしっかりしてよ、仕様がないなあ、ほら、だんなさんが見てるよ、だんなさんが見てるってば。

男は律子よりもかなり若く見えた。君よりもずっと背が高く、色黒で、肩幅のある強そうな男だ。学生時代はバレーボール部のキャプテンでした、という感じのタイプ。君の一番苦手なタイプだ。その男が、君の目の前で君の妻を抱きかかえ、しかも馴々《なれなれ》しく、律っちゃん、などと呼んでいる。

男は頰《ほお》にえくぼを浮かべながらニタニタと、ややろれつの回らない口調で、だんなさんが見てるよ、と繰り返している。しかし律子は酔った顔を一瞬君の方へ向けたが、ふん、と小さく舌打ちをしてまた項垂れてしまった。乱れた髪の毛の合間に垣間見《かいまみ》た律子のすわった目は、君に対して溜まった敵意とうっぷんに満ちていた。

そして君は睨まれた瞬間、喉元《のどもと》まで出かかっていた怒りの言葉を再び胃袋に飲み込んでしまったのだ。

この二人は飲み屋からまっすぐここへ来たのだろうか？　君は掌をぎゅっと握りしめたまま玄関先の二人を見つめて詮索する。ホテルで抱き合ってきたかもしれない。あるいは近くの公園で舌を絡ませるような激しいキスをしてたのかもしれない。男のあのごつい手が律子の胸元に割り込んだり、スカートの中へ侵入したのかもしれない。君の想像は勝手に頭の中で広がっていく。感情を吐露できない分だけ、君の想像は高まっていくばかりだ。

すいません、飲んでたら楽しくてつい時間が経ってしまって。奥さんは早く帰りたがってたんですけどね。僕が引きとめちゃったんですよ。どうもすみませんでした。

男が、薄笑いを浮かべながら悪びれた様子も見せずそう弁明をした時、君はワイシャツの襟首《えりくび》に近いあたりに口紅のあとを見つけた。二列に並んだ赤いラインは、否応《いやおう》なしに君の想像に火を放った。

いいのよ、福田君。余計なこと言わないでくれる。この人にはそんな言い訳は必要ないんだから。私が幸せならこの人も幸せなのよ。いい、私が不幸なら、この人も不幸なの。ねえ、そうよね、あなた。

君は何と言われようが、どんな証拠を見つけようが、その怒りを外に出すことはできなかった。せいぜい自分の喉元を焦《こが》して、炎はそこで消沈したのである。君は二人を怒鳴りつけることも、男を玄関の外へ叩き出すことも、ましてや律子に手をあげることなどできなかった。

夏だったので、君は律子を玄関にほったらかしにしたまま仕事に戻った。朝までそこに寝かせておくことが、君にやれたせめてもの報復だったのである。

翌朝、君が朝食を食べていると、すっかり腫《は》れあがった顔で律子が居間に入ってきた。グレープフルーツを半分にカットしたものを黙って差し出すと、彼女はそれを貪《むさぼ》るようにして食べた。しかし君は昨夜の件に関して（男連れの深夜の帰宅のこと、乱れた服装のこと、男のワイシャツについた口紅のこと）は一切口にしないでいた。言葉にしたところでどうなるものでもない、と悟っていたのだ。

律子はグレープフルーツを食べ終わると、ティッシュペーパーで口元を拭い、そして小さな声で一言呟いた。

「あなたって人は……」

仮死状態の街。

君は深夜の東京のことをそう呼んでいる。走っていると、活動を停止した大脳の溝《みぞ》の中にいるような気さえしてくる。走りながら見る夜の景観は、手ぶれした白黒写真に近い。白い月、白い息、白い幻影、光りが線となって君の網膜に焼きついていく。

確かなものは君自身の肉体を受けとめるアスファルトの固さだけで、君は走ることで自らの存在を確認しようとしているかのようだ。その硬質感は君が足を交互に地面に付ける度に、踵《かかと》を通って頭骨に鈍い痛みを伴って到達する。

君は走っている。商店や住宅やマンションや貸ビルが渾然《こんぜん》一体となった深夜の街中をひた走る。少しずつピッチをあげ、いつものペースを取り戻そうとして走る。交差点で赤く点滅している信号灯を見上げ、ハザードランプをつけたまま停車しているタクシーの横を通り抜ける。昼間見慣れた街の夜の顔は無口きわまりない。

屋敷街で君は犬に吠《ほ》えられる。君の足音に気がついたのだ。君は前方の、ブロック塀《べい》の空気孔に、四つの動物の目を発見する。二匹の大型犬である。犬達は君が近づくほどに、一段と激しく吠える。塀の高さは二メートルもなく、犬達が本気になれば飛び越せない高さではない。君の頭の中を一瞬、数カ月前に読んだ新聞の記事が過《よぎ》っていく。ランニング途中の主婦、犬に咬《か》み殺される。臆病な君は、心もちピッチをあげ、脇道へと逸《そ》れる。遠ざかる君の耳に、犬の鳴き声がいつまでも反響している。

精神科へ通うようになった頃、君は待合室で自分の順番を待つのがとてもいやだった。薄暗い待合室でうつむき加減に、名前を呼ばれるのを待っている大勢の患者達を、君は色眼鏡で見ていた。スリッパを足先で裏返し続ける青年。耳の穴ばかりほじくり続けている男。独り言を言っている女。君はその中に、いつの間にか自分が属していることに驚いた。君は知らないうちにそのあやふやな境界線の向こう側の人間になっていたのだ。どうしてここにいるのだろう、と君は自問した。何故《なぜ》こんなはめになったのだろう、と心の中で唸《うな》ってみた。しかし、現実はまさに動かし難い悪夢であり、いつの間にやら君の運命を飲み込んでいたのだ。待合室は、その病院自体が老朽化しているせいか、あるいは患者達が地面に対して垂直でいられないせいか、君の平衡感覚が狂いはじめているせいか、君の目にはかすかに傾斜しているように見えていた。人々の背中は弧を描き、黒髪がゆっくりと上下に揺れている。自分はこの中では随分まともな方なのだと、心の中では誰もが考えているのだろう。お互い目を合わせないようにうつむき、そっと自分の世界の中でだけ呼吸をしていた。もちろん、君も例外ではない。君はいつも自動販売機の陰の一人用の席に腰を下ろすと、顔を隠すようにして新聞を広げるのだ。僕はただの付き添い人ですからとでも言いたげなすまし顔をして。

いつだったか一人の老女が、突然叫び声をあげて君の前に立ちはだかったことがあった。彼女は手に持った紙片を睨みつけて、この字は読めないわねえ、と叫んでいた。老女は君の方を見てはいたが、その焦点はわずかにずれていた。

君は係《かか》わりあいにならないよう、持っていた新聞で顔を隠し、息を殺して老女が通過するのを待ったのだ。しかし老女は立ち去るどころか突然、こんちくしょうと怒鳴り声を上げて、君の足首を蹴《け》っとばしてきた。踝《くるぶし》のあたりに鈍痛が走った。君は思わず新聞紙を放りだし、素早く脇へ回避したが、今度は君の座っていた椅子を、老女は蹴りはじめた。

君は目を見開き、口を半開きにしたまま、そのまま後ろへ下がる。自分は彼女とは違う、自分は少しくたびれているだけであんなじゃない、と心の中で呟きながら。君は情けなくなって、いつの間にか目頭が熱くなっていた。精神科の待合室にいなければならない自分の身の上に対する不安で、悲しくなった。

ねえ、何て言う字なの？　これよ、この字。

かけつけた看護婦に支えられながら老女は、君の前を通過する時、持っていた紙切れを君に差しだして弱々しくそう呟いた。

覗き込むと、しかしそれはただの白紙で、文字など書かれていなかった。

通院生活が半年ほど続いたある日、君は五十嵐《いがらし》と名乗る男に声を掛けられた。痩《や》せた男で縁が角ばった眼鏡を掛けていた。声を掛けられるまでまさか同じ精神科の患者だなどと君は想像さえしていなかった。夜勤明けの医者だろうと決めつけていたのだ。

「こんなところで声を掛けるのはどうかと、気が引けたのですが……」

五十嵐は丁寧な口調でそう言うと、愛想《あいそ》のいい笑顔を浮かべながら、君の前の長椅子にすーっと腰を下ろした。

「用心なさるのはわかります。私だって逆の立場だったら、やはり身構えますよ。誰だってこんなところで知り合いなんか作りたくはない」

五十嵐はそう言うと、同意を促すように肩をすぼめてみせた。おかしなもので、君にはその瞬間五十嵐の心の中が少し見えた気がした。彼の言葉じりや仕草には、仲間かどうか探りを入れようとするニュアンスが読み取れた。

「変なことを言う奴《やつ》だと訝《いぶ》かられるのを承知で言いますが、あなたは、どうもここには似合わない。……何て言うか、非常にまともな目をしてる」

男はそう言うと、愛想のいい笑顔で微笑《ほほえ》んだ。気がつくと君も微笑んでいた。悪い気はしなかった。

「ここにはじめて来たとき、どうも信じられませんでした。どうして自分がこんな所へ通うようになったのか。ここに通っているという事実の方がよっぽど私をおかしくさせたものです。

　他の患者達を奇異な目で見ながら、僕はあんなじゃないって、言い聞かせていました。失礼ですが、あなたもそんな目をしていらっしゃいましたよ。私はあなたがここへはじめて見えられた時にもう見ぬいておりました。私もあなたも、ここには似合わないと。……」

　男がそうであったように、君も心のどこかで話し相手がほしいと思っていたのかもしれない。用心する気持ちはいつまでも完全には消え去らなかったが、君達はその日知り合いになってしまった。

「あのビニール袋に顔を押しつけて呼吸している男、どうして彼はあんな風にしているか知ってますか？」

　待合室の中央の長椅子に座って、まるでシンナー中毒者のように、ビニール袋に顔をつっ込んでいる男を指さして、五十嵐は低い声でそう言った。君も何度か見かけて、薄気味悪く思っていた男だ。君が黙って首を振ると、五十嵐は少し得意気な口調で説明を始めた。

「私もね、ここに通うようになった頃、あの男を見かけて驚きましたよ。暴走族あがりの患者かと思ったものです」

　君は五十嵐の肩越しに、その男を観察した。五十嵐は頷きながら続ける。

「なんでも、あの患者は興奮しすぎて酸素を取り過ぎてしまうらしいのです。過酸素症とかって言うらしいんですけど。だから彼はああやって酸素を取り過ぎないようにしているわけです」

君は笑えなかった。二人の表情は厳しくなり暫くの間その患者をじっと眺《なが》めていた。

そして君は、気がつくと、自分から、何故ここへ来るようになったかを語りだしていた。律子のこと、中沢のこと、仕事のこと、そして頭の中に住んでいる小人達のこと。君は掻摘《かいつま》んで説明したのだ。自分はまだそれほど他の患者達のように、症状がひどいわけではないのだと弁解するような口調だったかもしれない。

男は終始、黙って君の話に耳を傾けていた。そして君が一通り、自分の発病に至るまでのことを語り終わると、男は大きく頷き、やっぱりそうでしたか、と呟いた。

「私もあなたと似たようなものです。やっぱり、抑鬱神経症だと診断されています。あなたは私と同じタイプだと思っていました」

男の声のトーンが更にあがり、顔の表情が明るくなった。やっと理解し合える相手を見つけました、とでも言いたげな笑顔だった。

君は男の笑顔を見ながら、普通かそうじゃないかの境界線がどれほどあやふやなものかと考えていた。男の眼鏡の奥で笑う瞳《ひとみ》は、正常にも見えたし、又その反対にも見えたのだ。

「私はね、所謂《いわゆる》中間管理職ってやつでしてね、まったく働かない部下と怒ってばかりいる上司との間で、ちょっと精神のバランスを見失ってしまったんです。まあ、よくある話ですが。……」

五十嵐は笑顔を崩さずそう語っていたが、君は彼の左手が中毒患者のように小さく震えているのを見逃さなかった。

君達は、一度だけ病院の外で会ったことがある。知り合いになってから三カ月ほど経った夏の日だ。そこは彼がよく行くという日本酒の専門店だった。病院の外で会うと、何故かおかしな感じがした。いつもあの薄暗い待合室で会っていたせいか、あるいは日本酒のせいか、お互いの顔がやたら健康的に見えるのだ。ネクタイをゆるめ、日頃のうさをはらすかのごとく大声で騒いでいるサラリーマン達の間で、君達は至極冷静に酒を酌《く》み交わしていた。

「娘がね、今年中学受験なんですよ」

五十嵐はその日、君に長女のことを話した。定期入れの中の長女の写真を、自慢気に見せるその男は、どこにでもいる普通の気の優しい父親と同じだった。五十嵐は娘のことを話しながら、くったくなく笑った。待つ者のいない君にとって、帰れば待つ者のいる五十嵐の身分がふいに羨《うらや》ましくも思えた。それまで君は一度も、自分の身の上を寂しい等《など》とは考えたことがなかった。

そしてその晩二人はとことん飲み明かした。三軒目の飲み屋を出る頃には、君達はその辺のサラリーマン達と寸分も違《たが》わぬほど泥酔しきっていた。

楽しい夜だった。本当のところでわかり合える同志にやっと出会えた、という喜びがあった。君達はまるで大学生のように、最後は路上で肩を寄せ合って眠ったのだ。

そんな五十嵐が、渋谷駅の構内で電車に撥《は》ねられて即死したというニュースを、君は二カ月ほど前に、新聞の片隅で偶然見つけた。風で吹き飛ばされた小学生の帽子を取るために、ホームから降りたらしいと書かれてあり、小さな善意が大きな悲劇を招いた、と記事は結んでいた。男の小さな顔写真も載っていて、君はそれを切り取って自分の定期入れの中へしまった。

しかし、君はその同志の葬儀には出席しなかった。理由は、その日、雨が降ったからである。

高速道路が頭上を遮《さえぎ》る交差点で、君は事故を目撃する。スピードをあげて交差点に進入してきた車が、ハンドルを切りきれずに、中央分離帯のガードレールに接触したのだ。鉄どうしが激しく擦れる音が辺り一帯に響き渡る。

君はやや走るペースを落としながら、事故車の方へと接近する。中を覗き込むと、若い女性がハンドルに顔を押しあてて蹲《うずくま》っている。

マンションを出てから、どれくらいの時間が経ったのか君には分からない。いつもは決して越えることのない幹線道路を渡ってしまったあたりから、君はあらゆることがもうどうでもよくなってしまったようだ。君は真夜中のランニングの記録でもうちたてるつもりなのか？

走り始めた時のあの不調が嘘のように、今の君はすっかり勘をとり戻してしまった。君の精神状態も、そうやって走っている限り、自身の肉体をコントロールすることができた満足感で、安定しているようだ。神経の一本一本が筋肉の上にはりついている感じがとても気持ちよく、足が地面を踏む度に、全身の筋肉が、きゅっと引き締まるのを君は楽しんでいる。

スースー、ハーハー、スースー、ハーハー、すってすって、はいてはいて。静かに君は汗を掻《か》いている。君は走ることで魂を再生させようとしているのだ。滲《にじ》んだ汗は下着の下で合流し始めている。それらは君の昨日までの灰汁《あく》を含んでいるはずだ。弛《たく》みきった肉体と魂から全《すべ》ての悪い成分を、今夜一気に君は出しつくしたいとでも企んでいるのだろう。

君は更に、ほんの少しピッチをあげる。

中沢と律子のことを君は離婚するまでの間、一度も勘繰ったことはなかった。そのことを君に最初に仄《ほの》めかしたのは、律子の妹の孝子《こうこ》である。

「お義兄《にい》さんはお姉ちゃんにいいように扱われすぎてるわ。お姉ちゃんと中沢さんのことだって。……お義兄さんは寛大すぎるのよ」

君は鈍感すぎたと後になって少し反省したが、その時はもう離婚した後だったのだ。

律子と別々に暮らすようになって、それも離婚後半年もたってから、君は急にそのことが気になりはじめた。自分がまだ律子の夫だった頃に、中沢は律子とどんな関係を持っていたのか？　想像すればするほど、頭の中がささくれだった。打ち合わせをしたり、原稿を取りに来たりして、しょっちゅう中沢は君の家に出入りしていたのだ。三人でよく飲みにも行った。生涯独身を通す、と公言していた中沢にガールフレンドと呼ばれるセックスの相手が数人いたことは、君はもちろん律子だって知っていた。中沢が、女と本気になるような男じゃないことは、律子だって百も承知のはずなのだ。三人で飲みに行った時だって、中沢は君達夫婦の前でよく女の子を口説《くど》いていた。一度など、引っかかった女の子と君達の前でそのままホテルにしけこんだこともあった。律子は君に、あんなハレンチな男に引っかかる女も女だわ、と悪口を叩いていたのを、君は今でもよく覚えている。君は中沢を擁護するように、いやあ、あいつはあれでいいんだよ、家庭なんかに収まるタイプじゃない。一生ああやって女から女へ渡り歩いて仕事をこなしていく男なんだ、と言っていたのだ。

あれほど、中沢の女ぐせの悪いところを見ていながら、そしてそのことをあれほど嫌っていた律子が、その中沢と関係を持っていたなど、君に想像できるはずもなかった。

でもそれは事実だった。律子の口から君ははっきりと聞いた。

「どうしてだよ、どうして君はあんな奴と、そ、そんな関係に……だから、男と女の関係っていうのか、つまり、その……」

「寝たのか？　それが知りたいのね」

君が孝子を摑まえて、二人の関係について洗いざらい聞き出した夜、君は電話で（そう君はまたしても電話で）律子を問いつめた。興奮した君が律子に、いつもより強い口調でせまると、彼女は事実をあっさり認めてしまったのである。寝た、というその一言が君にどれほどのダメージを与えたか、もちろん律子には分かろうはずもない。君が受話器を握りしめたまま、暗い居間にうつむいて立ちつくしているところなど、今の律子にとっては、もう知ったこっちゃないのだ。

君達は長い間、黙りあっていた。回線が混線しているらしく、かすかに誰かの笑い声が君の耳には届いていた。遠い過去の記憶の中にある、友人達の君へ向けられた嘲笑《ちょうしょう》のように、君には聞こえた。

「そうか、寝たんだな、中沢と……」

君の声は低く、台詞《せりふ》を朗読しているようだった。律子は小さく溜め息をついて答える。

「ええ、そうよ」

君は心のどこかで否定してほしかった。嘘でもいいから、違うとはっきり否定してほしかったのに。問い詰める間もなく肯定されて、君は一気に脱力感に包まれてしまった。

再び沈黙が続いた後、君は半ば型どおりの抗議をした。

「しかしどうして、よりによってあんな奴と。よく知ってるじゃないか、中沢がどんな男か？　あいつの身体がどれほど汚れているか。あいつにとっては、女なんてただやるだけの道具なんだよ。……君みたいな利口な女が、ど、どうしてあんな汚ない男の……」

君はそこまで言いかけて思わず引き攣ってしまった。感情が君の胸を塞いでしまったのだ。君は律子に聞かれないように、通話口を掌で急いで塞ぐ。

「よしてよ。泣かないでよ。いい。私達はもう離婚して他人なのよ。あなたにはもう関係ないことじゃない」

君の神経が皮膚の裏側でズキズキと痛みはじめる。例の症状がはじまったのだ。

「関係ないことはないだろう。僕は君が隠れて浮気をしていた頃、まだ君の夫だった」

君の耳に律子の舌打ちが聞こえた。

「ええ、そうだったわ。うっかりしてたわ。でもね、もう全部済んだことじゃない。別に中沢さんとも、つきあっていたわけじゃないわ。あなたとの離婚の原因でもないし。ねっ、あなたにはまったく関係のないことだと思うんだけど」

律子の声が少しずつ遠のいていった。君の意識が、彼女の声を排除しようとしていた。

「今は、中沢とは……」

君の頭骨の裏側で、小人達の作業がはじまった。トンカン、トンカン。

「もちろんよ。寝たのも二度だけよ。たった二回だけだわ。あの時はあれで私もどうかしてたのよ。ねえ、もういいでしょう。私ね、明日仕事で朝早いの。取材で伊豆《いず》まで行かなくちゃあならないんだから。あと四時間しか寝られないじゃない。いい。もう切るわよ。泣くなら、一人で泣いて頂戴《ちようだい》」

ツーン、と耳奥で急速に音が脹《ふく》らみ、君の頭の中がうっすらと白くなった。次の瞬間、君の頭の中のブレーカーがおりてしまう。君はそれ以上話すことも立っていることもできなくなり、床にしゃがみ込んでしまった。

君は今でも、あの時の悔しさをはっきりと覚えている。もう一年ぐらい前のことだが、忘れることができない。時々、ふと思い出す夜もある。中沢と律子が激しく絡みあっている図を。しかし、君にできたことは、沸き起こる苦しみを押し殺して、彼らのうちへ無言電話を掛けることぐらいであった。

そして君は今でも、その中沢とは普通に仕事を続けているのである。

すってすって、はいてはいて。

君は中学生の頃陸上部に属していた。わずか一年たらずのことだったが、君は毎日、校庭を走っていた。二度吸って、二度吐く呼吸のリズムは、その頃学んだものである。

陸上部に入部した理由は、走ることが好きだったからではない。もちろん、他のスポーツ、例えばラグビーやサッカーといった団体競技に比べれば、誰にも気を遣わずにやれる陸上競技は君に向いていたのかもしれない。しかし、どちらかと言えば運動は苦手な方だった君を、その道へ引きずり込んだのは、ある女性への片思いだった。初恋だった。想《おも》いを寄せる同じクラスのその少女が陸上部だったからだ。

君のその子への想いは、君の三十数年に及ぶ人生の中でも、もっとも純粋な想いであったことは疑う余地もない。臆病で引っ込み思案な君が、生まれてはじめて、自分の意志によって入部したのだから。

だけども、君にできたことはそこまでであった。同じクラスで同じ部だという繫《つな》がりを持てたこと。とてもじゃないけど、君に想いを告白するだけの勇気は残ってなかった。

だから君は毎日、熱心に練習をした。彼女と同じトラックを走れることが、君の唯一の青春となった。君はどんなに苦しくても練習を休まなかった。その少女に追いつき、追い越すあの一瞬の至福を得んがために。君は彼女を何度も追い越した。もう一度追い越したい。あと一度追い越したい。君はそう思ってトラックを走り続けていたのである。

陸上部に一年間しかいなかった理由は、少女が転校してしまったせいである。

すってすって、はいてはいて。

調子に乗って走り過ぎたせいで、君の肺は空気を吸い込む瞬間にやや痙攣《けいれん》をおこしている。右足の膝《ひざ》も、関節のあたりが痛む。君の顎はすっかりあがりきっている。汗が目に入って、視界が更に狭くなっていく。

しかし、精神は、中学生のあの頃のまっすぐな気持ちに戻っているのだ。君には、君の少し前方を走っているあの頃の少女の後姿が見えている。ブルマーを穿《は》いて、揺れる短い髪の少女。白いスニーカーの裏側が、彼女が土を蹴りあげる度に見える。君は、どうしても追い越したかった。追いついて追い越すことが、君のたった一つの自己顕示であった。少女を追い越す時、君は胸を張った。あがりきっていた顎を戻し、まっすぐに前方を睨みつけていた。追い越した後も暫《しば》く、君は、背すじに神経を集中させていた。その瞬間、君だけを少女は見ているのだから。……

スースー、ハーハー

スースー、ハーハー

君には今もはっきりと、その少女が見えている。

すってすって、はいてはいて。

駅の前では、始発を待つ数人の若者がベンチの上で眠って朝を待っている。君はガードレールを跳び越え、ロータリーを突っきり、シャッターの下りた商店街のアーケードの下を走る。ぜえぜえと鳴る肺の音を頭骨で感じながら、いく本もの道が交差する巨大なスクランブル交差点を渡る。

すってすって、はいてはいて。

君は三度住宅街の中へ進入する。坂道の両脇に大きな門がまえの家が続く。新聞配達の青年が、その一軒一軒の前でブレーキ音を響かせながら自転車を停め、一部取っては、駆け足でポストまで往復している。

君は暫く幹線道路沿いに走ってみる。六車線ほどの幅の道路を、車が気持ちよさそうに飛ばしている。昼間の渋滞が信じられないほど、道はがらがらなのだ。滑走路のようだ、と君は思う。

そして君はゆっくりと顔を上に向け、都市を覆《おお》う空を見上げる。空が透けて見える。うっすらと青みがかってきている空に、霞《かす》みかけた星が瞬《また》いている。もうじき夜が明ける。君は冷たい空気を顔中でうけながら、朝へ向かう都市の中にいる。

すってすって、はいてはいて。

夜の間中暴れ回った暴走族の一群が、スピードもあげず家路についている。パトカーと繰り広げた追いかけっこのせいで、放熱しきっていた。蛇行《だこう》しながら彼らは、時折、思いだしたかのようにクラクションをはでに鳴らす。

君は一人の少女と目が合う。最後列のバイクの後部シートに跨《また》がった少女だ。少女は運転する少年の腰に手を回し、彼の背中に顔を押しあてている。今にも眠ってしまいそうな瞳は、しかし、まだ輝きを失ってはいない。人生をなげてしまったかのような表情や服装をしているくせに、その瞳は、まだ本当の真実を知らされていないあどけなさに満ちているのだ。

パパラパパラパパラパ、少年が奇声をあげながら景気づけにクラクションを鳴らす。少女は茶色に染まった長い髪の毛を一度手ではらい、再び少年の背中に頬をこすりつけた。

少女は、じっと君のことを見ている。明け方近い街中を、ぜえぜえいいながら走っている男を。笑うこともなく、バカにすることもなく、ただたんたんと見ているのだ。

君達は次の交差点で、右と左へ別れてしまう。

律子の妹の孝子と、君がつきあうようになったのは、半年程前のことだ。つきあっている、といってもお互い好きだとか、愛しているだとか口に出して言ったことは一度もない。律子のことがあってか、二人とも言葉という形にすることができないでいたのだ。実際、君自身、孝子のことを好きかどうか、計りかねているところはあった。しかし、孝子の方は明らかに君に好意がある。君は、孝子の口から直接そう聞いたわけではないが、いくら鈍感な君でもはっきりと分かるぐらい、かなり前から孝子の君に対する態度は特別だった。

律子が君の部屋に残したままの本やCDを、孝子が代理で取りに来た夜から、孝子の君のうちへの往来がはじまったのだ。孝子ははじめの頃、必ず手料理を一、二品ぶら下げてやって来ては、二、三時間何となく居座っていった。

「お義兄さん、ちゃんと食べてるの？」

彼女は、そう言うといつも冷蔵庫の中の有り合わせの材料で温かい料理を拵《こしら》えた。汚れた衣類を洗い、室内の掃除もして帰った。律子と結婚していた頃から、孝子は何かにつけて、君の身の回りのことに気を遣ってくれていたのだ。他人から無償で優しくされたのは、三十数年の君の歴史の中でも、孝子が唯一だった。何故そんなにしてくれるのだろう、と君も何度か考えてはみたが、君の性格上それを口にすることはできなかった。

君は律子と結婚していた頃、孝子とだったらもっと幸せになれたかもしれない、と考えたことがある。その内気な性格のせいか、二人はお互いどことなくシンパシィを感じあっていたことは事実なのだ。律子がいない所で、二人はよく律子の陰口を言いあっていた。律子にいやみを言われた後、君はよく孝子になぐさめられたものだった。

「私が独身なのはね、あんな姉を持ってしまったせいなの」

孝子は、本気だか冗談だかわからない言い方で、よくそう君にぐちった。君達はどこかで随分前から連帯していたのである。

そして君達はごく、自然な関係を保っていた。孝子は部屋にいても、無理して会話をしようとはしなかったし、かたづけを済ませ、掃除をしたら黙って帰る時もあった。大抵、君達は並んでテレビを見ていた。時々、その内容について意見を言いあったが、白熱することもなかった。

君がテレビを見ている孝子の身体に後ろから抱きついた時も、孝子は抵抗もせず、じっとされるままにしていた。君は、もし抵抗されたら、冗談でした、と笑ってごまかすつもりだったのだ。肉づきのいい孝子の胸部を掌で触りながら、君は無抵抗の孝子に興奮した。

画面から目を離さない孝子だったが、明らかに君を意識していた。君は孝子のスカートの中をまさぐり、ブラウスのボタンとボタンの間へも、強引に手を割り込ませた。その時白いボタンもちぎれて撥ね飛んだが、孝子の顔は動かなかった。時間はそこだけ止まっていたのだ。

君は孝子を抱きながら、律子のことを考えていた。片方はこんな風に自由にはならない女だった。律子とのセックスは、不自由きわまりなかった。君の方から求めることは暗黙のうちに許されなかったし、律子が欲しがる時に、君はその状態にすぐ肉体を高めなければならなかった。たとえ徹夜明けだろうと、原稿の締め切りがせまっていようとだ。

君は孝子の身体をまさぐり続けた。彼女が無抵抗だと知ると、君は彼女を犯し続けた。床の上で、すっぱだかで君を受け入れる孝子に、君は生まれてはじめて、女のもう一方の姿を知ったのである。

「お義兄さん。お義兄さんはお姉ちゃんのどこが好きだったの？」

ある時、抱きあった直後に、孝子は下着を身につけながら君にそう聞いてきた。

「さあね、どこだろう」

君は、孝子の腰のあたりをさすりながら、そう曖昧《あいまい》な返事を返した。孝子はブラジャーを器用につけると、君の方へ振り返った。

「ねえ、お姉ちゃんは、お義兄さんのどこが好きだったのかしら」

彼女は、まっすぐに君の方を見つめていたが、君はつけっぱなしのテレビの方へ視線を逸らして、返事をしなかった。

「だってね。結婚したからには、お互いこの人となら結婚してもいい、ていう何かがあったんでしょう。私ね、それが知りたいの。私とお姉ちゃんと、どう考えが違うか、知りたいの」

君は黙ったまま、考えていた。律子が愛した君の部分について……。君は結婚していた頃も恋愛期間も、思い起こせば一度たりと、彼女の口を通してそのことを聞かされたことはなかったのだ。孝子の言う通り、結婚したからには、律子だって君のどこかが好きであったはずなのに。

「お義兄さんのどこが好きだったのかしら」

孝子は何度もそう口腔《こうこう》で呟いていた。

君は心当りのないまま、仕方なく、雰囲気じゃないかな、と答えて逃げたのだ。しかし君の心の中はすっきりしなかった。孝子とテレビを見ながらも、ずっとそのことが頭から離れなかった。

最近、君は孝子に妊娠したことを告げられた。妊娠したみたいなの、と呟いた彼女の細い目に、そして君はまたうろたえる。


ゆっくりとだが確実に夜が明けはじめているのが分かる。再び街は目覚め、活動を開始しようとしている。君は、街の目覚めをイメージしながら走っている。あちこちから、新聞配達の自転車のブレーキ音がきゅっ、きゅっ、と響いてくる。はるか上空を行く鳥の一群が鳴いている。街中のコンビニへ向かうトラックが、一日分の食料を満載して走っていく。徹夜明けのタクシーが、回送の表示をだして家路へと向かう。

すってすって、はいてはいて。

タオルを首に巻いたジャージ姿の老人達と君はすれ違いはじめる。色づきはじめた街の中から、老人達が一人、二人、三人と、ふっと現れるのだ。皺《しわ》だらけの顔の中で、おくまった二つの目が、鈍い光りを放っている。おはようございます、と声を掛けていく者もいる。君は驚いて振り返るが、老人は振り返らない。端《はな》から、返事など彼らは期待してはいないのだ。

すってすって、はいてはいて。

君は中学の頃に、突然惚《ぼ》けた君の祖母のことを思い出している。頭の回転が速くて、いつもしゃきしゃきしていたのだ。君は孫達の中でも一番彼女に懐《なつ》いていた。祖母はよく、君にだけこっそりとお小遣いをくれたものだ。

その祖母が、ある冬の朝、植木に沸騰《ふっとう》した湯をかけていたのである。様子がおかしいと感じた君がそっと近づき尋ねてみると、老女は表情も変えず、だって植木も寒いだろう、と答えた。その瞳はうつろで、夢遊病の患者のようだった。

その日以来、君の祖母の素行はおかしくなり、一年もたたないうちに、赤ん坊のように小さくなって死んでしまったのである。

身近な者の死が、思春期の少年に与えた影響は大きかったはずだ。いつかは壊れる生命のはかなさに、君は自分も必ず亡《ほろ》びることを知らされた。

すってすって、はいてはいて。

君は母親のために走ったことがある。

その夜、つまり君の母親が急に倒れた夜、君の父親は近所の商店主達と飲みにでかけていて家にはいなかった。家には君とまだ元気な頃の祖母とそして君の母親の三人がいた。

母親の異変に最初に気づいたのは君だった。彼女は胸のあたりを押さえて廊下に蹲っていた。唸り声をあげ、助けを求める母親に君はすっかり動転した。階上の祖母が降りて来るまで、君はどうすることもできずにただじっと見下ろすしかなかった。

祖母は呻《うめ》く母親を見つけると、立ちつくす君を押しのけ躙《にじ》り寄り、そして大声で叫んだ。

「お父さんを探してきて！　早く」

君はその声で我に返り、慌ててうちを飛びだしたのだ。外は暗く、さみしい夜のさ中だった。一二時近く、通りの明かりも一軒二軒と消えはじめ、見なれた街の面影《おもかげ》は既になかった。

闇が、行く手にしんしんと広がっていた。宇宙にたった一人放りだされてしまった孤独感と、母が死ぬかもしれないという恐怖心が混ざりあって、君は一〇〇メートルも走らないうちに泣きだしていたのである。涙は次々に頬を伝って落ちていった。君は声をあげ、あのどこまでも続く、暗い一本の道を走ったのだ。走っても走っても、君はどこに辿《たど》りつかなかった。父親達がいつも屯《たむろ》していた駅裏の盛り場を目指していたはずなのに、君は闇の世界をぐるぐると彷徨《さまよ》っていたのである。いつかは誰もが死ぬという、永遠のあの夜、君が闇の街で見たものは何だったのか。孤独への入口だったか……。

すってすって、はいてはいて。

最近君は、人を殴りつける夢に魘《うな》される。相手が誰なのか、夢なので今一つよくは分からないが、たぶん律子か中沢なのだろう。殴られる者達は、皆、君の夢の中で黒い頭《ず》巾《きん》をすっぽりと被《かぶ》せられている。身体は、動けないように鎖でぐるぐる巻きにしてある。頭巾の中で、殴られる者達は言葉を発することができないように、ガムテープか何かで口が塞がれているらしく、あーとか、うーとか、呻き声がするだけだ。

君はあたりを窺い、誰もいないことを知ると、拳《こぶし》をぐいと握りしめる。心の中に激しい暴力的な感情が沸き起こる。頬を引き、君は今こそ、恨みを全て晴らす時なのだ。筋肉という筋肉に力が漲《みなぎ》る。君は腹の底から大声を張りあげ、そして高く振り翳《かざ》したその拳を、勢いよく振り下ろす。

しかし、君の拳は、黒頭巾に命中したにもかかわらず、殴りつけたという実感を得ることができなかった。人間の顔面を殴っているはずなのに、感触がない。羽毛でできたサンドバッグを叩いているようなもので、君の拳は、どこまでも深くめり込んでしまう。くそっ。君は感情を露《あらわ》にして、再度殴りつける。もう一度、更にもう一度、しかし、幾度となく振り下ろされる拳は、痛みの感触を得ることができなかった。

君はそして、いつだって汗だくになって目覚めるのである。

すってすって、はいてはいて。

君は、デパートが立ち並ぶ大通りを走っている。何度か買物に来たことのある通りだ。地下鉄の駅へ降りる入口が、都市の空気孔のように口をあけている。休日等は、思うように歩けなくなるほど、人々でごった返す街を、君は今、ジャージ姿で走っている。君は走りながら笑う。笑うと横腹がずきんと痛んだが、その痛みさえも、今の君には心地よい。こんなところを、誰にも気がねなく自由に走っていられる今の自分が、何となくうれしいのだ。

君は大通りを逸れて裏通りへと進入する。のら犬が、ゴミ箱を漁《あさ》っている。レストランから出た生ゴミの袋をカラスがつついている。昨夜この街のレストランで出されたディナーの残り滓《かす》を、彼らは味わっているのだ。

すってすって、はいてはいて。

デパート群を抜けると、街は急に低くなり、古くからの街並みが顔をだす。立《た》ち退《の》きを拒む居酒屋や蕎麦屋《そばや》が、寄りそうようにして立ち並ぶ通りをかけぬけていく。まもなく、君の眼前に突然無数の人々が飛び込んでくる。市場だ。朝早くから市場は人々で活気づいている。ゴムズボンを穿いた男達が、魚の詰まった木箱を抱えて行き交っている。ガタガタと物がぶつかりあい、ザワザワと人々が流れていく。魚の匂《にお》いを吸い込みながら、君は市場の脇も走りぬける。

すってすって、はいてはいて。

君は今、自分のためだけに走っている。首を振り、腰に手をあて、膝は最後の力をふりしぼっている。完全に顎はあがりきり、今や空気を吸う度に、君の肺はヒーヒーと鳴るのだ。口腔の粘膜はすっかり乾いてしまい、唾液さえも喉を通らない。

どこまで君は行く気なのか。もちろん、今の君にはわからない。止まるまで走るつもりなのだろうが、今の君は、どうやったら止まることができるかさえ思い出せないでいるのだ。

すってすって、はいてはいて。

そして君は橋を渡る。かまぼこ型のばかでかい橋だ。君は橋を渡りながら、横目で河川の先を望む。薄靄《うすもや》のたちこめる川面《かわも》に、眠っている水鳥の姿がある。木材を山積みした運搬船がそのすぐ近くを、音もたてずに移動している。風に漂う黒紗のような川の流れに乗って、船は海を目指している。太陽がのぼりだしているのか、遥《はる》か遠くの空が白みはじめている。

海は意外に近いのかもしれない。

新編集版文庫のためのあとがき

辻　仁成

　この作品集には音にまつわる中篇が二つ（その他、一篇）おさめられています。その中でも「音の地図」はとても重要な作品です。この作品は当時「新潮」編集長であった坂本忠雄さんの指導のもと編み上げた作品でした。坂本さんは大変に怖い編集長と前情報で聞いておりましたが、実際には誰よりも小説に対して誠実な編集者であったように思います。「母なる凪《なぎ》と父なる時化《しけ》」を「新潮」に発表した折、なぜか坂本さんに気に入って頂くことができたのですが、その出会いは私の人生の中で文学的に実りまして、結果「音の地図」を生むことになるのです。忘れもしないのは、校閲時、出版社に呼び出されて、遅くまで編集部内の小部屋に缶詰にされたことです。校了の日、深夜遅く、私は帰宅を許されましたが、翌日の朝、九時くらいに携帯がなり、「今、念校が終わったのでお知らせします、お疲れ様でした」と坂本さんのはつらつとした声。坂本さんは一人最後まで残ってさらに細かい部分の確認をしていたのでした。

この作品はその年の三島由紀夫賞の候補になります。しかし、その年は小説の受賞者はなしでした。そこで奮起してもう一作書くことになるのですが、それが翌年芥川賞を受賞することになる「海峡の光」でした。もちろん、坂本忠雄さんと一緒に作り上げた作品です。運がいいというのか、昭和の日本文学をよく知っていらっしゃる坂本さんと仕事が出来たことは私にとっては大いなる経験となり、また忘れがたいひと時でありました。その後の作品執筆に弾みがつきました。

「音の地図」は単行本化のおり、「アンチノイズ」にタイトル変更しますが、知人の作家から電話があって、なんでタイトルを変えたのか、と叱られました。思い当たるところもあり、今回、「音の地図」に戻させていただきました。

この作品は二〇〇五年にフランスのナイーヴ社創立記念作品として出版されました。フランスにおける六冊目の作品です。そのとき、フランスにおける担当編集者の意向でタイトルが『ＴＯＫＹＯデシベル』に変更されました。これだけタイトルが変更となった作品は私の作品の中でも珍しい。今回、二次文庫化にあたり、音の小説シリーズのきっかけとなった「グラスウールの城」を再収録し、『ＴＯＫＹＯデシベル』という総称で出版する運びとなりました。「音の地図」「グラスウールの城」に加え、すでに文春文庫から出ている「パッサジオ」を含め、これで私の初期「音の三部作」すべてが文春文庫に勢ぞろいしました。元「文學界」編集長の大川繁樹さん、そしていつも応援くださっている第一出版局長の庄野音比古さんのご尽力の賜物だと思っております。ありがとうございました。

２００7年5月16日　パリにて

単行本　『アンチノイズ』一九九六年一月　新潮社刊
　　　　『グラスウールの城』一九九三年六月　福武書店（現ベネッセコーポレーション）刊
一次文庫　『アンチノイズ』一九九九年三月　新潮文庫
　　　　『グラスウールの城』一九九六年六月　新潮文庫

＊この文庫は、新潮文庫版の『アンチノイズ』と『グラスウールの城』を合わせ、再構成したものです。なお、「アンチノイズ」は「音の地図」と改題しました。

文春文庫

TOKYO《トーキヨー》デシベル

定価はカバーに
表示してあります

2007年7月10日　第1刷

著　者　辻《つじ》仁《ひと》成《なり》
発行者　村上和宏
発行所　株式会社 文藝春秋
東京都千代田区紀尾井町 3-23　〒102-8008
TEL 03・3265・1211
文藝春秋ホームページ　http://www.bunshun.co.jp
文春ウェブ文庫　http://www.bunshunplaza.com
落丁、乱丁本は、お手数ですが小社製作部宛お送り下さい。送料小社負担でお取替致します。

印刷・凸版印刷　製本・加藤製本
Printed in Japan
ISBN978-4-16-761204-7